講談社文庫

# 真田を云《いい》て、毛利を云わず(上)

## 大坂将星伝

仁木英之



講談社

# 真田を云《いい》て、毛利を云わず（上）　大坂将星伝◎目次

# 真田を云《いい》て、毛利を云わず（上）　大坂将星伝

## 登場人物

**森《もり》太郎《たろ》兵衛《べえ》**
毛利《もうり》豊前守《ぶぜんのかみ》勝永《かつなが》の元服前の幼少名。齢《よわい》十一にして豊前一万石の大名になる。

**森《もり》小三次《こさんじ》吉成《よしなり》**
太郎兵衛の父。豊臣《とよとみ》秀吉《ひでよし》最古参の家臣で黄母衣衆《きほろしゅう》をつとめる。豊前小倉《こくら》六万石をおさめる。

**羽柴《はしば》秀吉**
織田《おだ》信長《のぶなが》の死後、諸国大名を制して天下統一を成す。豊臣の姓をたまわり、関白となる。

**長宗我部《ちょうそかべ》元親《もとちか》**
四国を統一寸前まで切り取った戦国大名。秀吉に臣従した後は土佐《とさ》一国を安堵され、土佐侍従《じじゅう》とも呼ばれる。

長宗我部信親《のぶちか》
幼名は千雄丸《せんゆうまる》。元親の嫡男として、将来を期待される。名前の「信」の字は、織田信長より拝領した。

長宗我部千熊丸《せんくままる》
元親の息子で、信親の弟。のちに「盛親《もりちか》」と名乗る。

石田《いしだ》三成《みつなり》
豊臣政権を支える奉行衆《ぶぎょうしゅう》の一人。勝永が元服する際には、烏《え》帽子《ぼし》親《おや》をつとめる。

後藤又兵衛《ごとうまたべえ》
黒田《くろだ》官兵衛《かんべえ》孝高《よしたか》の家臣で、武勇に優れた侍大将。一時黒田家を離れて、仙石秀久《せんごくひでひさ》に仕《つか》える。

利光統久《としみつむねひさ》
九州の守護大名大友《おおとも》氏の一族である利光氏嫡男。鉄砲の名手である。

惜《おし》い哉《かな》後世、
真田を云《いい》て毛利を不云《いわず》

——『翁草《おきなぐさ》』神沢杜口《かんざわとこう》

# 真田を云《いい》て、毛利を云わず（上）

大坂将星伝

# 第一章　覇王の死

# 一

限りなく広い湖の上に、緑に萌《も》える竹生島《ちくぶしま》が見える。盛夏の太陽が放つ激しい光を受けた水面は、目を眩《くら》ませるほどである。だが、その緑は激しくきらめく光の中でも、声高《こわだか》に己があることを叫んでいるかのようであった。

天正《てんしょう》十（一五八二）年六月の蒸し暑い空気が、八百八水《はっぴゃくやすい》を集めてたたずむ近江《おうみ》の大《たい》湖《こ》、琵琶湖《びわこ》を覆い尽くしている。焦《こ》げたように黒く日に焼けた少年が、蘆原《あしはら》の中で息を潜めていた。

密に茂った蘆の間から望む湖面は果てしない。少年は遥かに望む島から目を離して浜に目を戻す。微《かす》かに波だち、さざめくよう明滅する水面を眺めながら屈《かが》むと、足元から無造作に一つの石を拾い上げた。手の中で形と重さを量り、捨てる。同じ動きを何度か繰り返し、ようやく立ち上がった。

数十人の子供が、湖畔の砂利を踏んで石を投げ合い、左右に駆けまわっている。二手に分かれて押し合い、やがて一方が引き始めた。

彼は蘆原にじっとうずくまったまま動かない。動かずにいると、風が耳に届く。風は浜の喧騒と水際を撫《な》でる波音と、蘆原のそよぎを交えて彼を楽しませた。

子供たちの様子をうかがうと、一方の優勢はもはや揺るがない。頭や腕を押さえて数人が湖畔にうずくまり、声を上げて泣いている者もいる。空中をいくつもの礫《つぶて》が飛びかい、数人は両手を広げて組み合っていた。

勝ちに乗じている者たちの後ろには、一際《ひときわ》体の大きな少年が悠然と足を運んでいる。歩きつつ、歴戦の武将のように破れた扇を左右にうち振り、配下の者たちを追いつかっていた。

「甚之丞《じんのじょう》、様子はどうだった」

少年は蘆をかき分けてやってきた年かさの少年に訊《たず》ねる。

「こちらに気付いてはいないようです。なれどお味方は劣勢」

生真面目《きまじめ》をそのまま人にしたような四角い顔をした甚之丞が、緊張した面持《おもも》ちで答えた。

手の中にある石をもう一度握り直す。形は丸く小さく、それほど重くない。少年は蘆原からそっと体を出し、大きな背中に目をやった。

腕を振りかぶり、体を反《そ》らす。弓なりにしなった体から放たれた石はまっすぐに標的へと向かう。だが少年は、石の後を追うように走り出した。敵の総大将の頭に石が当たり、怒りの形相《ぎょうそう》で振り向いた刹那《せつな》、少年は相手の腰のあたりに組みついた。

砂利に倒れたはずみで、上を取ったはずが取り返されている。

「太郎兵衛《たろべえ》、やりやがったな！」

石が当たり、額から血が一筋垂れる。転げ回った時にその血が顔中に広がり、赤鬼のような形相になった敵の総大将は、拳を振り上げた。

「今日という今日は許さんぞ！」

少年は鼻っ柱《はなぱしら》に振り下ろされた拳に、とっさに顎《あご》を思いっきり引く。大きな拳と黒い頭がぶつかり、悲鳴を上げたのは総大将の方だった。太郎兵衛と呼ばれた少年はその隙《すき》に体を起こし、もう一度頭から総大将の顎を目がけて跳躍する。

鈍い音とともに仰向けに倒れた総大将を見て、配下の少年たちが慌てたように騒ぎたてた。

「き、吉兵衛《きちべえ》さま、大事ないですか！」

そうは言うものの、総大将に奇襲をかけた真っ黒な少年を恐れたのか遠巻きに声をかけるばかりである。

「何をしている。早く太郎兵衛を捕まえちまえ！」

鼻血も垂らしながら配下たちに命ずる総大将に向かって、太郎兵衛はためらいなく突進した。だが今度は、吉兵衛の方も反撃に出た。体に似合わず身軽にその突進を躱《かわ》すと、肩口を摑み足を飛ばす。すると太郎兵衛はほぼ空中で一回転して地面に叩きつけられた。次の瞬間には、馬乗りにされて喉元《のどもと》を扼《やく》されている。

「正面から俺に勝てるわけないだろ」

勝利を確信した吉兵衛は、口元に満足げな笑みを浮かべる。

「ほら、参ったと言え。焦げ坊主《ぼうず》！」

二人の少年はどちらもよく日に焼けているが、太郎兵衛の方がより黒い。

「参るかよ」

太郎兵衛はかすれた声で言い返すと、吉兵衛の股間《こかん》を蹴りあげた。だがその脛《すね》に激痛が走る。

「お前のやりそうなことはお見通しよ。ほれ」

吉兵衛が裾をまくると、褌《ふんどし》の上に鉢金《はちがね》が結びつけられてある。

「いつも不意打ちばかりしやがって。そう何度も引っかかると……」

そこまで言った吉兵衛は牛蛙の鳴き声のような音を発してひっくり返る。勝利に驕《おご》っているうちに、再び顎先に頭突きを食らって目を回していた。

太郎兵衛はゆっくりと立ち上がると、周囲を見回した。いつしか、劣勢だった味方が吉兵衛とその配下たちを取り囲んでいる。その先頭には、太郎兵衛に仕える宮田《みやた》甚之丞が厳めしい顔で胸を反らせている。

取り囲まれた方は口々に参った、参り申したと言い、太郎兵衛はそこで初めてにっと笑った。焦げ坊主にふさわしくないほどに、白い歯である。

「お見事」

「あっぱれ」

と年上の少年たちに称賛されつつ、太郎兵衛は胸を張って湖畔を後にした。


「うちの若殿さまをへこませるとは、大したもんだ」

意気揚々と街に戻る太郎兵衛の前に、馬が立ち塞《ふさ》がった。裸馬に乗っているのは、瀟洒《しょうしゃ》な鶴の文様が入った小袖《こそで》を身に付けた若者だ。

「鼻っ柱の強い若だから、たまにゃあおのけに転んでお天道様を拝めばいいのよ」

と哄笑《こうしょう》する。そう言って、若者は太郎兵衛に手を差し出した。

「播磨《はりま》は神代《じんだい》の後藤又兵衛《ごとうまたべえ》だ。黒田《くろだ》の若についてここまで来た」

「森《もり》太郎兵衛」

太郎兵衛が手を握り返すと、又兵衛は軽々と彼を馬の上に引き上げた。馬の背は、五歳の子供にすると相当高い。太郎兵衛は悲鳴こそ上げなかったが、思わず又兵衛の腰を強く摑んだ。

「不意打ちで敵の大将を討ち取る勇士にしては心細いことだ」

又兵衛が言ったので、太郎兵衛はすぐに手を離した。

「気にするな。俺もお前くらいの時には、馬に乗せてももらえなかった。何せ家が貧しくて、父上しか馬をもっていなかったからな」

　軽く馬腹を蹴ると、馬はだく足で進みだした。それだけでも、太郎兵衛からは風を切って飛ぶほどに速く感じられる。

「森っていうと、勝三長可《しょうぞうながよし》どのか、それとも黄母衣衆《きほろしゅう》の小三次《こさんじ》どのか」

　森長可の父の可成は浅井《あさい》、朝倉《あさくら》との戦いの最中、近江宇佐山《おうみうさやま》で戦死し、その武名は織田《おだ》家中でも名高い。

　もう一人、又兵衛が名前を挙げた黄母衣衆の森小三次は、名を吉成《よしなり》という。幼い頃から美濃《みの》の野伏《のぶし》として暮らしてきたが、信長《のぶなが》に仕える前の秀吉《ひでよし》に出会って己の人生をこの男に賭けると心に決めた。それ以降、常に秀吉の近くに仕え、使者の任を多く任されている。大禄《たいろく》を与えられているわけではないが、その信任は厚かった。

「黄母衣衆」

　と太郎兵衛はそれだけ答えた。

「おお、そうか」

　嬉しそうに、又兵衛は体を揺らした。

「お父上には随分と世話になっている」

　先ほど太郎兵衛と取っ組みあっていた黒田《くろだ》吉兵衛は、播磨宍粟《しそう》郡の山崎《やまざき》城主、黒田官兵衛孝高《かんべえよしたか》の嫡男《ちゃくなん》である。人質として羽柴秀吉《はしばひでよし》の治める長浜《ながはま》に送られ、数年を過ごした。

官兵衛は摂津《せっつ》の荒木村重《あらきむらしげ》の謀反《むほん》に巻き込まれ、村重を説得しようとして捕らえられたが、竹中重治《たけなかしげはる》の機転によって救われ、村重の一件が終わってからは播磨に帰ることを許されている。しかし、秀吉の中国攻めに合わせて、吉兵衛は再び長浜に送られていた。

数えで十四歳になる吉兵衛は覇気に溢《あふ》れ、たびたび城下の子弟を集めては石合戦に明け暮れている。彼に匹敵する将領は長浜におらず、大抵は圧勝するのであるが、時に太郎兵衛の奇襲にあって、痛い目に遭わされていた。

「太郎兵衛、中国攻めの首尾はどうか。何か聞いているか」

近江の長浜はこの時主戦場になっている備州《びしゆう》からは遠いが、安土《あづち》からは近いこともあって、詳細な戦況が入っている。故郷を後にして、遠く近江まで来ている後藤又兵衛にしても、もどかしいところである。

「わからない」

太郎兵衛はまだ五歳である。父の森小三次吉成は主君の秀吉について中国攻めに参加しているが、太郎兵衛自身はもちろん留守番だ。詳しい戦況がわかるはずもない。

中国攻めは、長らく苦しめられた本願寺《ほんがんじ》を鎮圧し、紀伊《きい》以外の畿内《きない》の大半を手中に収めた信長が、畿内支配を確実にするべく起こした大戦であった。天正四（一五七六）年から始まった征西は多くの困難に遭いながらも、着実に進められつつあった。

信長が秀吉に課したのは、播磨、因幡《いなば》、備前《びぜん》、備中《びっちゅう》を平定し、中国地方に覇を唱える毛利《もうり》を抑えることであった。秀吉と幕僚陣は毛利の両川《りょうせん》と称される吉川元春《きっかわもとはる》、小早《こばや》川隆景《かわたかかげ》と智勇の限りを尽くした戦いを繰り広げている。

天正七（一五七九）年に宇喜多直家《うきたなおいえ》を屈服させ、同八（一五八〇）年には播磨三木《みき》と但馬《たじま》を、そして同九（一五八一）年には鳥取城《とっとり》、続いて淡路《あわじ》を手中に収めている。

太郎兵衛の父である森小三次吉成は常に秀吉の身辺に侍り、四方の勢力との交渉に奔走していたが、幼い太郎兵衛は知る由《よし》もない。

彼は物ごころがつくなり、山や湖を駆けまわり、陽光を吸い込んだ肌は瞬く間に黒く焼けた。最近では石合戦にも参加し、すばしっこさを生かして物陰に潜み、敵の総大将に奇襲をかけることを常としていた。

「若のお守じゃなくて、先鋒で戦いたかったな」

後藤又兵衛は無念そうに呟《つぶや》く。彼とて二十二の若者である。

「だからと言って、石合戦に交ざるわけにもいかんしな」

「石合戦、面白いよ」

太郎兵衛は自分がもっとも楽しみにしている遊びを馬鹿にされたような気がして、頬を膨らませた。

「実際の合戦はもっと面白いんだぞ」

又兵衛は血が滾《たぎ》ってきたのか、手綱《たづな》を緩めて馬を走らせた。太郎兵衛は慌てて又兵衛の腰にしがみつく。

「今でこそ種子島《たねがしま》で勝負がつくご時世になってしまったが、やはり弓矢と槍をぶつけ合って功を立てることこそ男子の本懐だよ。しかし何で武勇誉れの俺が若のお守をして近江におらねばならんのだ。播磨からすぐ近くで大戦が起こっているというのに」

口惜《くちお》しげに馬を叩いた又兵衛の視界に、長浜の街がはっきりと見えてきた。

「戦国の世はもう終わるかも知れないってのによ」

と唸《うな》るように呟いた。

二

又兵衛がそう感じるのは、天下にはかつてないほどに力を持った武将が現れたからだ。その男こそ、織田信長である。

天正十年夏の時点で、彼の前に立ちはだかっていたのが中国の毛利である。大いに自家の勢力を拡大させた名君、元就《もとなり》は既に世を去っていた。だが、残された吉川元春、小早川隆景をはじめとする諸将は跡継ぎの輝元《てるもと》を盛り立てしぶとい抵抗を見せていた。

信長は中国攻略を焦ってこそいなかったが、急いではいた。彼の意は備州にとどまらず、既に九州を視野に入れている。丹羽《にわ》長秀《ながひで》や明智《あけち》光秀《みつひで》に九州の古い名族の姓、惟《これ》住《ずみ》や惟任《これとう》を与えたのは西への強い意志の表れであった。

中国攻略を任された秀吉は着実に成果を挙げており、太郎兵衛の父、小三次吉成も黄母衣衆の一人として従軍している。

だが、備中高松《たかまつ》城で清水宗治《しみずむねはる》の頑強な抵抗に遭ってその足取りは止められていた。小早川隆景配下の将である彼は、秀吉のあらゆる工作を跳ね返し、備中高松城に立て籠っている。

信長に増援を願った秀吉は、もちろん四方の情勢を知らなかったわけではない。北陸も関東も多事多難で、大軍を送ってもらえないことはわかっていた。

だが信長自身は、畿内に駐留する光秀の軍勢を回して圧力かければ、何より毛利方の士気をくじくことができると考えていた。明智光秀が一万三千の兵を率いて西上を開始すると聞いて、秀吉は胸を撫《な》で下ろしていたものだ。

「明智どのは織田軍の中でも抜群の強さだ。これで毛利が負けちまったら、天下の戦は終わりだぜ。俺の槍先がどこにも届かないまま大戦が終わるなんて我慢ならねえ」

「まだまだ戦は続くって、父上は言っていたよ」

　事情はよくわかっていないながら、太郎兵衛は又兵衛を慰めるのであった。

「若はここにおいても大事ないんだし、誰か俺を中国攻めに連れて行ってくれないかな……」

　又兵衛の嘆きは治まらない。

　戦功は戦いのあるところにある。功は敵が強いほど大きくなり、強敵が減るほど大功を立てる機会は減る。毛利を屈服させると、残るは大友《おおとも》や竜造寺《りゅうぞうじ》、島津《しまづ》など九州の雄たちが雪崩《なだれ》を打って信長に屈服するのではないかと又兵衛は心配していた。事実、大友は既に信長に誼《よしみ》を通じていると噂になっていた。

　又兵衛の焦りは日に日に募るばかりであった。

　琵琶湖に面した長浜城は西の戦場がうそのように静まり返っている。秀吉は城下に商人を呼びよせ、信長にならって楽市を敷いている。四方から集った商人が市をなし、賑わいがまた人を呼ぶ。

　市には焼餅を売る店もあった。

「おい、太郎兵衛。餅でも食うか」

　又兵衛は馬を下りると、芳《かぐわ》しい香りを振りまいている焼餅を求めて太郎兵衛に渡した。醬油《しょうゆ》の匂いに釣られて唾が湧き出し、太郎兵衛は大口を開けてかぶりついた。

「俺は酒を呑《の》む。呑まないとやっとれんわ」

小袖をまくると、太い綱をより合わせたような筋肉が露《あら》わになった。太郎兵衛の父の小三次吉成は槍の名手であるが、小柄で一見貧相に見える。だが又兵衛は体も大きく、腕も太い。太郎兵衛はそれが珍しくて、思わず指でつついていた。

「おお、びっくりした」

急につつかれて、又兵衛は驚いて杯《さかづき》を落としそうになった。

「この腕は中国無双《むそう》だ。俺に槍をつけて無事だった奴はいないぞ」

と力を入れてみせる。荒縄のような筋肉が蛇のように動いて、太郎兵衛は目を瞠《みは》った。

「槍も刀も力がなければ自在には使えぬからな。お前はまだ幼くて槍など持つのは先の話だろうが、鍛えておけよ」

誇らしげに腕を叩くと袖の中にしまった。

二人がのんびりと茶屋の軒先に座っていると、若者の一団が道一杯に広がって歩いて来る。よく見ると、石合戦の相手方である。太郎兵衛に気付いて手を振る者もいたが、又兵衛の顔を見て、ついと目を逸《そ》らせた。

「そんなに怖がらなくてもいいじゃないかよ、なあ」

「何か、したの？」

「喧嘩を売られたら買わずにおれなくてね。年下の者が相手でもちょっと強めにやってしまうんだ」

照れ臭そうに頭をかく。数十人からなる若者たちの群れに、町の人々は因縁《いんねん》をつけられないよう微妙に距離をとってやり過ごしている。その集団がふいに足を止めた。

「おい」

中心にいたのは、又兵衛の主《あるじ》である黒田吉兵衛であった。だが又兵衛は杯を空けながら軽く頭を下げたのみであった。

「何故俺に加勢しない。お前が護衛をしないからそこの子供に不意打ちを食らったではないか。俺の臣下であるなら拳骨の一発でもやっておけ」

吉兵衛はきつい口調で命じる。だが又兵衛は、聞くなりげらげらと笑いだした。

「加勢でございますか。戦場のことなれば、いくらでも加勢いたしましょう。ですが吉兵衛さまのそれは遊びではありませんか」

言葉は丁寧だが、口調は明らかに嘲《あざけ》っていた。

「それに、これある森太郎兵衛はたとえ遊びとはいえ敵の総大将の懐《ふところ》深く踏み込み、その背後をとった真《まこと》の勇士です。戦場においては年も位も関係ない。その武勇は吉兵衛さまなど足元にも及ばぬ天晴《あっぱれ》なもの。そのようなもののふに辱《はずかし》めを与えることなど、できませんな」

と言い放つ。

「おのれ、主君に喧嘩を売っているのか」

「勘違いされては困ります。俺が仕えているのはあなたではなく、官兵衛さまなんでね」

又兵衛は既に、立ち上がっていた。戦いに飢えた若者の肉体は喧嘩への期待に膨れ上がっているように、太郎兵衛には見えた。

吉兵衛も子供の中では相当に大柄だが、又兵衛とはまとう気配が全く違っていた。

「喧嘩なら買いますよ」

「城下でそんなみっともない真似ができるか！」

「みっともない目に遭うのは吉兵衛さまだけですな」

吉兵衛は忌々《いまいま》しげに又兵衛を睨みつけ、城の方へと去っていく。一応は国元からの使いという名目で来ているので、宿は城内の一角にある。又兵衛が声を抑えて笑いながらその背中を見送っていると、大路の向こう側から悲鳴が聞こえた。

「おい、あれ黄母衣衆じゃないか」

遠くから見ると黄金色に見える甲冑に、体を覆わんばかりの母衣を背中に結わえた姿は、秀吉側近の証《あかし》である。母衣とは竹を編んだ物に大きな布をかぶせ、後方からの矢防ぎと指物《さしもの》の役割を持たせたものだ。使い番の証として派手な色の布を使い、秀吉の周囲に侍る者たちは鮮やかな黄色の母衣を与えられている。彼らは秀吉の手足となり、四方への使者となって交渉を任されている精鋭たちであった。

その一人として太郎兵衛の父、森小三次吉成も働いている。長浜では黄母衣の姿を見れば問答無用で道を空けねばならない。まして馬を疾駆《しっく》させているとなれば大事が起こっていることは間違いない。そんな時に馬蹄《ばてい》にかけられたと訴え出ても、それは馬前《ばぜん》に立つ方が悪いとされた。

「父上だ！」

矢のように城に駆け込んだ騎馬を見て、太郎兵衛は飛び上がって喜びの声を上げた。

三

織田信長が死んだ。

街の人々がそれまでの平穏をかなぐり捨てて荷物をまとめ、逃げまどう姿を見て、

「天下人ってのは大したもんだな。一人死ぬだけでこの騒ぎになるのか」

と又兵衛は感心していた。だが太郎兵衛は怖かった。前の日まで穏やかに笑っていた町の人々が血相《けっそう》を変えて荷を車に積み込んでいるのだ。

「こりゃあ荒れるぞ」

又兵衛は太い腕をぱちんと叩いた。

長浜の町に走った衝撃は、当然として城中の動揺を誘った。城を任されていた木村《きむら》定重《さだしげ》は、中国攻めに参加していたが負傷し、一足先に長浜に帰ってきた男である。

近江蒲生《がもう》郡の土豪《どごう》で、秀吉が長浜に赴任してからその家臣となった。親子三代にわたって秀吉に重用され、子の重茲《しげこれ》は豊臣秀次《ひでつぐ》の家老となり、孫の重成《しげなり》は大坂城で秀頼《ひでより》の側近として仕えることになる。定重は城の警戒を厳にするとともに、諸将に如何にすべきかを諮った。長浜を守る兵は数百に過ぎない。

「右府《うふ》（信長）さまに変事があったこと、確かに耳には入っていたが」

明智光秀の軍が、信長の宿所であった京の本能寺《ほんのうじ》に攻め入ったとの報は、京に近い長浜に翌日のうちに伝わってはいたが、誰もが確信を持てないでいた。

定重たち長浜の留守居《るすい》たちの間には、光秀に降ろうという空気はない。秀吉の主力が中国から帰ってくるまで待つか、乾坤一擲《けんこんいってき》の一撃を加えて華々しく散るかという議論が激しく交わされた。

「そのような無駄死にを筑前《ちくぜん》さまが喜ぶとは思えない」

定重のその一言で、突撃して散華するという策は却下された。

「殿は命の張り方を知らぬ男を嫌う」

秀吉は自ら志願して死地に身を置いたことがある。浅井朝倉の両軍から挟み撃ちを食らった際の、金ケ崎《かねがさき》の退き陣である。一歩間違えば命を落としかねない一か八かの戦場であった。

秀吉は見事に賭けに勝ち、名声と信長の信頼を得たものだ。一貫して無駄死にを避け、勝負どころで無謀にも見える賭けに出る主君と共に働いてきた定重は、長浜を自滅させるような挙に出るわけにはいかなかった。

留守居の諸将にはもはや、秀吉本人の指示を仰ぐ他に名案は浮かばない。

だが、連絡をとろうにも街道筋には光秀の手が回っているはずであるし、彼の与力として関係の深い丹後《たんご》の細川藤孝《ほそかわふじたか》や大和《やまと》の筒井順慶《つついじゆんけい》の動きにも警戒が必要だ。彼らが東西の連絡を断とうとするのは自然であるし、その壁を越えるのは決死行になるに違いなかった。

そこに駆けこんできたのが、森小三次吉成であった。

体は小さく色は黒く、大柄で色白な木村定重とは対照的である。だが、その体から発せられる闘気ともいえる気配は、兵たちの目を伏せさせるほどのものであった。

吉成は備中高松から馬を乗り継ぎ、休みもとらず駆け続けてきたというのに、泰然として慌《あわ》てた様子も見せない。

そして定重たちは、秀吉から与えられた命を見て絶句した。

「これから数日のうちに姫路にとって返して京に入るゆえ、長浜留守の者たちは日向守《ひゅうがのかみ》が軍勢を差し向けてくれれば無理せず逃げよ」

とあった。数日、というのは当然秀吉がこの書状をしたためてから、ということだから京に入るのはあと二、三日のうちだ。

「筑前さまは気でも違ったか。備中から京まで何里あると思っているのだ」

「数日で帰ると仰《おつしや》ったからには、必ず行うのが我が殿ではないか」

吉成の言葉には揺るぎがない。

「……それもそうだ」

定重も頷く。

「日向守さまの動きはどうか。筑前さまは摑んでおられるのか」

「わからん。ただ、変事を知って数瞬の後には京へ戻られることを決められ、我ら黄母衣衆には畿内の諸軍に伝令に向かうよう命じられた」

定重には備中と京の距離の他に、さらに大きな懸念があった。

「そもそも殿は、毛利に対する援軍を右府さまに求めるほどに苦戦しているではないか」

秀吉の手元には三万の軍勢がいる。だが、四万を超える毛利軍に対するために、信長は光秀を備中に向かわせようとしていたのだ。

「果たして退き陣がうまくいくのか……」

「そこは殿のお手並みだ」

吉成も秀吉がどのような手を打って毛利の目をかすめ、三万もの軍を西に向けるのか見当もつかなかった。ただ、やると言うまでの数瞬で、秀吉の頭に何らかの名案が浮かんだと信じるしかない。

家臣たちが心配するまでもなく、秀吉の頭には策が練り上がっていた。

「一世一代の退き陣をやってくれるわ。ただし、殿の死と退いていることは悟られて
はならん」

左右の者が心配するほど黙り込んだ秀吉は、大博打《おおばくち》に臨むと宣言した。

「これに勝たねば殿の無念を晴らすことはできんぞ」

何を言っても明るくなるが、それが己の持ち味だと確信している。

「手を引いてくれると相手に感謝させるのだ」

備中高松城を守る清水宗治が腹を切って城を開けば、講和を受け入れようと申し入れたのである。忠誠を尽くした将を見殺しにするのは小早川隆景も吉川元春も受け入れがたかった。だが、四万の軍勢をもってしても、秀吉に勝てるかどうか自信もなかったのである。

秀吉の申し出に、ついに毛利方は乗った。

毛利方の使者として働いていた安国寺恵瓊《あんこくじえけい》は、当時、信長が足元をすくわれることを予測するほどの炯眼《けいがん》の持ち主であった。だが、それでも秀吉の堂々たる態度に騙された。

むしろ、秀吉の態度の変化に安堵していたほどである。ともかく、秀吉は薄氷を踏むような思いで、清水宗治の切腹を見届け、かつ飢えきった城内の兵に施しを与えた。その様は悠然として、恵瓊も後に秀吉に面会した際激賞して見せたほどである。

ともかく、毛利との講和を成立させた秀吉は全軍に、東へ向かい、姫路《ひめじ》に着くまで全速力で駆けよと命じた。飯も食うな夜も寝るなという無茶な指示である。この命を受けた秀吉軍の動きも見事であった。

このような命を受けたからには、やりきらねばならんし、成算があるから言っているのだと将兵が信じるほどに、秀吉という将は一目置かれていた。

そして瞬く間に退き陣の態勢を整えると、秀吉は整然と東へ向けて軍を動かした。表面上は平然と、撤退ではなく作戦の一環として移動していると全将兵が姫路に至るまで信じ込ませていた。

もちろん、使者を先行させて街道脇の村々に炊き出しをさせ、全力で駆けさせたのは言うまでもない。将兵もこの男についていれば、飢えることなく走れるとわかっているのである。

通常、行軍速度は一日六里程度である。しかし、六月六日午後に備中高松城を後にした秀吉軍は、途中に難所の船坂峠《ふなさかとうげ》があり、さらに豪雨にみまわれたにもかかわらず、六月八日中には姫路に達していた。特に備前沼《ぬま》城から十八里を駆け抜けた速さは、尋常ではない。

そして、姫路に着いた秀吉は、

「殿の無念を晴らす。敵は惟任……いや、明智のきんか頭よ！」

とついにその意図を明らかにした。

# 四

長浜城に残された将兵たちは、昂《たかぶ》る期待と不安に顔を見合わせていた。

「戦になる」

顔を合わせれば、男も女もそう囁《ささや》き合った。それも、これまでとは違う、天下を奪い合う大戦だ。もちろん、歓迎する者もいた。

「腕が鳴る！」

後藤又兵衛は、自分もその大戦に参加できるものと思い込んでいた。

「俺が行かなければ始まらん」

とすら、太郎兵衛に豪語していた。だが、秀吉軍が姫路を発したとの噂が流れても、長浜には何の命も下されなかった。

「どうなってるのか、お城の様子を訊いてくれんか」

苛立《いらだ》つ又兵衛は、大きな体を折り曲げるようにして太郎兵衛に頼みこんだ。だが、石合戦では表情一つ変えず総大将の背後をとった太郎兵衛が、あからさまに嫌な顔をした。

「できない」

とにべもなく断ったのである。

「どうしてだよ。お前の父君は黄母衣衆なんだろ」

「お勤めのことを訊くと叱られる」

「ああ……」

確かに、と又兵衛も納得はできた。黄母衣衆が扱うのは、秀吉の帷幕《いばく》の中でも、もっとも秘密を要するものである。我が子であっても、漏らすことは許されないのは当然であった。だがこれで諦める又兵衛ではない。

「なにも俺は秘密が知りたいというわけではない。陣に加わりたいだけだ。そう言ってくれんか」

「言えない。自分で言って」

太郎兵衛は又兵衛が戦に出ると活躍するだろうということくらいはわかるが、怖い父にものを頼むにはどうすべきか知らない。

又兵衛は森家の門を叩き、秀吉から預かった命を城に伝えてようやく一息ついている吉成を訪ねた。

「筑前守さまはどこで日向守を叩くおつもりか」

と思い切ったことを訊く。

「それは私の思慮の外だ。たとえ知っていたとしても、そこもとに教えるわけにはいかない」

「わかっています。ですが、この大事を前にして槍を振るえないことは武門の恥。どうしても教えていただきたい。教えていただけぬのであれば一人京に上って馬前に馳せ参じ、筑前守さまに願って先鋒となる所存です」

「ご随意に」

吉成はすげなく応じる。

「言っておくが、武門の務めとは何か。それは主命を奉じて全《まっと》うすることである。目の前に戦があるからといって功に逸り、一騎駆けの無謀に憧《あこが》れることこそ恥と心得られよ」

六尺はありそうな大柄な又兵衛の前では、吉成は実に小さく見える。だが太郎兵衛は二人が向き合っている姿を見ているだけで、これは父の方が強そうだと感じた。

「貴殿は黒田官兵衛どののご子息に従ってここに参られた。主君の子を守りきることは、戦場で敵の首を挙げることに何も劣らない。その務めを捨てて一騎駆けを望むなど、それは匹夫《ひっぷ》の勇であって武門の誉れではないのだ」

吉成に諭《さと》されているうちに、又兵衛の首は徐々にうなだれてきた。

「我らは中国攻めに加わっている者たちの家族、そして質に送られている者たちを連れて長浜を出る。東の七尾山に築いた出城《でじろ》にこもり、殿の援護を待つ」

「で、では戦は」

「手出しされぬ限り一切せぬ」

二人の間に沈黙が流れ、太郎兵衛は覗き見を止めて屋敷の外に出た。

石合戦は当分なさそうであった。長浜の町は間近に迫った戦の予感に、興奮を抑えきれないように見えた。

足軽たちは具足を身につけ、騎馬武者の下知に従って城の各所へと駆けていく。商人は商品を売り切ると早々に市を後にして去った。長浜は光秀の城、近江坂本《さかもと》にも京にも近い位置にあり、いつその軍勢が攻め寄せて来るかわからない。留守を任された諸将は、長浜を捨てることを決めていた。

つまらないな、と石を蹴りながら太郎兵衛は路地の端を歩く。指物もない一人の武者が辺りをうかがうように馬を進めていた。怪しい奴、と礫《つぶて》を一つ拾って、大きく振りかぶる。体と腕をしならせて力一杯投げると、礫は騎馬武者の鉢金に当たってしまった。

がん、と鈍い金属音がして武者はよろける。慌てて身を隠した太郎兵衛であったが、すぐに襟首を摑まれた。

「何しやがる」

と面頰《めんぽお》の下から怖い顔で睨みつけてきたその武者は、太郎兵衛の顔を見て拍子抜けしたような表情になった。

「俺だよ、俺」

その声は後藤又兵衛のものであった。

「出陣？」

父に行くなと諭されたはずの又兵衛が戦装束《いくさしょうぞく》なのを見て、太郎兵衛は首を傾げた。

「勝手に行くのさ」

「そんなことしていいの？」

太郎兵衛が無邪気に訊くと、又兵衛もきまりの悪そうな顔をした。

「駄目なんだがな、今は天下の大事だ。小三次どのには叱られたが、こんなところで若殿のお守をしているくらいなら、槍をとって名を揚げる方がよほどお家のためになる。要は惟任日向守《ひゅうがのかみ》の首級《しるし》を挙げればいいのだ！」

自分に言い聞かせるように叫ぶと、黒塗りの大槍を掲げて見せた。忙しげに街路を行く町人たちがぎょっとした顔で又兵衛を見上げ、関わり合いになるのを恐れるように早足で駆け去った。

「では行ってくるぞ」

からからと笑うと、又兵衛は長浜の大路を堂々と一騎進んで出立しようとした。だが馬首を廻らせ太郎兵衛のところへ戻ってくると、

「お前はどうする」

と訊ねた。

「どうするって？」

「一緒に来ないか。戦場に行くのに供《とも》回りも連れて行かないのはみっともない。かといって、吉兵衛さまの耳に入ったらまたやかましいことを言われるに違いないからな。それに、俺が武功を立てたらその証人となる者がいる」

そう誘われて、太郎兵衛の心は波立った。

「お前がこれから強い武者になるには、戦場を知らねばならんぞ」

太郎兵衛はまだ五歳であるから、もちろん戦場は知らない。だが石合戦に何度も交わるうちに、本当の戦場を見たくなっていた。父は秀吉について四方へ出征して家に

いることの方が少ないし、勤めのことは一切口にしない。

ただ、父は城持ちでも何でもなく、屋敷も檜皮葺《ひわだぶき》のあばら屋に住んでいるというのに、城内の者が父を軽んじることはなかった。秀吉配下の猛者《もさ》達はもちろん、その同輩ですら吉成を訪れると丁重《ていちょう》な物腰で用件を伝えていく。

城下では知らぬ者もいない将領が、親しく父に接しているのは太郎兵衛には誇らしくもあり、また謎でもあった。その秘密が戦場にあるのだろう、と漠然と考えているのみだ。

その戦場を又兵衛が見せてくれるというのだ。

「行く！」

と弾けるように答えると、又兵衛は嬉しそうに表情を崩したが、ふと首を傾げた。

「共に行けるのは嬉しいが、母御は何も言わんのか」

「いない」

短く答えた太郎兵衛の視線を受け止めて、又兵衛はくちびるを結んで小さく頷いた。

# 五

又兵衛は城外の茂みに潜み、何かをじっと待っていた。

「小三次どのは決して口にせぬだろうが、黄母衣衆は筑前さまの傍《そば》に侍るのが務めだ。長浜への使者の任を終えれば必ず本陣に戻るだろう」

その後をつけるのだ、と又兵衛は舌舐めずりをした。やがて黄色の母衣を背中にはためかせた一騎の武者が、長浜の町から駆けだしてくる。馬を乗り換えた吉成が、急ぎ西へと走り去ったのだ。

「俺たちも行くぞ！」

又兵衛は勇躍して馬に跨る。太郎兵衛も後鞍に跨らせてもらった。吉成は馬を巧みに操り、街道を疾駆していく。又兵衛は懸命に馬腹を蹴ったが、瞬く間にその姿を見失った。

日は暮れて、あたりは闇に包まれ始める。この当時、鎧を身に付けた武者は恐ろしくもあり、一方で金の成る木でもあった。戦死者から武具をはぎ取り、流通させる市がどの町にもある。

一人で、しかも子連れで街道を彷徨《さまよ》う武者など狩りの対象でしかない。そして又兵衛の前には、二十人ほどの男たちが弓と槍を構えて立ち塞がった。

「身ぐるみ置いていかれよ」

脅しの口上も堂々としたものである。太郎兵衛は闇に光る白い目を見て震えあがっ

たが、又兵衛は怖じることなく、

「筑前さまの軍を見なかったか」

と逆に訊ねる始末である。

「その甲冑と槍を渡せば教えてやる」

男たちはじりじりと包囲を狭めてくる。又兵衛はしばらく鼻をうごめかして周囲の匂いを嗅いでいたが、

「よかった。火縄《ひなわ》の匂いはしない」

嬉しそうに太郎兵衛に告げた。太郎兵衛も慌てて鼻をひくつかせてみるが、確かに晩夏の湿った土の匂いが漂っているばかりで、煙硝《えんしょう》の気配はない。

「ここは見なかったことにしてやる。俺のめでたい出陣を、お前らのような百姓の血で汚すのも下らない。追い剝ぎは戦に敗れて疲れた者を狙うべきで、俺のような勇士を狙うのは命を縮めるだけだぞ」

頭目らしき男はそれに答えず、

「やれ」

と一言命を下した。十数本の矢が唸《うな》りをあげて飛び、又兵衛の巨体に迫る。数人が駆けよって、槍を一斉に突き出した。だが鏃《やじり》の一つも、槍の一本も又兵衛に届くことはない。鏃は全て地に叩き落とされ、槍を突き出した者たちの首は宙を飛んでいた。

「俺はやめろと言ってやったからな。恨むなよ！」

咆哮《ほうこう》をあげた又兵衛が槍を投げると、弓を構え直していた者が一人、絶叫もあげずに倒れ伏す。首を飛ばされた男たちの槍を次々に拾い上げ、四方に投げるとその度に賊の命が消え去った。

最後に一人残った頭目は悲鳴をあげて逃げ出すが、又兵衛は馬を走らせて蹄で蹴散らした。大刀を抜いて一閃《いっせん》させると、男は闇の中でも鮮やかな血しぶきを上げて絶命する。

太郎兵衛は言葉を失っていた。石が当たって怪我をするのとはわけが違う。時に目にする、病や飢えで路傍に倒れている死体とも異なっていた。

「戦に出ようという武人から物取りをしようというのだから、仕方ない報いだと思えよ」

愛用の槍の穂先をあらためて刃こぼれも歪《ゆが》みもないことに満足した又兵衛は、太郎兵衛が立ち尽くしているのに気付いた。

「怖いか？」

太郎兵衛は首を振った。腹の底から震えが一度来たが、抑え込んだ。父から言葉で教えられたわけではないが、自分がこの光景に慣れていかねばならぬことを、どこかで理解していた。

その心の動きを探るように又兵衛は見ていたが、何も言わず前を向き、あっと声を上げた。

「筑前さまの行き先がわからないままではないか」

がんがんと槍の柄で己の頭を殴った又兵衛は、街道の先を見やりながら思案に沈んだ。その時地響きが聞こえ、二人は慌てて街道脇へと身を隠す。

「お、こりゃいかん」

数百人の軍勢が街道を北へと駆け抜けていくのが見えた。桔梗《ききょう》の旗印を押し立てた明智の軍勢が近江の諸城を落とすために軍を送りこんでいるらしい。六月九日の日暮れを迎え、長浜から京へ続く街道には人影もない。

「長浜や佐和山《さわやま》は日向守に取られるだろうが、戦場になるのはもっと西なのかもしれんな。とりあえず京まで行って宿をとろう」

又兵衛は口惜しげに舌打ちした。

「どういうこと？」

「京の前には摂津《せっつ》がある」

又兵衛たちは馬を走らせて佐和山に入っていた。近江の国で後に彦根《ひこね》と呼ばれる地域の城は佐和山にあり、後に石田《いしだ》三成《みつなり》が改築する以前の、素朴な山城である。町は琵琶湖畔に広がり、湖東を走り遥か東北へと連なる東山道《とうさんどう》の物資を中継する拠点となっていた。明智の軍勢は城に入っているが、町は静まり返っている。

「摂津衆の主力は高山右近《たかやまうこん》と中川清秀《なかがわきよひで》の両将だが、この二人の動きが見えない」

大坂、摂津は、織田軍にとってある種の鬼門である。

かつては石山本願寺が拠点とし、長年にわたって信長の西進を妨害し続けた。そして荒木村重の謀反によって、中国攻めはさらに遅れたものだ。

信長も秀吉も、摂津衆の扱いにはかなり神経を遣っていた。秀吉は中川清秀と義兄弟の誓紙を取り交わしたほどである。これは二人の親密さを表すというより、微妙な距離を示しているといってよい。

摂津衆が明智に与すれば、秀吉の中国大返しは意味をなさなくなるのは間違いなかった。

「丹羽越前守《にわえちぜんのかみ》さまと三七《さんしち》信孝さまが堺におられるが、軍を離れられているとの噂だ」

三七は信長の三男信孝のことで、織田家の重鎮の一人である丹羽長秀が後見人としてついていた。又兵衛は知る限りの近畿の情勢を話し続けるが、もはや幼い太郎兵衛の頭では理解できない。

「要は、もともと摂津にいる連中がどちらにつくかで、話は大きく変わるということだ」

摂津は辛うじてわかる。京の南にある、海沿いの町で商いが盛んなところだ。だがわからないことがある。

「摂津の人たちはどうして迷ってるの。悪いのは右府さまを殺した人でしょ？」

「そうさ、それが大人のずるいところさ」

ことさら分別臭い表情を作って又兵衛は太郎兵衛の頬をつついた。

「大義名分を口では言いながら、裏で損得を考える。かといって損得だけでもないのが困ったところだ。結局は、建前と損得をはかりにかけて、どちらに傾くかと考えているのさ。傾いた先が見苦しいか華々しいか、それだけの違いだ」

「又兵衛はどっちなの」

ふいに太郎兵衛が訊いたものだから、又兵衛は意表を衝《つ》かれた顔になった。

「俺か？　そうさな……」

しばらく考えていた又兵衛は、

「常に華々しい方を選んでいたいね。筑前さまのようにさ」

「筑前さまは華々しい？」

「そうさ。官兵衛さまがいつも言ってる。あの方は顔は猿だが、その背中に太陽を背負ってらっしゃるとな。俺から見れば、官兵衛さまだって十分すごいんだが、その殿が言うんだから間違いないよ」

そうか、と又兵衛は合点がいったように手を打った。

「月と太陽じゃ勝負にならんよな。筑前さまが太陽なら日向さまは月みたいなお人と官兵衛さまは仰っていた。どちらも空に輝くが、その光はあまりに違う。この戦、勝ったぞ」

わはは、と満足げに笑うと馬の尻に鞭《むち》を当てた。

「やっぱりよくわからない」

太郎兵衛は懸命にその背中にしがみつく。しかし、もしかしたら明日にも戦場とやらを目に出来るかと思うと、胸が高鳴るのであった。

## 六

六月十日の夜になって、二人は京に入っていた。相変わらず羽柴軍も明智軍もどこにいて何をしているのか、人によって言うことはばらばらであった。ただ、どうも秀吉の動きに比べると光秀の動きが後手に回っていることは又兵衛にもわかった。

「やはり京を巡って戦うのかな」

天下分け目の戦いとなると、やはり京の奪い合いという印象が又兵衛にはあった。

「京には何があるの」

「そりゃあ……御所《ごしょ》があるからな」

当時の皇室は名目上の権威こそ残ってはいたが、貧しさも極まっていた。そんな中、各地の大名に位階を授けたり古今伝授などの古くからの技能を生かして何とか日々を暮らしているのである。

父、信秀《のぶひで》の代から引き続いて信長が助けの手を差し伸べたので、朝廷の財政はやや改善していた。だが天下を争う戦の目的が御所か、と言われると又兵衛にもよくわからない。

「それだけ?」

「じゃあ、太郎兵衛はどこで戦になると思うんだよ」

又兵衛はむっとしたように訊ねた。だが太郎兵衛にわかるはずもない。京も大坂も彼にとってははるか遠い世界だ。

「やはり京にいよう。日向さまは公方《くぼう》さまに近かったお人だ。天下に号令をかけるとなれば京を押さえようとするはずだし、筑前さまはそれを許さないはずだ」

それに、光秀の居城である近江坂本は京に近い。京を落とされることは、城の喉元に刃を突きつけられるのと同じだ。

京には秀吉と共に黒田家が昵懇《じっこん》にしている豪商の今井宗久《いまいそうきゅう》の別邸がある。そこでもう一度四方の情勢を探ってから、戦場を見極めるつもりであった。

だが、単騎で槍を提げて街道を行く又兵衛の姿を見ても、誰何《すいか》する者もいなかった。これには又兵衛も奇妙に感じた。

「もはや戦は終わっているのか？」

と首を傾げつつ進む。京の町に入っても気味が悪いほどに静かで、市で商いをしている者もいない。かといって、日向守の名で出されている高札もなく、誰が京を支配しているのか又兵衛にもわからなかった。

清水寺《きよみずでら》近くにある今井宗久の別邸を訪れると、当主は堺《さかい》の本邸にいて不在であった。それでも佐和山にいるよりは情勢もはっきりわかる。宗久の留守を守っている若い商人は、信長が死んだという騒乱の中でも落ち着いているように、又兵衛には見えた。

「商いは何が起こるかわかりませんから。右府さまが日向守さまに弑されたのも、驚きではありますがあり得ぬことではないので」

そう言って、又兵衛に知る限りのことを教えてくれた。

「昨日、筑前さまの本隊は既に尼崎《あまがさき》の手前まで到達しているとのことです」

「尼崎……。ということは姫路でしばし休まれたということか」

「はい。尼崎は摂津の西の入り口にあたります。筑前さまは姫路で兵に休みを与え、同時に摂津衆、大和衆の動きを見極められたようです」

中川清秀、高山右近といった摂津衆は、羽柴と明智を秤にかけ、どちらに命運を託すか決断を下したという。

「筑前さまの御運は尽きていない、ということか」

という又兵衛の言葉に商人は頷いた。

「日向守さまがひそかに頼りにしていた細川兵部大輔《ひょうぶたいふ》藤孝さま、与一郎忠興《よいちろうただおき》さま父子、瀬田《せた》城の山岡美作守《やまおかみまさかのかみ》さまなど全て、与力を断りました」

「日向守さまは随分備えがおろそかだったのではないか」

又兵衛は驚きを露わにした。

「日向守さまは思いつきで主君を殺したのではないだろうな。これでは畿内に誰も味方もいないまま、兵を挙げたことになるぞ」

又兵衛は聡明な印象の光秀が破れかぶれの挙に出たとは今でも信じられない。

「もしや、北陸の上杉《うえすぎ》や四国の長宗我部《ちょうそかべ》との密約でもあったのでしょうか」

「無いとは言いきれません。しかし、上杉は柴田《しばた》さまが防いで一進一退の攻防が続いておりますし、長宗我部は丹羽越前守さまの征討を前に防備に忙しいはずですから、海を渡る備えなどないでしょう」

太郎兵衛は退屈になって、庭へと遊びに出た。長浜の屋敷は、必要なもの以外は何もない。茶も歌もやらない吉成は、小ぢんまりとした庭に駄馬を数頭飼っていた。

「このご時世何があるかわからんし、何が役立つかわからん」

というわけで、太郎兵衛の知る庭は馬小屋の建つ獣臭い一角である。

だが、京の今井邸の庭は別天地であった。美しく刈り込まれた松と波をかたどった白砂に、苔で覆われた石が配されている。

「これは海を表しているのだ。水を一滴も使わず、大海を表す。数寄者《すきもの》というのは面白いことを考えるものだ」

太郎兵衛の後ろに、一人の男が立った。聞き憶えのある声だ。

「こんなところで何をしている」

叱っているわけではないが、太郎兵衛がぎくりとするのも無理はなかった。父の親しい友人である山内猪右衛門一豊《やまうちいえもんかずとよ》の声だったからである。

彼は秀吉配下の中で特に吉成と親しい男だ。岩倉《いわくら》織田の重臣であった父を持つが信長に攻められて没落し、後に信長に拾われて秀吉の与力につけられていた。妻の千代《ちよ》、弟の康豊《やすとよ》も含めて家族ぐるみの付き合いがある。

「えっと……」

太郎兵衛がこれまでの経緯を頭の中でまとめ、訥々と話し終えるまで猪右衛門はじっと待っていた。

「又兵衛め、困った奴だ。太郎兵衛に戦場はまだ早かろう」

と言いつつ、猪右衛門は縁に腰を下ろしてため息をついた。

「ま、男子たるものいずれ戦には出るのだから、行くなとは言わん。だが、戦に出ていいのは戦えるだけの力を持ったものだけだ」

「見ているだけでいいって」

「鉛玉《なまりだま》も鏃も飛んでくる。少しでも道に迷えば、野盗の類が潜んでいるのだぞ」

と猪右衛門は脅かす。

「野盗は又兵衛がやっつけてくれた」

「あやつの槍に勝てる者はそうそうおらんが、今は一人の武勇ではどうにもならんことも多いからな」

太郎兵衛はこのまま長浜に帰れと言われるのではないか、と身を縮めていた。京に至っても、まだ戦場は目にしていない。

「そういうことなら、俺と筑前さまの本陣に行くか。そこなら安心だろう」

それは気乗りがしなかった。本陣には父がいる。

「何だ、叱られることを怖がっているのか」

微かに笑みを含むと、頬にある大きな傷が形を変えた。天正元（一五七三）年の朝倉攻めの際、顔に鏃を受けながら敵将を組打ちの末討ち取った。猪右衛門武勇の証である。

「猪右衛門さんはどうして京に来たの」

「ああ、俺はお役目をいつかってな」

秀吉は変を知るなり、すぐに数人の側近を東へ走らせた。そのうちの一人が猪右衛門であったのだ。彼は、かつて瀬田城の山岡《やまおか》氏に仕えていたことがある。

瀬田の山岡氏は南近江を拠点とする国衆で、それほど大きな勢力を張っていたわけではない。彼らが秀吉か光秀につくか、という予測はつきがたかった。

もともと足利将軍家や六角《ろっかく》氏に近い立場だった山岡景隆《かげたか》が、光秀側についても何ら不思議はない。そこで景隆の人物をよく知る猪右衛門を派した、というわけである。

「だが、俺が行くまでもなかったよ」

世の流れを見極めた山岡景隆と甲賀衆《こうがしゅう》は、瀬田橋を切り落として光秀の誘いを断って見せた。

「心配していた摂津衆も明石《あかし》どのの説得で筑前さまへの与力を約束したしな」

「明石？」

「ああ、太郎兵衛は知らぬだろうが、摂津の高山どのを動かしてくれた切支丹《きりしたん》武者だ」

先ほどから聞こえている調子外れの歌は、明石掃部頭《かもんのかみ》のものであるらしい。

明石掃部頭全登《たけのり》は、備前美作の出である。宇喜多家の家老として活躍している明石景親《かげちか》の子で、熱心な切支丹である。彼は同じ切支丹である高山右近の説得を秀吉から命じられ、急ぎ畿内へと走っていた。

「そちらの方も、うまくいったようだ」

猪右衛門の表情は明るい。

そのうちに、調子外れの異国の歌は終わり、障子が荒々しく開けられた。やたらと縦に長い人だ、と太郎兵衛は思った。

「猪右衛門どの、ご子息かな」

声が大きい。だが歌声の聞きづらさに比べると随分と耳に心地よい通る声だ。

「俺のではないよ。小三次どのの子だ」

へえ、と感心しながら全登は太郎兵衛を抱き上げた。腕は細いが異様に長く、腕と体の間に出来た隙間から落ちそうになる。

「小三次どのは長浜にお住まいではなかったか」

この人も父を知っているのか、と太郎兵衛は驚いた。天下の武士はみな父と顔見知りなのではないか、と思えるほどだ。

「太郎兵衛というのか。お前の父御《ててご》には随分と世話になっている。宇喜多家をはじめ我が明石家など備前衆が筑前さまに投じる際には、何度か使者に立ってくれた。織田家の使いだからどれほど嵩《かさ》にかかってくるかと思いきや、実に丁重に我らを扱ってくれたものだよ」

全登は太郎兵衛を庭に下ろすと、

「私は備前に戻るよ。筑前さまが大返しをして毛利が追ってくる気配は今のところないが、いつ変心するかわからん」

と猪右衛門に告げた。

「次に会う時は筑前さまが天下さまにおなりかな」

「そう簡単にはいかんだろうが、右府さまに近づくだろうな。ともあれ、ご武運を。さんたまるや！」

全登は二人に向かって十字を切ると、下手な歌をがなりながら去って行った。

七

又兵衛と太郎兵衛は結局、京の今井邸に二日滞在した。今動くのは危険だと猪右衛門が強く諌《いさ》めたこともある。京が静かであったのは、光秀が厳しく警戒していたからではあるが、又兵衛を見逃したようにどこか浮足立ってもいた。

太郎兵衛の戦を見たいという願いも、目を血走らせている大人たちに気圧されて消し飛んでしまっていた。

もちろん、京から大坂へ向かう街道は全て封鎖されている。京にいることは黙認されても、堂々と参陣する者を通すとは思えなかった。

「筑前さまはもう富田《とんだ》まで来ているそうだ」

富田は摂津高槻《たかつき》にあり、京のある山城国とは目と鼻の先である。

「そこで軍容を整えて一気に攻勢に出るのであろう」

秀吉は軍を疾駆させたとはいえ、そのまま明智軍に突撃させるような真似をするはずがなかった。

「もはや戦が終わった後の手はずを整えられているだろうな」

という猪右衛門の予想は半ば当たっていた。この戦を私戦と責められることのないよう、周到な手を打っていたのである。それが、織田信孝を総大将とすることであった。

秀吉は信長の晩年には麾下《きか》の四天王と目されるまでになり、本能寺の頃には序列第二位と目されていたが、いかんせん出自が卑しい。そんな自分の出自に箔をつけるためと、強面の先輩を懐柔するために柴田と丹羽から一文字ずついただいて羽柴と名乗っているほどだ。

しかも丹羽長秀は信孝を戴いている。信長の長子で、資質ももっともすぐれていると目されていた信忠は、本能寺の変の後、村井《むらい》貞勝《さだかつ》らと共に二条御所に立てこもった。だが明智の大軍を防ぎきれず、奮戦の後に世を去った。

次男の信雄《のぶかつ》が伊勢《いせ》から伊賀《いが》を越えて京に向かっているとの報もあったが、織田家に恨みのある伊賀の国衆たちに阻まれて、秀吉の本陣とはまだかなりの距離があるらしい。

「ここは三七《さんしち》さまと五郎佐《ごろうざ》どのに全軍を率いていただきたい」

秀吉は丹羽長秀に対し、軍の全てを譲ると申し出た。これには、普段秀吉を猿め猿めと罵《ののし》っていた長秀も驚愕し、

「何の面目があって筑前の軍に命を下せようか」

と固辞した。

信孝と長秀は、四国征伐のために堺に本陣を置いて出征の準備を進め、あらかた備えも終わったところで岸和田城主の蜂屋頼隆の接待を受けていた。既に万を超える軍勢の編制が終わり、ほっとしていたところで変事が起きたのだ。

信孝と長秀が堺に帰りついた時には軍勢の多くが逃げ散ってしまい、数分の一になっている。もちろん、彼らが大いに恥入ったことは言うまでもない。

そこに秀吉からの申し出であった。

「わしが総大将になるのは筋目として致し方なし。だが富田に集結している軍の多くが筑前の下知《げち》に従って働いてきた者たちである。指揮は筑前が執るべし」

信孝は秀吉にそう言い渡し、長秀も承知したので軍はこれまで通り秀吉が率いることになった。

「さすが殿だ」

話し終えた猪右衛門は感心したように首を振った。

「全軍を失って、天下を得る好機を失いかねない。だが、ここで三七さまと越前守さまが引いてくれれば、織田家筋目として正しく軍を進めることができる」

全てが後手に回る光秀に対し、水際立った手回しの良さであった。

「決戦はしばらく後なのか」

猪右衛門ですらそう思うほどの、京の静けさであった。

## 八

織田軍精鋭同士の正面衝突である。兵の練度も、与力につけられた将の才にも大きな差はなかった。

光秀には斎藤利三《さいとうとしみつ》や伊勢貞興《いせさだおき》などの勇将がいた。兵力に二倍以上の差があり、しかも兵たちの士気が上がらぬ中で互角に渡り合ったことからも、光秀の力量はうかがい知れる。実際、戦の途中までは羽柴軍の損害の方が多かった。

だが、決定的に差があったのが、総大将の断《だん》であった。

光秀は、京の手前に引いた防衛線に自信を持っていた。秀吉の猛進には驚いていたが、光秀も同僚が時折見せる目を驚かせるような戦術を知らないわけではない。期待していた大和の筒井順慶が一切の助けを拒んだことは驚いたが、摂津や大和の諸将が情勢によってはいかようにも態度を変えることはよく知っていた。

秀吉を京に入らせず、畿内の諸将を何とかこちらに寝返らせれば、まだ勝機はある。光秀は湖東の諸城、近江の南半分を押さえて持久戦に持ち込むことも考えていた。既に天下人として名乗ることは諦め、足利義昭《あしかがよしあき》を担ぎ出すべく使者も出している。

しかし、秀吉はそのような悠長なことに付き合うつもりは毛頭なかった。

「こりゃ大事に遅れちまう」

焦った又兵衛はとるものもとりあえず、戦場になると思われる山崎へと馬を走らせた。だが、怪我人や逃げ惑う村人を目にはするものの、又兵衛たちは戦場にたどり着くことは中々できなかった。

途中で中川家中と思《おぼ》しき足軽の一団には出会った。慌ただしく光秀の行方を訊ねると、

「なんでえ、あんた明智縁故かい」

欲に目が眩《くら》んだらしい足軽が槍を向けようとするが、又兵衛は一喝した。

「先ほど名乗っただろうが。俺は日向守の首を狙ってるんだよ！」

「そういうことなら」

足軽たちは東を指した。

「まだ残党はかなり残っているみたいだべ。日向守もまだ見つかっていないようだ。精々手柄しな」

もはや近江は残党狩りの場と化していた。佐和山、坂本、長浜の諸城を守っていた明智方の将は逃亡するか降伏したが、もちろん又兵衛も太郎兵衛もそのことを知らない。

「山に入るなら落ち武者狩りに気をつけろよ。このあたりの百姓、隠れてはいるが金目のものを狙って血眼《ちまなこ》になってるっぺよ」

又兵衛はその話を聞くなり、馬を走らせた。

「どこへ行くの！」

風に負けないよう大声を出さねばならぬほど、又兵衛は馬を急がせている。

「日向守は城のある坂本に帰ろうとするはずだ！」

「どの道を通るかわかるの？」

「そんなのわからねえけど、人目につかなくて一番近い道を通るはずだ」

戦場となった天王山、山崎のあたりは摂津と山城の境となって山がちな地形である。そこから近江坂本に急ごうとすれば、桃山《ももやま》の南を掠《かす》めて、近江と山城を隔《へだ》てる深い山並みに入ってしまうのが得策だ。

「見つけられるのかな」

「それこそ武運だろう」

落ち武者狩りと思しき農民たちを一喝して退けながら、山の中に分け入った。道は狭くなり、身ぐるみ剝がされた武者が無念の形相で倒れている。もはや馬も走らせることはかなわず、又兵衛は槍を担いで身軽に山道を走る。

一刻も走り続けていただろうか、突如銃声が轟いた。又兵衛は太郎兵衛の首根っこを押さえて地面に伏せる。

「痛いよ！」

「死ぬよりましだろ」

又兵衛は地面に伏せてわずかに顔を上げ、周囲の気配を探った。

「山一つ向こうだな」

そう言って駆け出す。太郎兵衛も慌ててその後に続いた。深草を抜けて小さな尾根筋から顔を出すと、又兵衛は足を止めた。眼下には小栗栖《おぐるす》の本経寺《ほんけいじ》の伽藍《がらん》が見えていた。

太郎兵衛も下を覗くと、粗末な具足姿の男が数十人、木立の間を抜けて走っていく。作りの粗い足軽用の槍や、竹槍を持っている者もいる。鉄砲を担いでいる者も二人ほど見えた。

「誰かを追っている……」

その先から怒号が響いてきた。又兵衛は慎重に近づくと、目を瞠った。

「どうも名のある武士の一団らしい」

取り囲まれている方は数人が倒れ、生き残った者たちも傷が深い。みな兜は脱げ落ち、髪を振り乱して必死の形相である。その中央にいる者たちだけが、端坐していた。

「日向守だ……」

「間違いないの？」

「遠目で見たことはあるから、多分」

又兵衛は舌舐めずりをして槍を担ぎ直した。

「殿、早く！」

一人の武者が叫び、それを合図にするように百姓たちが襲いかかった。斬り合いになったが、疲れのためか武者たちは瞬く間に討ち取られていく。だがその時、光秀がすっと立ち上がった。

百姓たちは気圧《けお》されたように動きを止めた。光秀はすっと空を見上げた。血と泥にまみれているのに、透き通るような笑みを浮かべていた。太郎兵衛は思わず又兵衛の袖を摑んだ。

「魔王とも称された主君の首をとり、数日といえど天下に覇を唱えた。泥の中に首を落とされることは無念ではない。本意《ほい》である！」

堂々とした声だ。だが次の瞬間、太い竹槍がその胴を貫いていた。光秀の威風に圧されていた百姓たちも獲物に群がる野犬のように襲いかかる。その様子をじっと見つめていた又兵衛は、

「行こう」

と太郎兵衛を促した。太郎兵衛はどういうわけか、馬に跨って京に帰るまでの間、涙が止まらなかった。

しばらくして光秀が討ち取られたとの報が京にもたらされた。武勇筆頭である明智秀満《ひでみつ》は反撃を企てたものの、琵琶湖南岸の打ち出の浜で奮戦した後に坂本に戻って自害し、斎藤利三は堅田《かただ》に潜んでいるところを捕まり、斬首された。

「もはや大した首は残っておらんだろう。戦は終わりだ」

又兵衛はがっくりと肩を落とした。

「俺たちは一歩ずつ遅かったんだ。大坂に着いた時には摂津の情勢は定まり、山崎に

着いた時には決戦は済み、日向守を見つけた時にはもう落ち武者狩りに囲まれていた」

「そうだね……」

太郎兵衛の脳裏には、光秀の最期が焼きついたように鮮明に残っていた。

何十、何百という死体が、周囲にはあった。無念に目をむき、歯を食いしばり、泥を摑んで息絶えていた。父が仕える人が、こうならなくてよかった、と安堵していた。

「負けなくてよかったね」

全くだ、と又兵衛も頷いた。

「敗れた者たちがいるから、武功を立てる者がいる。俺はどちらかを選べと言われたら、やはり功を立てる方を選びたい。生きて勝ってこそ男だ」

「でも明智さま、本意だって」

「どういうことなんだろうな」

又兵衛は首をひねった。

「俺にはよくわからんが、あそこまで戦い抜いた人だけがわかる境地があるのかもしれん。ともかく、俺たちは戦に出なきゃならん。天下を争う戦に間に合わず、こうして死んだ者たちを拝んで回るのは、ここで倒れているより情けないことだ」

又兵衛はそう言って太郎兵衛を姫路に置くと、備前へと帰った。父の吉成は家に帰るなり、太郎兵衛の頭に一発拳骨を食らわせた。

# 第二章　小牧《こまき》、長湫《ながくて》

# 一

信長《のぶなが》の仇をとる、ということは天下一統の大志を受け継ぐことに他ならなかった。その役割を果たすはずである嫡男の信忠《のぶただ》は、本能寺《ほんのうじ》の変の際に二条御所《にじょうごしょ》で壮絶な討ち死にを遂げている。残る信雄《のぶかつ》や信孝《のぶたか》には、癖の強い諸将を率いるだけの力はない。

そうなると、世間の注目は信長の将領で誰が織田家中を導く立場につくか、ということになる。織田家の四巨頭といえば、柴田勝家《しばたかついえ》、丹羽長秀《にわながひで》、明智光秀《あけちみつひで》、そして羽柴《はしば》秀吉《ひでよし》であった。光秀は秀吉に滅ぼされ、丹羽長秀は本能寺以降大きく評価を下げた。

北陸にいて弔い合戦に間に合わなかった柴田勝家だが、彼には北陸の上杉という強敵と対峙《たいじ》していたという言い訳があった。何より、秀吉を嫌う者たちの衆望が勝家に集まるのは自然な流れであった。

「殿は天下さまになりなさる」

山崎《やまざき》の合戦の後、太郎兵衛《たろうべえ》の頭に強烈極まりない拳骨を食らわせた後、吉成《よしなり》はそう言った。それからというもの、吉成は少しずつ勤めの話を太郎兵衛にするようになっていた。

「殿は天下さまになる。だが、道はまだ遠い」

「どれくらい?」

「山を越えて、さらにもうひと山越えるくらいに遠いのだ。だが殿は、いかに険しくとも山を乗り越えていかれるだろう。我らも殿に置いていかれぬよう、懸命に走らねばならん」

吉成の言う通り、黄母衣衆も信長の生前よりも多忙となっていた。

「一緒に行きたい」

そう太郎兵衛がせがんでも、

「戦える力もない者が戦場に行くことは許さん。留守居《るすい》には、九左衛門《きゆうざえもん》を置いていく。彼を師として己を鍛え上げるのだ」

太郎兵衛の傍らには、三人の男が座っている。吉成の弟である権兵衛《ごんべえ》吉雄《よしかつ》、次郎九郎《じろうくろう》吉隆《よしたか》、犬甘《いぬかい》九左衛門時定《ときさだ》である。吉雄は双子であるかのように吉成に似て武骨な顔をしていたが、吉隆の方はほっそりとした公家《くげ》のような顔をしている。二人は兄の側に影のようにつき従い、若い頃から秀吉に仕えていた。吉雄は槍の、吉隆は弓の名手である。特に吉雄は喧嘩も強く、太郎兵衛に印地《いんじ》打ちを教え込んだのも彼である。

もう一人の男、犬甘九左衛門は、もと信濃の国衆で小笠原《おがさわら》氏に仕えた犬甘氏の出である。小笠原氏が武田《たけだ》に破れて没落してからは諸国を流浪し、その際に吉成を見込んで臣従した。武芸にも兵法にも詳しい男であるが、太郎兵衛は彼が苦手である。無口で、いつも細い眼を光らせて吉成の傍らにじっと座っている、というのがこの男の印象だった。

「鍛えてもらうなら叔父上たちがいい」

太郎兵衛は小さな声で抗《あらが》った。二人も厳しい男たちだが、まだ接しやすかった。しかし、遠慮がちな願いに吉成が耳を貸すことはなかった。

「権兵衛たちには仕事がある」

「じゃあ九左衛門さんにはないの？」

「お前を鍛えるのが仕事だ。九左衛門がいいと言うまで、先日のような勝手は許されぬ」

吉成は怖い顔でそう言い渡した。父に厳命されては、太郎兵衛も逆らえない。九左衛門は、

「幼き日々にこのように鍛えることが許されるのは、豊かな者だけです。甘ったれてはいけませせぬ」

と釘を刺した。

「侍も明日にはどうなるかわからぬのが戦の世だ。こうして己を磨く時を与えられたことを神仏に感謝するのですな」

太郎兵衛は何も言い返すことができず、うなだれるのみであった。

天正《てんしょう》十一（一五八三）年四月に勝家を破った秀吉は、本拠を大坂《おおさか》へと移した。中国攻めの足がかりとなっていた姫路《ひめじ》は天下に号令するには西に過ぎ、かつていた近江長浜《おうみながはま》は手狭である。

「大坂は天下の 礎《いしずえ》 とするにいい場所だ」

秀吉は吉成にそう語っていた。

かつて石山本願寺《いしやまほんがんじ》を攻めた際に、秀吉は大坂の持つ地の利を痛感させられた。北には淀川《よどがわ》、東には生駒《いこま》の山地、南に四天王寺《してんのうじ》あたりまで続く上町台地《うえまちだいち》と、一段低くなったあたりから巨大な低湿地帯が広がり、そして西には大坂湾がある。信長ですら、ついに正面からの攻略を行わなかったほどである。

吉成は秀吉の命を受け、大坂城の普請《ふしん》を監督する一人として働いた。もちろん、秀吉も多忙の合間を縫って現場に顔を出し、たまたま来ていた太郎兵衛に、

「おい小三次とこの童《わらわ》よ、この城大きかろう！」

とはしゃいだ声をかけたこともある。

石山本願寺を土台とした新しい大坂城は、南に四天王寺や一心寺《いっしんじ》といった大伽藍《だいがらん》があり、それらが出城《でじろ》のようになっている。堺《さかい》や平野《ひらの》といった豊かな商人町も近く、各地との往来にも便がいい。まさに天下を指呼《しこ》の中に入れた秀吉にふさわしい地といえ

た。

　だが、もちろん大坂に本拠を構えただけで秀吉を天下人というわけにはいかない。名目だけと皆が理解しているとはいえ、織田家は信長の孫の三法師《さんぼうし》秀信《ひでのぶ》が継いだ形となっているし、子である信雄も健在だ。

　柴田勝家の後援を受けていた信孝は、勝家の滅亡の直後に自害させられた。信雄が危機感を抱いたのは当然のことである。秀吉は信雄を懐柔すると見せかけて、その実追い詰めていた。追い詰められた織田の御曹司がどこを頼るか、秀吉にはお見通しであった。

「忙しくなるぞ」

　翌年までひたすら犬甘九左衛門に矢、槍、刀、組打ちの鍛錬をさせられていた太郎兵衛は、天正十二（一五八四）年の三月になって、久しぶりに父に言葉をかけられた。

「ついて来るか」

　と父が言ったものだから太郎兵衛は声をあげて喜んだ。

「だが見るだけだ」

　吉成は釘を刺す。素直に太郎兵衛は頷いたが、それには理由があった。鍛錬では、毎日九左衛門には気を失うまでしごかれるのだ。どのような天候であろうと、庭が泥沼になろうと雪が積もろうと、九左衛門は厳しい鍛錬を太郎兵衛に課す。

「戦は人を選ばぬ。だが死に時は選べる」

これが九左衛門の口癖であった。

「死に時を選ぶには相応の腕と時を見極める目がいる。あなたはまず腕を身につけなさい。目のつけどころはそのうち小三次さまが教えて下さる」

そんなわけで、戦う力を身につけるべくまだ七歳の太郎兵衛は鍛え抜かれているのであった。いつも半死半生まで追い込まれ、石合戦で頭に礫を食らってもべそ一つかかない太郎兵衛が何度も号泣するほどだ。

「戦場で死ぬのが嫌なら鍛錬で泣け」

九左衛門は主の子の涙を見ても一切手を抜かなかった。そのうちに太郎兵衛も、戦で命の遣り取りをする者たちは生半可ではないと理解するようになった。父も、

「腕を試そうなどと思うな。その代わり、俺がいいと言うまでは逃げてはならん。戦に行けば俺がお前の将だ。従わねば斬る」

と怖い顔で繰り返した。

これには逆らう気はなかった。戦では将と軍規が絶対であると叩きこまれている。

何故命に従わなければならないか、と太郎兵衛が父に訊ねると、

「死ぬからだ。良き将の命は軍を勝たせ、悪き将の命は人を死なせる。我らは良き将

についているのだから、従えばよい」

と言下に返ってきたものだ。

二

秀吉が天下の覇者と認められるためには、どうしても屈服させておかなければならない男がいた。

「三河《みかわ》の狸を何とかせねばならぬな」

吉成の屋敷を訪れていた秀吉は、ぼりぼりと膝を掻《か》きながら言った。天下に手が届く立場となっても、秀吉はこっそりと吉成のもとを訪れることがあった。上等な衣も脱ぎ捨て、野良着《のらぎ》のような格好で、褌もあらわに寝転がっているのだ。

「昔からの仲間のところは心が休まるわ」

などと言っている。

太郎兵衛はそんな老いた小猿のような姿を見ても、侮るようなことはなかった。誰より怖い父が誠を尽くして仕えている相手なのである。

「お前の顔を見ていると、昔を思い出す。互いの煮しめたような褌の色を見ながら杯を交わしたもんよ」

珍しいことに、父がくすりと笑った。

「あの頃は楽しうございましたな」

「好き放題に夢を語って、それが肴になった」

「その好き放題を形にされるとは思いもしませんでした」

「夢の向こうにまた夢がある。夢のまた夢を追って俺は生きるのよ」

秀吉はふと遠くを眺めるような目つきをした。

「どう思うか」

そう秀吉が呟いている時、吉成が何か言うことはまずなかった。疾風の速さで無数の策が主君の頭の中を往来しているのだ。

徳川家康《とくがわいえやす》は信長の同盟者として遇《ぐう》され、その死後も別格の扱いを受けてきた。織田家の今後を話しあう清洲《きよす》会議に参加しなかったのは、彼が家臣ではなく信長と同格の大名であり、家臣団の会議に出席するのが適当でなかったからである。

秀吉が家康をどのように見ていたか。

「大博打を打てる者」

と吉成には漏らしていた。賭けが始まるごとに金を張るのが博打の達者とは限らない。場の流れを見て、ここぞという時に大きく賭ける。

「三河どのが持つ賭け金はわしに比べれば随分と少ない。だがあの男が張ってくる時は、何か勝算あってのことだ。用心せねばならん」

一刻あまりも唸っていた秀吉は、

「なしくずしに家康を賭けに引きずり出し、万全の態勢を整える前に完膚なきまでに叩いてしまえばよい。光秀や勝家を倒して北陸、近江を手に入れてから、わしが動員できる兵力と財力は家康を大きく上回った。こちらの賭け金が潤沢なうちに、相手の持ち金を根こそぎ奪ってしまえればよいのだが……」

掻きすぎた膝は真っ赤になり、血が滲んでいる。だが秀吉は気にせず、吉成もじっと聞いているのみだ。

「信雄さまが三河どのと結ぶ方が好都合なのだが、それはそれで難が大きくなるのう」

膝の傷に気付いたのか、ひゃっと腰を浮かせた姿は、天下人とは思えぬ。庭から覗き見ていた太郎兵衛に剽《ひょう》げた顔をして見せた秀吉は、睾丸《こうがん》を下帯からはみ出させて寝てしまった。

吉成はそっと立ち上がって部屋から出ると、屋敷の外で自ら番を始めた。そんな父の姿を見て、この秀吉という男は大したものなのだな、と太郎兵衛は感心するのであった。

信雄は、信孝が腹を切らされて恐怖を感じているところに、父の居城があった安土《あづち》を追われたものだから慌ててしまった。

庇護を求められた家康は、実に穏やかに同盟相手の子を迎えた。それによって、賭けに引きずり出されるという様子はなく、整然と押し出してきたことに、かえって秀吉が驚かされたほどだ。

しかも家康は、瞬く間に秀吉包囲陣を組み上げた。

「狸め、機をうかがっておったな」

「紀州《きしゆう》の根来衆《ねごろしゆう》、雑賀衆《さいか》はもともと我らと険悪です。かつて本願寺のあった場所に殿が巨大な城を築かれることで、圧力をかけられていると感じていたのでしょう」

秀吉の舌打ちに、黒田官兵衛《くろだかんべえ》が答えた。

「銃卒の数が厄介だ」

「それだけではございません。四国の長宗我部《ちようそかべ》は、殿が四国征伐を考えていると説かれて家康と手を組むことを決めたようです」

「長宗我部元親《もとちか》は総見院《そうけんいん》（信長）さまと誼を通じるために光秀を仲介役とし、三好《みよし》や十河《そごう》を討ち果たすことを望んでいたな。わしは元親が四国を支配するのは織田家のためにならぬと、逆に長宗我部征伐を進言していたから、さぞや憎んでいることだろう」

元親からすれば、秀吉が天下を取るなど絶対に避けねばならぬ事態であるし、他方家康にとっては、元親が淡路《あわじ》に渡り、雑賀衆らと共に大坂をうかがう姿勢を見せるだけで十分な圧力をかけることができるのだ。

北陸の佐々《さっさ》成政《なりまさ》は柴田《しばた》勝家《かついえ》側についていたものの降伏し、越中《えっちゅう》一国を安堵《あんど》されていた。だが心情的には秀吉を嫌っていたし、このまま座していてはいずれ秀吉が軍を向けて来るという恐怖と常に戦っていたから家康の誘いは好都合であった。

関東の北条氏政《ほうじょううじまさ》は、家康の娘、督姫《とくひめ》を嫡男氏直《うじなお》の妻に迎えて関係を深めていた。加えて、家康が滅ぼされれば次は自分だという恐れを持っていたから、これも誘いに乗った。見事な手際《てぎわ》である。両者の対決は、先手を取らせると見せかけて秀吉の意表を衝いた家康の優勢から始まった、といってよい。

「小三次には紀伊守《きいのかみ》を任せる」

「適任と存じます」

ということで、吉成は池田《いけだ》恒興《つねおき》との連絡に忙殺されることになった。

信長の乳兄弟《ちきょうだい》である恒興はかつて大坂を任されていたが、秀吉に請われて城を譲り渡して美濃《みの》にいる。

もちろん、彼にも家康からの誘いが行っている。同僚であった柴田勝家が死に、丹羽長秀が逼塞《ひっそく》しているのは、秀吉が主家を簒奪《さんだつ》し、信長の遺したものを乗っ取ろうとしているのだと家康側の使者は説いた。

恒興の従兄《いとこ》は滝川一益《たきがわかずます》であり、一益は秀吉に敵対する織田信雄を擁する立場をとっている。彼からもしきりに家康につくよう、使者が来ていることを吉成は摑んでいた。

吉成の任務は、それを打ち消して恒興を秀吉の側につけておくことである。

「ただひたすらに、誠で押せ」

秀吉は吉成にそう命じていた。もとより、吉成もそのつもりである。他家との交渉は、誠だけで通るものではない。時に偽り、恫喝し、かと思えば下手に出ることも必要である。だが秀吉は吉成にそのようなことをさせなかった。

「公明正大の先に道がある。もちろん、他にも道があることは知っている。だが殿がその道を行けと命じるなら、行く」

太郎兵衛を伴った吉成は、山伏《やまぶし》姿である。当時の山伏はただ諸国を放浪して修行したり勧進《かんじん》、祈禱《きとう》をするだけでなく、諜報《ちょうほう》にあたる場合もあった。街道ではない山間の道を知っているからであって、街道が封鎖されても往来が可能であった。

美濃の稲葉山《いなばやま》城は、吉成にとって懐かしい場所である。

「このあたりで俺は生まれた」

太郎兵衛は物心の付いた頃には長浜にいたから、美濃を知らない。長浜から見える東の山なみを越えれば美濃だと知ってはいたが、身近な場所ではなかった。

「いいところだ。山も川も美しくてな」

昔語りなど珍しい、と太郎兵衛は父を見上げた。

「しがない野伏せりくずれだった俺が、殿と出会った場所だ。もっとも、初めてあの容貌を見た時は、小鼠が衣を来て里に出てきたと大笑いしたものだがな」

森《もり》家は尾張大江《おわりおおえ》氏の流れを汲《く》むと自称しているが、本人もその真贋など気にしていない。猿面の若武者として名を揚げる以前の秀吉と出会い、その人柄と能力に全てを賭けようと決意した。脛も丸出しで秀吉と共に駆け回った山谷が広がる、美濃の天地である。恒興の政《まつりごと》は行きとどいているようで、城下は賑わっていた。だが、東西の緊迫した情勢を映しているのか、人々の様子はどこか浮足立っている。

山伏も一人で歩いていると怪しまれるが、幼子を連れているだけで随分と人の見る目は優しくなった。何度か誰何されたものの、城門まですんなりとたどり着いた。

「門付《かどづ》けはいらんぞ」

と怖い顔をする番兵に名乗ると、番兵は表情を強張らせて門内へと消えた。

「門付けに間違われるくらいなら、上出来だ」

吉成が太郎兵衛に囁いていているうちに、門の内が騒がしくなる。

「中へどうぞ」

番兵の代わりに出てきた恒興の家老、片桐半右衛門《かたぎりはんえもん》が丁重に出迎えた。太郎兵衛は客間に留め置かれ、吉成は一人山伏姿もそのままに恒興の前に出た。特に相手をしてくれる者もおらず、太郎兵衛は退屈して座り、やがて畳の上に寝そべった。

こうした怠惰な姿も、実に久しぶりのことである。犬甘九左衛門は昼夜問わず太郎兵衛の傍におり、鍛錬だけでなく普段の挙措《きよそ》にまで目を光らせていた。細かく叱りつける、というのでもなかったのだが、緊張を常に強いられて心の休まる暇もない。

たまにはこうやって連れ出してもらえたらいいな、と太郎兵衛は大の字を楽しむ。首を横に向けて畳に耳をつけると、部屋を一つ隔てて向こうの広間の声が微かながら聞こえてきた。

堂々とした声は、はじめ恒興のものかと太郎兵衛は思っていた。だが、その声は紀伊守さまと恒興に呼びかけている。家で聞く重く暗い父の声とあまりに違うことが面白く思えて、太郎兵衛は今度は壁に耳をつけ、一心に聴き始めた。

「筑前《ちくぜん》にもはや理はない」

苦々しげに恒興は言っていた。

「明智を攻め滅ぼしたのは正しい。右府《うふ》さまに刃を向けた大罪がある。その仇を討つ先兵になることは、我が誉れでもあった。筑前なら右府さまの無念を晴らし、天下布武の想いを三法師さまと共に成し遂げてくれると信じていた」

それがどうだ、と扇子で脇息《きょうそく》を叩く音がする。

「権六《ごんろく》（勝家）を攻め滅ぼした上に、三七さまに腹を切らせたではないか。それは誰の、何に対する咎《とが》か」

溜めていた怒りを爆発させるような恒興の口調である。

「筑前さまの想いに一寸の狂いもございません」

吉成は静かに、しかしよく通る声で言い返した。

「織田家を盛り立て、天下に安寧をもたらすという清洲での議に従って、殿は動いております」

「では何故、主筋の若者に腹を切らせたのか。三七さまは将として至らぬ点は多々あったろうが、それは我らが支えていけばいいだけの話だ。権六は三七さまを盛り立てていただけで、誰かに反逆を企てていたわけではない。あれほど激しく攻め立てて殺すのは、やり過ぎだったのではないか。筑前は苦楽を共にした僚友を皆殺しにするつもりか！」

太郎兵衛が思わず畳から耳を離すほどの声量である。

戦国の武人は喧騒激しい戦場で四方に命を下すため、声が大きい。恒興も例外ではなかった。太郎兵衛のいる部屋の梁が微かに震えている。

「主筋とは」

空気の震えが収まるのを待つかのように間を置いて、吉成が話し始めた。

「どなたを指すのでしょうか。清洲において、筑前さま、紀伊守さまをはじめ、将領の皆さまは三法師さまを右府さまの後嗣《こうし》として定められました。これには、権六さまも同意されたはず」

そこで一旦言葉を切る。激しい反論がないことを確かめたのか、吉成は言葉を継いだ。

「諸将によって後嗣と定められた三法師さまに軍を向けることは、即ち織田家への反逆であります」

恒興が苛立たしげに扇を開き、そして閉じる音がした。

「三法師さまの後見として差配することは、筑前さまの務めであります。殿は三七さまが清洲の議を軽んじていることに目を瞑《つむ》り、家老たちに諮《はか》ってことを穏便に済ませようと心を砕かれました。ですが、家老たちに罪を着せて殺し、出奔《しゅっぽん》するとは三七さま不覚悟の極みとしか言いようがありません」

「だが三河は筑前の横暴を天下に喧伝し、四方に味方を募っているぞ。筑前の専横を憎む者たちが誘いに応じつつある」

それこそ不義の兵である、と吉成は初めて声を大きくした。

「右府さま亡き後、筑前さまが恐れられたのは、不義が横行して戦乱が激しさを増すことでした。そのために、三法師さまの下に同心して四方を安らげ、権六さまが望む通りに長浜も南近江もお贈りし、お市の方さまが障りなく嫁げるよう心を砕かれました。これもひとえに、諸将が順逆を違《たが》えないための気配りではありませんか」

確かに、信長麾《き》下《か》の諸将が最終的に三法師を戴くことに同意したのは間違いない。だが幼い三法師に頭を下げることは、その後見である秀吉を拝礼するのと変わりなく、反発を強める者がいても不思議ではなかった。

恒興はつい、諭すような口調になっていた。

「筑前は将としての力量、人にすぐれている。だが、三法師の後見というだけで天下を動かそうというのは、あまりに乱暴だ。三介《さんすけ》（信雄）が家康と手を組み、西に兵を向けたら、どのような口実をつけてこれを迎え撃つのだ」

「大義あるのみです」

吉成は静かに答えた。

「総見院さまの跡を継ぐのは誰なのか。議によって決した三法師さまなのか、ほしいままに国を捨て、東国《とうごく》に助けを求める三介さまなのか、紀伊守さまの正しき断を願います」

しばらく、恒興は黙っていた。

「わしは、総見院さまと深い縁を持ち、栄えるも滅ぶもその力一つと信じてついてきた。誰が刃向かおうと背こうと、常に総見院さまの側に立っていた。だから此度《こたび》のことも、その心のままに働きたい」

長い沈黙の後、小さな声で恒興は言った。

「三河さまを最後まで盟友とし、禄を与える臣下としなかった。それは家中に入れるべき者にあらず、とお考えだったからだ。決して低く見ているわけではない。むしろ高く評しているからこそ、家中に入れてはならぬお人だった」

その家康のもとに、信雄は走った。

「三介は、右府さまが望まなかったことをなそうとしている。となれば、わしはそれを止めるのみだ」

恒興は立ち上がる。

「筑前には、与力いたすゆえ心配はいらぬと伝えよ」

吉成はその言葉を聞くなり、さっと平伏して礼を述べる。

「三河どのは戦うとなるとこれ以上ない難敵だぞ。かつて己を従えていた今川《いまがわ》を滅ぼし、甲斐《かい》武田《たけだ》の圧力を退け続け、ついには勝った男だ」

「承ってございます」

平静を装っていたが、父の声に安堵の気配が漂っていることに太郎兵衛は気付いていた。話が雑談に移るのに合わせて、太郎兵衛はそっと壁から耳を離した。

三

無事に務めを果たした吉成であったが、秀吉のもとには戻らなかった。そのまま恒興の与力として働くように、という命が下っていたからだ。黄母衣衆は単騎で使者の任に当たることもあれば、数百の郎党を率いて秀吉の左右を守る務めも果たす。

「殿は我らにも行けと命じられました」

吉成の弟、権兵衛吉雄、次郎九郎吉隆に率いられた手勢も到着した。

「身命を賭して紀伊守さまをお守りせよと」

律義者として通る森兄弟の口上を聞き、恒興も表情を和らげた。

「質も誓紙もいらぬから、小三次たちを陣に置いてくれ、とは筑前も随分とお人よしになったものだ」

恒興は秀吉からの書状を見せた。

「殿は紀伊守さまに裏をかかれるなら、それで本望だと仰っていました」

秀吉につく、と言い渡した恒興に対する反応は様々であった。安堵した者もいれば、不安や不満を表す者もいた。だが恒興は吉成の説いた大義を前面に押し出し、三刻以上かけて家臣たちを説得しきった。

日は暮れ、太郎兵衛は昼寝から起こされてここにいる。

「それにしても筑前の人たらしめ」

恒興は扇をぱちりぱちりと開いては閉じた。

「この癖は総見院さまにもあった。考え事をしているとこうするのだ。声をかける者をその場で斬り捨てるような凄味を放ちつつ、一人広間で四方への策を練っていたものだ。長く近くにいたわしは、いつしかその癖を真似るようになったものだ」

だが、上っ面だけだ、と苦笑する。

「わしは仕草《しぐさ》を真似るのではなく、その果断《かだん》さを真似るべきであった。そうすれば、天下が以前にも増して騒がしくなることもなかっただろうに」

「人の資質は真似ることはできません。己が作り上げていくのみです」

「これは異なことを言うものだ。筑前の傍にいながらその言い草は得心がいかん。真似て強くなったではないか」

恒興は杯を傾けながら、首を振る。

「筑前は柴田権六の豪も総見院さまの果断も、真似て身につけているぞ」

「それは……」

「まあ、真似をして使いこなすだけの力がなければ、わしの扇のようになってしまう。おい太郎兵衛、人を見る時は筑前のようでなければならんぞ」

笑みを含みながら、恒興は言った。

天正十二年三月十三日、恒興は吉成を東美濃の森長可《もりながよし》のもとに走らせた。恒興の女婿であり、長く信長に仕えてきた彼にも、秀吉は黄母衣衆《きぼろしゅう》の尾藤知宣《びとうとものぶ》を派していた。長可は十五の年から最前線で戦い続け「鬼武蔵《おにむさし》」と異名をとる豪の者である。

しかも東美濃を領し、信雄と家康の連絡を断つために必ず味方につけておかねばならなかった。尾藤は恒興の動向次第だと考え、吉成の説得の行方を固唾《かたず》をのんで見守っていたが、説得が成ったと吉成から告げられて安堵していた。

長可は恒興の去就を見て、はっきりと秀吉に味方すると言明し、そのように準備を進めていた。これによって、美濃は秀吉方となったのである。

「おい、小三次。子連れで来たのかよ」

知宣は小柄な馬にまたがっている太郎兵衛の姿を見て驚愕した。

「何事も鍛錬だ」

「鍛錬ってお前……」

呆れ果てた知宣は我に返ると、家康が既に清洲城に入っていることを告げた。

「早いな……」

秀吉の言っていた通り、最初からこの戦が行われることを予想していたかのような動きである。尾張の中央である清洲に本陣を置けば、伊勢《いせ》、伊賀《いが》を領国とする信雄との連絡が断たれる心配がなくなる。

「恐ろしいのは、東海と畿内で一斉に攻勢に出られることだ。武蔵守さまは犬山《いぬやま》城を攻め取られるおつもりだ」

「それはまずい」

恒興も同じことを考え、犬山城へと軍を率いて向かっている。二人の黄母衣衆から報告を受けた長可は、すぐさま小牧山《こまきやま》城を攻め取ることを提案した。

「小牧山と犬山を結ぶ線を押さえられれば、家康の背後をとることができる」

「ですが、三河守は恐らく何らかの手を打っているはず」

「だが動かねば美濃は孤立する。何もせず恥をさらすわけにはいかない」

森長可は二十七にして歴戦の勇者である。その断に迷いはなかった。

「この戦、よほど気合いを入れてかからんと勝てぬ。三河の鼻を明かすのは相当なことだぞ」

長可はすぐさま出陣を命じ、知宣も軍監《ぐんかん》とし督戦《とくせん》の任につくことになっていた。吉成と太郎兵衛は恒興が陣を出している犬山に向かおうとしたが、知宣は、

「太郎兵衛は大坂に帰しておけよ。激しい戦になるぞ」

と諫めた。

「激しい戦だから見せるのだ」

「人の子育てに口を出す気はないが、生きていればこそ子も育つというものだ」

知宣は子を早くに病で亡くしている。

「生死は神仏のみがご存知だ」

と吉成は取り合わず、太郎兵衛は大坂に帰れと言われなくてほっとしていた。

# 四

長可の決断も軍の動きも、決して遅いものではない。だが家康はそのさらに上を行く。金山《かなやま》を出た長可の軍がどこを目指すかを知るや、すぐさま小牧山城の兵を増強したため、長可は小牧山城手前の羽黒《はぐろ》に布陣するほかなかった。

恒興は両軍の動きを見て顔をしかめた。

「三河は天から我らの動きを見ているのか」

と勘繰りたくなるほどの用意の良さである。

「伊賀衆を押さえているのは大きいのでしょう」

「こちらの動きを読まれているとしたら」

十七日の早朝になって気付いた恒興は、扇をぱちりと鳴らして閉じた。

「勝三《しょうぞう》は危ういぞ」

青ざめた恒興はすぐさま全軍を動かして長可の後詰めに回ろうと試みた。だが、物見の兵が急を告げる。

「徳川勢は羽黒に至り、武蔵守さまの側面を衝いています」

「遅かったか！」

恒興は犬山から軍を動かそうとしたが、諸将が止めた。

「ここで勝三を失って戦に勝てるとは思わぬ。それに婿《むこ》も助けぬ舅《しゅうと》という評判は立てられたくないのでな」

恒興は小牧山から家康を引っ張り出すことができれば、逆に勝機があると考えていた。だが、立て続けに戻ってきた物見の報告からは、家康が行う盤石の指揮しか聞こえてこない。

「勝三は無事か」

しきりに気にしていた恒興だが、何とか脱出して金山城に逃れたと知って胸を撫で下ろした。

「これは筑前が出て来るほかないだろうな」

吉成は恒興の言葉に頷いた。既に秀吉は二万の軍を編制し、東へ向かう準備を進めていた。家康が恒興の想像をはるかに上回る速さで尾張に兵を集中させている以上、五分に戦えるのは秀吉本人しかいない。

「また天下分け目か。筑前も忙しくて気の毒だ」

冗談めかすが、恒興の目は笑っていない。

「ここで敗れると、前途は厳しくなるぞ」

そして吉成に対し、

「これ以上の与力は必要ない。わしと勝三の戦いぶりを見て、もはや監視など必要ないことがわかったであろう。筑前が来れば、わしと勝三で先鋒に立てるよう願い出るつもりだ。おそらく勝三もそう考えているであろう」

と告げる。吉成は、太郎兵衛を伴って恒興の本陣から退出した。その足で、金山城へと吉成たちは向かったのである。

家康は小牧山城の周囲に土塁《どるい》を築き、濠を巡らせて要害とするため工事を急いでいるという。そのおかげで、長可は追撃に遭わず命拾いをしていた。

金山城での長可はむしろ不自然なほどに明るかった。吉成たちを歓迎し、酒宴まで開いて見せたのである。敗戦で落ち込みがちな城内の雰囲気を変えようとしているようであった。

「三河はさすがの采配であったよ」

長可が小牧山を望む羽黒に陣を敷いたと見るや、家康は酒井《さかい》忠次《ただつぐ》と榊原康政《さかきばらやすまさ》に兵を授け、その背後を襲わせた。

「気をつけてはいたのだが、三河方の動きが一切見えなかったのだ」

その隣では、軍監の尾藤知宣が悄然《しょうぜん》とうなだれている。

「俺がもう少し気をつけていれば、このような苦労を武蔵守さまにさせることもなかったのに。軍監として派されている意味がない」

「なに、勝敗は兵家の常だ。総大将の俺がしくじったというだけの話だ」

長可は豪快に笑い飛ばした。

「三河は小牧山を拠点に筑前さまを待ち受けるつもりだ。そうなれば先鋒はかなりきつい務めとなる。それを俺がやる」

恒興の予想通り、長可もそう考えていた。

「同じ恥は二度とかかぬ。二度目は死ぬ時よ」

さらりとそう言う。太郎兵衛は何故か、その言葉を聞いてぞくりとした。幼いとはいえ、人の死様はいくらでも目にする。戦場の真っただ中に立ってはいないが、路傍には戦で倒れ、飢えに力尽きた無残な死体がいくらでも転がっている世の中だ。又兵衛の槍に首を飛ばされた足軽どもの血走った目が脳裏に浮かんだ。傷だらけではあるが華麗な甲冑に身を包んだ信長の乳兄弟ですら、それほど近くに戦場での死を思うものなのか。

自分も父も、言葉を交わしている誰かであっても、次の瞬間命を飛ばしているなど想像もつかない。まして、これほどさらりと死を口にする人間を前にしたことがなかった。

「武人とはあんなものだ。普段は口には出さぬが、それほど紀伊守どのは次の一戦に期するものがあるのだ。大敵を前に期するものがあれば、命を賭けねばならん」

吉成は呆然としている息子に、そう言った。


二人は金山城を辞《じ》して、大坂へ帰った。街道筋は新たな戦を前に隊商の列が行きかっている。秀吉が主力を率いて東に向かうとの報は得ていたので、吉成は途中で合流するつもりでいたのだが、結局大坂に戻って復命することとなった。

「小三次、息子の初陣《ういじん》には早いだろやい」

忙しいにもかかわらず、秀吉は吉成をわざわざ書院に呼んで様子を聞いた。

「馬子《まご》です」

「馬子にも早いわ」

いつも吉成が感心するのは、数多いる家臣の家族にどのような者がいるかすら、秀吉は記憶していることであった。これも信長が秘かに持っていた技能である。秀吉は妻のねねと夫婦喧嘩をした際に、主君が仲立ちをしてくれたことにいたく感激していた。その時の様子を、吉成も近くで見ている。

秀吉が吉成たち側近の家庭にまでやたらと興味を持つようになったのは、その直後からである。それにしても、多忙を極めているのによくそんな暇があるな、と驚くほどに、誰にどんな子が生まれたなどということまでよく知っていた。

「おい太郎兵衛、石合戦では中々の働きぶりらしいな」

といきなり言ったので、吉成は驚愕した。

「そうなのか？」

息子に思わず訊ねていたほどである。太郎兵衛の方はというと、驚いて瞬きを繰り返すばかりであった。

「戦も政《まつりごと》も見た目ではないぞ」

秀吉はそう言うと、ききき、と笑った。

「お前も幼子という見た目で敵陣に近付き、黒田《くろだ》の吉兵衛《きちべえ》を討ち取ったそうだな。石合戦でのこととはいえ、大したものだぞ」

吉成は叱りかけたが、秀吉は手を振って止めさせた。

「息子の武勲を叱る道理はあるまい。しかも、吉兵衛についてきた後藤のせがれの馬に便乗して山崎にまで出張っていたそうではないか。その時いくつだ」

　問われた太郎兵衛は手のひらを開いて突き出す。

「勇ましや、勇ましや」

　秀吉は立ち上がると太郎兵衛に近づき、その手を摑んで大きく振った。太郎兵衛はその手の感触にはっとなる。槍を握ることで出来るたこが、手のあちこちにできていた。小さいが分厚く硬い手は、父にそっくりである。

「小三次がよしと言えば、すぐにでも使ってやる。なあ、お前の息子は何ができる」

「ですから、馬子です」

「馬子として働けるなら、父の傍にいて馬の世話をしているがよい」

　再びききき、と笑った秀吉はまさに猿の素早さで立ち上がる。

「次の戦は尾張じゃ。懐かしいのう、小三次」

　吉成が返事をしかけた時には、もう秀吉の姿はなかった。

## 五

　秀吉の動きは、吉成が予想していたよりもやや遅かった。

　犬山城に入ったのが三月二十七日。そして、森長可が徳川方の奇襲に遭って壊滅した羽黒からさらに南、小牧山に近い楽田《がくでん》という場所に本陣を張ったのが、四月五日であった。

吉成と太郎兵衛は秀吉の本陣に従っている。黄母衣衆は四方の武将と連絡を密にするため、蜂のごとく忙しく陣を出入りしていた。

池田恒興との連絡を任されている吉成と森の手勢は、命を受けることなく本陣にいたが、ただじっとしていたわけではない。頻繁に秀吉に呼び出されては何やら策を聞かされていた。その間、太郎兵衛は吉成の馬の世話を続けている。犬甘九左衛門には馬の扱いも当然やらされているので、馬子になれと言われても驚きはしなかった。

「殿は中入《なかい》りを行うそうだ」

吉成は出立の準備を太郎兵衛にさせながら言った。

「中入り？」

「三河国の中へ秘かに軍勢を入れるのだ」

家康が森長可の攻勢を蹴散らして小牧山城に持久戦の構えを敷いたのは、当然理由がある。大坂に対する包囲陣が効果を発揮するのを待つためである。

四国の長宗我部、北陸の佐々成政、紀州の根来、雑賀、伊賀の織田信雄は、それぞれでは秀吉に勝つことはかなわない。

「三河守どのも、独力で勝てるとは思っていない」

馬は嬉しげに鼻を鳴らしている。

「勝てないのに戦に出るんだ」

馬の世話をする手を止めて、太郎兵衛は顔を上げた。主の気配に、馬は嬉しげに鼻を鳴らしている。

「あの方のしたたかさはそこにある」

吉成は愛馬の鼻を撫でてやりながら、険しい表情となった。

「独力どころか、実は関東の全力を挙げたとしても殿には勝てぬし、まして大坂を落とすことなどできぬ。殿は全ての力を注げば小牧山の守りを破るし、そのまま岡崎《おかざき》の城まで攻めいることも無理ではない」

「じゃあそうすればいいのに」

「それが中入りだ」

秀吉は家康が持久戦の構えをとれば急戦を仕掛ける、という相手の裏をかいたものになるはずであった。羽黒の戦いで敗戦を喫した森長可はもちろん第一陣の先鋒を願い出た。

だがこれを退け、自分を先鋒とするように秀吉を動かしたのは、池田恒興であった。

「勝三は気が逸《はや》り過ぎている。家康の本拠となればどのような備えがあるかわからん。ここはわしに任せて欲しい」

と求められれば秀吉も異論はない。ただ、一つだけ条件をつけた。

「万事、これある小三次と相談して兵を進めていただきたい」

そう指示したのである。恒興はもちろん、嫌な顔をした。

「わしを疑っているのか」

「とんでもない」

床几《しょうぎ》から跳びあがらんばかりの勢いで秀吉は手を振った。このような動きをすると、随分と道化《どうけ》めいて見える。そこが人に愛され、また苛立たせた部分ではある。恒興は戦場においてこのように剽げた気配を出せる秀吉を、大したものだと認めていた。

「紀伊守どの、この戦は天下の今後を占う大切な一挙となり申す。戦乱が長く続くか、天下泰平が成るか、全てはこの中入りにかかっておるのです」

顔を真っ赤にして訴える。

「小三次はわが黄母衣衆の中でも特に古くからわしにつき従い、その心はわが心を映すが如くであります。勝三どのにも、同じく黄母衣の尾藤知宣をつけて万全を期しております。どうかここは、わしの言葉に従っていただきたい」

膝をついて懇願するがごとくされては、恒興は逆らえない。

「……わかった。何も小三次を嫌って言っているわけではない。この挙《きょ》がならねば、天下は羽柴と徳川で分かれ、将来に大きな禍根を残すであろう。わしには右府さまや筑前のように、天下を見据えて戦うことはできぬ。言葉に従おう」

感動を面《おもて》にあらわして、恒興は自陣へと戻って行った。

立ち上がってその背中を見送った秀吉の表情は、既に平静なものへと戻っている。恒興と従者たちが陣から出たと報告を受けると、そこでようやく床几に腰を下ろした。

「随分と気負っておられる……」

秀吉はため息をつく。

「触れれば破れそうなほどに張り詰めているな」

主君が独言する時は、黙っている。吉成はそのように心得ていた。付き合いはもう三十年近くになるが、秀吉の口が勝手に動いている時は、策が猛烈な勢いで生みだされ、頭の中を駆け巡っている時である。

斥候《せっこう》がひっきりなしに本陣に駆け込み、情勢を告げていく。

羽黒で森長可の部隊を壊滅させた家康は再び小牧山の城塞の中へと引き返し、楽田に布陣する秀吉の大軍を見ても微動だにしない。

「家康の旗本どもはどうしている」

秀吉が斥候に訊くと、やはり動きはないとの答えである。

「このまま終わるとは思ってはおるまい。小三次、お前は紀伊守さまの動きに用心し、事あれば久太郎《きゅうたろう》とよくよく相談するのだぞ」

そう言い含めた。久太郎は秀吉の薦めで信長の小姓《こしょう》となり、何事もそつなくこなすことから「名人久太郎」と異名をとった堀秀政《ほりひでまさ》のことである。この時齢《よわい》三十一にして、その将才は天下に轟いていた。信長に仕えていた際には一向一揆などと激戦を繰り広げ、その後は秀吉につき、山崎、賤ケ岳《しずがたけ》どちらの戦場でも大きな功を立てている。

家康の本拠、岡崎城への奇襲は、四段構えで行われることになった。第一陣は池田恒興をはじめとする総勢六千。第二陣は森長可を筆頭に三千、第三陣は堀秀政ら三千、そして第四陣に中入りの総大将、羽柴秀次《ひでつぐ》、田中吉政《たなかよしまさ》ら六千。計一万八千の大軍を秘かに東進させて小牧山を迂回し、三河へと至るつもりである。

四月七日払暁《ふつぎょう》、秀吉は楽田から銃隊を出してさかんに小牧山へと撃ち掛けた。猛烈な銃火と煙を見て、家康方も撃ち返してくる。その喧騒に紛れて北へと向かった中入り部隊は、まずは無事に春日井《かすがい》へとたどりついた。

だが、家康は秀次軍の動きを摑んでいた。小幡《おばた》城は小牧山から見て南東にあり、岡崎へ至る街道筋を掌握できる位置にある。家康がひそかに小幡城に入ったことを、秀吉も恒興ら中入り部隊も知らなかった。本軍は小牧山から動いていないと考えて攻勢を見せつつ、恒興たちは岩崎城《いわさき》の攻略に取り掛かっていたのである。

岩崎城は小牧山の西南にあり、岡崎への途上にある。無視して進むのが常道であったが、何故か恒興ら第一陣は足を止め、猛然と城に攻めかかった。

六

戦闘は既に始まっていた。岩崎城を守るのは、丹羽氏重《うじしげ》である。まだ十六歳の彼は、小牧山で家康に従っている兄の氏次《うじつぐ》の留守を守っていた。城に残る兵はわずか二百で、恒興ら第一陣六千とは敵するべくもない。

だがその数少ない鉄砲の一弾が恒興の愛馬を傷つけ、怒った彼は吉成らの諫言を退けて軍勢を城に向けた。

太郎兵衛は吉成の馬子という名目で、この陣にも従っている。吉成は馬の手入れをする息子の姿をじっと見つめていた。何か叱られるのでは、と太郎兵衛は内心ひやひやしていたが、父は何も言わずただ背後に立っている。

戦闘は始まっていた。

激しい銃声と喊声が陣の外から聞こえているが、本陣は静まり返って音もない。恒興は陣頭に近いところまで出て、城攻めの下知を行っている。

「俺も死なねばならんか……」

父が物騒なことを言ったので太郎兵衛は驚いて振り返った。

「負けているのですか」

「まだ勝敗などついておらん」

苦々しげな表情である。

「叔父上、どうなんですか」

と太郎兵衛が吉雄に訊くと、

「勝とうが負けようが、死のうが生きようが存分に戦うだけだ」

と重い声で答えるのみであった。

九日に入って攻城戦が開始された。すぐさま落ちると思われた岩崎城はなかなか落ちない。氏重は二百の兵を一団とし、銃兵で一斉に撃ち放っては突撃し、すぐさま城の中へと引き返すという戦法を繰り返した。

攻める側は、相手は小勢であることから意気が揚がらない。

「勝ちが見え過ぎても、人は戦わぬ」

太郎兵衛は何とも答えようがなく、馬の手入れを続けている。

「お前は大坂に戻れ」

ふいにそう命じた。

「嫌です」

太郎兵衛は手を止めず、即座に拒んだ。

「馬丁としてつき従った以上、主と馬から離れないのが務めです」

「心憎いことを言う」

吉雄、吉隆の二人の叔父も、珍しく口元を緩めている。吉成もそれ以上帰れとは言わなかった。

「これから真の戦場を見ることになる。心しておけよ」

吉雄が脅かすように言ったが、その言葉は間もなく真実となった。

岩崎城は間もなく落城し、丹羽氏重は城を枕に討ち死にした。だが、恒興は岩崎城を落とすのに半日をかけ、最後は森長可の助勢を受けたほどに手間取った。第三陣の堀秀政と第四陣の羽柴秀次は恒興を待つために、守山《もりやま》で戦況を見守っていた。その注意が岩崎城に向いていたところに、家康方が襲いかかったのである。

秀次軍に襲いかかったのは、榊原康政、丹羽氏次ら四千五百。中でも氏次は、弟の見事な最期を耳にして戦意に燃えていた。

すっかり戦見物の気分となっていた秀次軍の混乱はひどかった。瞬く間に本陣を切り崩され、秀次は近習《きんじゅう》たちの多くが討ち死にする中をようやく単騎で脱出できたのみである。

城を落としてほっとしていた恒興は、背後から家康軍が襲いかかったと聞いてようやく己の過ちに気付いた。

「久太郎はどうしている」

恒興は自軍をまとめて北へと反転しつつ、森長可と共に秀次軍を救おうと考えた。第三陣の堀秀政は戦上手であるが、不意を衝かれては危うい。だが、伝令の兵は秀政の見事な指揮ぶりを伝えてきた。

「三河の奇襲を退けた、だと」

さすがの名人ぶりを発揮した秀政は、秀次の残兵を収容すると、勝ちに乗じて押し寄せてきた三河方を引き付け、一斉に発砲して怯ませると槍衾《やりぶすま》を敷いてその鋭鋒を挫いた。

「これで一息つけるか」

と恒興は胸を撫で下ろしたが、家康はその次の手を打っていた。

榊原勢が敗走を始めるや、小幡城を出て長湫《ながくて》（長久手《ながくて》）へと出陣した。四千ほどの兵を率いたのみであったが、凄まじい勢いで恒興と長可の軍を両断した。堀秀政は奇襲部隊を破ったところで家康自身が出てきたと見るや、楽田へと引き返す。

もはや戦機は去ったと判断したのである。

だが、恒興と長可は退路を家康に押さえられた形となって、陣を敷かざるを得なくなった。彼らが布陣した長久手は、長湫と表された。湫は湿地を意味し、軍を動かすには不利な地である。

「東海一の弓取りは大したものだな」

恒興も歴戦の将だけに、その陣構えの見事さには感嘆するほかなかった。

野戦においては、どこに陣取るかが何よりも重要である。相手の動きを封じ、攻守に優位となるには地勢の見極めと敵の機先を制することが何より肝要だ。

「我らの虚をついて後詰めをかく乱し、奇襲が完全なものとならなくても二の手、三の手を用意している。しかも陣を構えれば鉄壁の構えだ。あれを見ろ。右府さまが長《なが》篠《しの》で武田と相対した際を思い出させるではないか」

瞬く間に組み上がった陣は強固な柵をめぐらし、その間からは無数の銃口がのぞいている。こちらから攻め寄せれば無数の死者が出ることは明らかであった。しかも、「湫」に陣を敷いた恒興と長可は、迅速に軍を動かせない。

だが恒興も長可も、ただ先手を取られているだけではなかった。恒興の子の池田元《もと》助《すけ》を右翼、森長可を左翼に置き、恒興は後詰めとして徳川方に対する。そして恒興は、吉成に秀吉への使いを依頼した。

「三河守が城を出ている今こそが好機だと伝えてくれ」

家康がおり、しかも要塞と化した小牧山城を落とすのは至難の業《わざ》であった。だが、今家康が率いているのはわずか数千。楽田には二万の秀吉直属の精鋭が揃っている。

「こちらに自ら出てきたということは、筑前とは直に遣り合う気はないということだ」

恒興はそう見ていた。

「我らの奇襲はもはや失敗した。だが治兵衛《じへえ》（秀次）の軍を壊滅させてさらに我らの前に鉄壁の陣を敷くということは、天下に何かを知らしめようとしているのだ」

吉成は恒興の言葉が理解できず、首を傾げた。

「何か、と言いますと」

「触れるな、と言っておるのだ」

「触れるな？」

「我らに触れると痛い目にあう、と示すつもりだ。筑前はそれを許してはならぬし、許せば将来に禍根を残す。その根を絶つのは今しかない。我ら九千の兵の命が生きる術は、そこしかあるまい」

「殿に後詰めに入るようお願いして参ればよろしいのですね」

「違う」

恒興は頭を振った。

「三河方が山から下りて攻めかかってきた機を捉え、全力で攻めるように言うのだ。後詰めではなく、側面から衝いて三河の首を挙げるのだ」

「しかし……」

もし楽田から南下して長湫に急行すれば、小牧山から三河方の主力がその背後を襲う恐れがあった。そうなっては、前後から挟撃されて大損害を蒙る。

「そうならぬように我らが三河の裾を捉えて放さぬわ。ここで奴の首を挙げておけば、十万の兵の価値がある」

吉成は頷くほかない。

「では、弟たちを置いていきます。権兵衛、次郎九郎！」

弟の吉雄と吉隆、それに数人の郎党が膝をついた。

「心強いな。粗末にはせぬぞ」

恒興は、さあ行け、と吉成たちを送り出した。

太郎兵衛に馬をひかせて後鞍に乗せると、吉成は馬を走らせた。長湫の湿地帯を抜けて北上しようとしても、周囲は徳川方の部隊が布陣して道が容易に見つからない。

一度退いて別の道を探そうとしていると、不意に数人の兵が茂みから出てきた。

「どこのお方か」

言葉に三河訛がある。吉成は躊躇《ためら》いなく馬腹を蹴ると、兵の間を走り抜けようとした。吉成は巧みに手綱をさばくが、長湫の田は湿って馬の足がとられる。

「太郎兵衛、走れ」

下馬した吉成は槍を持っていなかった。後ろから追いすがる兵たちに向かって抜刀し、太郎兵衛にそう命じる。

「い、いやだ！」

「もはや馬もない。馬丁のお前に仕事はない。あるとすれば、俺に代わって殿に紀伊守さまの言葉を伝えることだ」

太郎兵衛は男たちの中に躍り込む父の姿に背を向けようとしてどうしてもできない。逃げ出すかわりに、太郎兵衛は礫を握っていた。石合戦のように、手にあった石を見つける暇はない。泥をかぶった石は小さな手に余る。

だが腕をしならせて太郎兵衛は礫を放った。

父に槍をつけようとしていた足軽の頭に当って田の中に倒す。太郎兵衛が続けざまに礫を投げると、数人の兵がたて続けに頭蓋を砕かれてうずくまった。だが、一人が太郎兵衛に気付き、茂みに向かって何かを喚く。

耳朶《じだ》を貫く轟音が響き、鉄棒で殴られた衝撃が全身に走る。泥の中に顔を突っ込んだことに気付いた時には何者かに体を押さえつけられていた。必死で顔を上げると、父がやはり組み伏せられている。首をかかれそうになったところで、何者かが制止していた。

「殺すな！」

と叫びつつ、今にも吉成を刺し殺そうとしていた足軽の槍を叩き落とす。

「へ、平八郎《へいはちろう》さまだ」

足軽たちは怖れをなして吉成から離れる。

黒い肥馬に乗っている大柄な男は漆黒《しっこく》の甲冑を身につけ、穂先が三尺近くありそうな大槍を提げている。鹿角《かづの》の兜から覗く目は大きく炯々と光り、泥まみれの吉成と太郎兵衛を見下ろしていた。

「筑前さまの黄母衣衆とお見受けする」

そして男は馬を下り、丁寧な口調で本多《ほんだ》平八郎忠勝《ただかつ》と名乗った。武人の名乗りであるから、もちろん吉成も名乗る。もはや手向かうことも叶わぬことを見てとった吉成は、泥だらけでありながらも、威儀を正して忠勝に対していた。

「そちらの馬丁の印地打ちはなかなかのものでした。あれほど的確に急所に当てることができれば、戦の役に立つでしょう」

と太郎兵衛を誉めた。吉成は頷いたのみで応えない。忠勝は長湫一帯を見下ろせる色金山《いろがね》へと二人を連れて行った。捕虜を追いたてる、というのではなく、あくまでも客人を遇するような忠勝の態度である。

そして彼が吉成を案内したのは、金扇《きんせん》の旗印の真下であった。弔いの場みたいだ、と太郎兵衛は何故かそう思った。皆が重苦しく押し黙り、うるさいはずの足軽ですら、ここでは静まり返って控えている。

陣の中央に行くほど、息苦しくなっていく。男たちが具足の間から放つ臭気と、籠手《こて》の合間から見える所々欠けた指先が恐ろしいのではない。彼らが見つめる陣の中央から、ずっしりと頭にのしかかるような重い気配が流れ出しているのだ。

「うかがいたきことがあると殿が申しております」

そう言って忠勝は幔幕《まんまく》の外へと出てきた。中には数人の男がいる。太郎兵衛はさすがにその中には入れてもらえず、忠勝と共に外で待つように命じられた。

幕の間から、陣の中央に座る男の姿が見えた。丸い体つきをした初老の男である。だが頬は少年のように赤く、目はぎょろりと大きくて、柔和《にゅうわ》な笑みを浮かべているようにも見える。

思わずじっと見つめてしまった太郎兵衛に、その男は気付いた。

「弥八郎《やはちろう》、その童は誰か」

と傍らにいた目付きの鋭い男にゆったりとした口調で訊ねる。弥八郎と呼ばれた男は、

「これある黄母衣衆の馬丁との由でございます」

と軋んだ声で答えた。弥八郎とは家康の参謀の一人、本多正信《まさのぶ》のことである。

「馬丁か。戦はあらゆることを教えてくれるから、悪くない考えだとは思うが、あれほど幼き子を連れてくるのはどうかな。物事には時宜《じぎ》というものがある」

家康は吉成に向かってやんわりとたしなめるように言った。だが吉成はやはり何も答えない。

「まあよい。そこで遊んでおれ」

細められた眼から放たれた温かな光に、これが秀吉と五分以上に戦った男なのかと信じられない。

「いつしか天下に泰平が訪れ、お前のような幼子が何の憂いもなく遊べる日が来ればよいな」

家康はつと立ち上がり、太郎兵衛と忠勝の肩を抱いた。堅肥《かたぶと》りの体は頑丈そうで、肩に置かれた手のひらは硬く厚かった。

「お前たちが槍を合わせることのないよう、わしらの代で何とかできればよいのだがな。戦の世も長く続いて、これからもまだまだ労が多そうだ」

そう言うとまた床几に腰を据えた。秣《まぐさ》の匂いのする男だ、と太郎兵衛は思った。だが、幔幕が閉じられた瞬間に、全身が震えだした。あれがこの陣を覆う重みの正体だ、と気付く。

「どうした？」

忠勝が心配そうに太郎兵衛を覗きこんだ。

「わ、わからない」

ただ、あの家康という男が恐ろしかった。父が足軽たちの槍に囲まれた時も確かに怖かったが、それとは全く異質な、父が幔幕から二度と出てこなくなるような得体の知れなさが、あの柔らかな表情にはあった。

「怖い……」

と歯の根が合わずただ震える少年の肩を抱き、心配ない、と忠勝はあやした。

「危ういところであったが、よく戦ったぞ」

いかつい顔に似合わぬ、優しい声である。甲冑に使われる皮革の匂いが、震える太郎兵衛を少し安心させた。だが、太郎兵衛は幔幕から目を離せないでいる。恐ろしいのに、気になる。だがもう、決して見たくない怪物がそこにいる。

「そうじゃない」

やっとのことで声を絞り出した太郎兵衛の肩を抱いたまま、忠勝は陣の外に出た。

「よしよし、腹が減っているのだな」

空腹と恐怖のせいで気が動転しているとでも思ったのか、忠勝は自陣に太郎兵衛を連れて行った。父から引き離されるのは嫌だったが、家康の幔幕の近くにいるのはもっと恐ろしかった。

「ここにいれば怖くない。殿のおわすここが、浄土《じょうど》なのだ」

忠勝の声はあくまでも温かく、その手は力強かった。

「浄土？」

「そう。いくら筑前さまが強かろうと、殿の目が届くところで我らを打ち負かすことなどかなわぬこと。殿がある限り、三河から東は安泰であるし、俺がいる限り、殿は無事なのだ」

不思議な感覚だった。太郎兵衛にはあれほど恐ろしい家康という男が、忠勝には限りない安心を与えている。

「さ、ここが我が陣だ」

忠勝が連れているのは、わずか五百ほどの本多の郎党《ろうとう》であった。家康の本陣の盾になるように、すぐ前に布陣している。ちょうど飯時であったのか、兵たちは立ったまま干飯《ほしい》などをしがんでいる。忠勝の姿に気付くと、みな口を動かしたまま頭を下げた。

「そのまま食え。おい、一杯この子にやってくれ」

すると、近習の一人が湯漬けをなみなみと注いで太郎兵衛に渡してくれた。その男も無表情で、太郎兵衛には一瞥《いちべつ》をくれただけで何も言わない。

「馬丁という名目で、息子に戦場を見せたかったのだろう」

と忠勝は目を細める。

「親子を見間違えることはない。俺にも同じくらいの息子がいるのでな」

忠勝に食えと促されて太郎兵衛はさらさらと腹に流し込む。戦場の飯はもう慣れたもので、味は自陣で口にするものと何も変わらない。

「うまいか」

湯漬けに美味《うま》いも不味《まず》いもない。

「同じ」

と答えると忠勝は苦笑した。

「敵味方に分かれても、湯漬けの味は変わらんか」

腹が満ちると、恐ろしさは随分と減った。父は気になるが、いきなり殺されたりすることはなさそうだった。家康方の陣は静かだった。太郎兵衛が父とともにいる秀吉の本陣周辺はいつも、どこか賑やかな印象があった。

「筑前さまはお祭りで、殿は浄土だからな。静かなのは当たり前だ」

太郎兵衛の感想に、忠勝はそう経を唱えるように言った。

# 七

やがて、太郎兵衛は呼び戻されて、父と共に家康の本陣に留め置かれることになった。

「わしの手並みでも見ているがいい」

と家康は何を誇るでもない口調で言った。家康の本陣からは、池田恒興と森長可の陣が一望の下に見渡せた。山の下にいる時には、家康方の様子が何もわからなかったのと対照的である。

家康が下した命は、兵糧《ひょうろう》をとらせよ、攻めかけよ、という二つだけだった。後は何も言わず、床几に座って黙っている。周囲の幕僚たちも何も言わない。物見が時折、周囲の様子を報告していくが、家康は軽く頷くこともしないで静かに前を見ている。だが、家康が視線を動かしたり、手を軽く動かすだけで人が動き、軍が動き、そして人が死んでいった。太郎兵衛は何度となく、悪寒《おかん》に似た震えを感じていた。

いつしか、太郎兵衛の相手をしてくれていた本多忠勝の部隊が姿を消している。

「平八郎さんたちがいない」

太郎兵衛が空になった陣を指差すと、吉成は口惜しげにくちびるを噛んだ。

「平八郎は大した男だぞ。ここから見えないところで働くのが惜しいな。筑前さまがどれほどの兵を率いていようと、平八郎の率いる五百を破るのは難しかろうて」

家康の傍らに立っていた神経質そうな男が言った。

「弥八郎、聞き苦しい」

主君にたしなめられて、本多弥八郎正信は慌てて口を噤《つぐ》んだ。

攻めかけよ、と命じられた家康方の諸軍は静かに、しかし凄まじい速度で長可軍に襲いかかっている。その先鋒の旗印は、白地に「無」と大書してあった。

「小平太《こへいた》は気負い過ぎておらぬかな」

激しく双方から銃弾が飛び交い、情勢は互角に見えたが、左右から回り込んだ部隊が側面から森隊に攻めかかる。すると「無」の旗が再び前進を始め、長可の本陣へと突きこんだ。

喊声が風に乗って聞こえてくる。銃声が響くたびに、誰かが血しぶきを上げて倒れた。騎馬武者が二人組み打って地面に落ち、その背中を大槍が貫いていく。

武者たちは敵の首を掻き切るために悪鬼の表情となり、郎党は傷ついた主の首級《しるし》を守ろうと束になって敵を押さえ込む。思わず目を逸らしかけたが、陣にいる誰一人として、戦場から顔を背けている者はいない。当然、吉成もそうであった。

これが武者の務めだ。

その横顔が言っていた。これが真の戦場なのだ。男が功を立て、名を揚げる場なのだ。太郎兵衛は吐き気を抑えて、再び戦場を見た。

半刻の間激しく揉み合っていた両軍であったが、急に森隊が潰走した。何が起こったのかと太郎兵衛が固唾を飲んで見ていると、

「森武蔵守長可どの、討ち取りました！」

との報がもたらされた。太郎兵衛が横目で父を見ると、あくまでも平静を守っているが、微かに奥歯を噛みしめているのが見えた。戦場の様相は一変した。あれほどの豪勇を感じさせた森長可の軍勢は今や逃げ場を求めて右往左往しているのみであった。

長可が討ち死にし、森隊が壊滅したことで、後詰めの恒興が軍を前に進めてきた。だが、勝ちに乗じた徳川方は余裕をもって迎え撃つ。

「紀伊守に攻めかかっているのは伝八郎《でんぱちろう》か」

「はい。助勢はどうされますか」

家康の問いに領いた本多正信は、次の下知を求めた。

「助勢は不要だ」

永井《ながい》伝八郎直勝《なおかつ》は、かつて家康の長子である信康《のぶやす》に仕えていた。信康が命を絶つと一度は隠棲《いんせい》したが、その武勇を惜しまれて再び出仕している。率いている部隊は忠勝

と同じく千に満たないが、錐《きり》のように池田隊に突撃して存分に蹴散らしている。

「紀伊守さまの動きが悪いな」

吉成はぽつりと呟いた。

「当然のことだ」

耳ざとく聞きつけた正信が意地悪く声をかけてきた。

「殿の陣構えは天下に比類なし。いかに筑前さまが戦に巧みだとはいえ、決して破ることはできぬ。今頃は小牧山を血眼になって攻めておられようが、城の守りと平八郎の槍先に翻弄されているであろうよ」

父は正信と目も合わさず、黙殺している。

「止《や》めぬか」

家康が厳しい声で叱った。

陣内に緊迫した空気がみなぎり、太郎兵衛は失禁しそうになった。堅肥りの体が何倍にもなったように思え、戦の采配をふるう時の方がまだ優しげに見える。正信は身を縮めて俯いた。

「勝敗は共に我が傍らに常にある。百戦百勝の策を立てても、最後の勝利は神仏しかご存じない。己が全て差配できると思えば必ずや罰が当たる。だからこそ、心をこめて神仏に祈り、謙譲《けんじよう》を忘れず必勝の策を講じるのだ」

声は静かだったが、誰もが逆らえない圧力がそこには秘められているように思えた。

「筑前どのは、いささか背伸びが過ぎるのではないかな。明智日向守の天下が良かった、と言われぬようにしてもらいたいものだ」

「背伸びとは、どういうことですかな」

太郎兵衛は、不気味な程の圧力を放つ家康に堂々と対している父の姿が頼もしかった。

「総見院さまのように、この国唯一人の神となり王となり、南蛮と張り合おうなど、できようはずもない」

吉成が言い返そうとした時、また一騎の伝令の兵が駆けこんでくると池田恒興を討ち取ったことを報告した。

家康は初めて大きく頷くと、吉成に対し、

「既にここ尾張での勝敗は決した。もう戻ってよいぞ。わしは清洲に戻る。あとは筑前どのによしなに計らって下さるよう、頼んでおいてくれ」

と告げた。吉成は一礼すると、太郎兵衛を伴って家康の陣を後にした。放した馬はいつの間にか本陣に繋がれており、飼葉《かいば》もたっぷり与えられたのか上機嫌である。

「万事ぬかりのないことだ」

淡々と言う吉成の後鞍にまたがりながら、太郎兵衛は父の属する軍が大敗を喫してしまったことに落胆していた。

「負けたらどうなるの」

「負け？　誰が負けたのだ」

「だって、紀伊守さまや勝三さまは討ち死にしたって」

「そうだな……」

吉成は無念そうにため息をついた。

「だが、それが負け戦とは限らん。ここからが殿の戦だ」

父の言葉はやはり理解できなかった。吉成のもとには恒興から命を受けて四方に使いをしていた吉雄や吉隆が集い、何事かひそやかに話し合ってはまた四方に散っていく。

半年ほどして家康が秀吉に屈服し、子の一人を人質に差し出したと聞いて、太郎兵衛はますますわからなくなった。秀吉が小牧長湫で戦っていたのはごく僅かな間だけである。家康が清洲に下がると見るや、秀吉も五月にはさっさと大坂へと引き返した。春から夏にかけて、尾張蟹江《かにえ》や北陸能登《のと》で戦闘は続いていたが、秀吉の興味は既に包囲網の解体に移っていたのである。

一戦で全ての形勢が決まる、と思っていた太郎兵衛からすると、秀吉の動きは驚くべきものだった。大坂にいて使者を送るだけで、戦場での劣勢をひっくり返してしまったからだ。

そもそも、家康が秀吉と戦った理由は織田信雄が頼ってきたことにある。同盟相手であった信長への義理だて、というのが建前としての開戦理由であった。秀吉も家康も、小牧長湫で矛《ほこ》を交えた結果、互いに死力を尽くしても何も得ることはないと考えるに至っている。

「紀伊守どのはそのようなことを仰っていたか」

家康のもとから帰ってきた吉成の言葉を聞いて、秀吉はしばし瞑目した。

「いや、確かに道理ではあるが、三河どのが寡兵を率いて山の上に陣取ったとして、何も備えがないとは思えぬ。紀伊守どのも勝三どのも、長湫に陣を敷いた時点で三河どのに全てを制せられていた。あちらの裾を捉えることは難しかったであろうよ」

吉成も、恒興の言葉を聞いた時は確かにそうだと思ったが、家康の布陣と采配を目の当たりにすると、ことはそう簡単でもないと考えるほかなかった。

「小牧で一度叩いておきたかったが、これも戦なれば致し方なし。他にやりようはいくらでもある」

戦いを避けたいのであれば、その理由をなくせばよい。秀吉は織田信雄の懐柔に乗り出した。激しい憎悪がある、と周囲が思ってもすっぱり捨てたように見せることが、秀吉の美点でもあった。

もちろん、ただ憎しみを捨てるということはしない。信雄が秀吉の申し入れを受け入れるよう、圧力をかけることも忘れなかった。信雄の領国である伊勢と伊賀に蒲生《がもう》氏郷《うじさと》をはじめとする諸軍を入れ、そのほとんどを制圧してしまったのである。

家康は蟹江と竹ヶ鼻《たけがはな》の攻防を通じて、尾張より西には兵を出さないと態度で示している。こうなると信雄も行き場がなくなる。そこを狙って秀吉は講和の誘いをかけたのであった。

信雄が屈服し、家康が兵を引いた機に乗じ、これまで屈服を拒んでいた紀州や四国への攻勢を強め始めた。どちらも激しい抵抗を受けつつ、制圧しつつある。

「残るは九州だけですね」

気楽に言う太郎兵衛を、吉成はじろりと睨んだ。何か悪いことを言ったかと身を縮める。

「知らぬことは幸せだな」

父の口調に、ただならぬ気配を感じる太郎兵衛であった。

# 第三章　土佐の熊

# 一

小牧長湫《こまきながくて》で秀吉《ひでよし》と家康《いえやす》が対峙《たいじ》しているころ、九州にも戦乱の天地があった。

鎌倉時代から繰り返されてきた九州の覇権争いは、戦国の世に入ってから大きく動いた。中国地方から手を伸ばしてきた大内《おおうち》、毛利《もうり》は既に衰退の激しかった少弐《しょうに》氏の勢力を手中に収めようとし、それが国衆たちの動きを活発にしていた。

大友義鎮《おおともよししげ》もその混乱に乗じて版図を広げようと豊後府内《ぶんごふない》を拠点として三方に軍を送り込んだ。

豊前《ぶぜん》、筑前《ちくぜん》、筑後《ちくご》、肥後《ひご》の多くを支配下に収めたものの、島津《しまづ》の反撃に遭《あ》って耳川《みみかわ》の合戦で大敗を喫し、そこから攻守が逆転していた。大友の勢いが衰えたことを見てとった竜造寺《りゅうぞうじ》家の主、隆信《たかのぶ》は猛然と軍を進め、大友氏が押さえていた九州北部の諸城を次々と陥落させたのである。

二方から島津と竜造寺という強敵を迎えて劣勢に立たされた大友義鎮は、秀吉を頼らざるを得なくなっていたのが、天正十二（一五八四）年の九州である。

もともと、九州平定は信長の予定の中に入っていた。

明智《あけち》光秀《みつひで》や丹羽《にわ》長秀《ながひで》に「惟任《これとう》」や「惟住《これずみ》」といった九州人に馴染《なじ》みの深い姓を名乗

らせたのは、中国毛利の先を見ていた証である。

「大友の求めに応じて九州の無事を図る」

というのが秀吉の大方針であった。

だが、天正十二（一五八四）年の三月、沖田畷《おきたなわて》の戦いにおいて竜造寺隆信が討ち死にを遂げたことから、九州の情勢は一変した。

竜造寺隆信は肥後の虎と異名をとるだけのことはあり、勢力範囲と動員できる兵力だけでいえば、島津を圧倒していた。肥前《ひぜん》一国を完全に支配下におき、筑州《ちくしゅう》、豊州《ぶしゅう》、肥後へと手を伸ばしていた。大友についていた国衆の多くは竜造寺につき、その兵力は少なくとも二万を数えた。

これに対し島津は薩摩《さつま》一国に強固な地盤を持ち、大隅《おおすみ》、肥後や豊後に勢力を広げているものの、その兵力は竜造寺の半数に満たない。

島津の将兵は強かった。もちろん、島津義久《よしひさ》をはじめとする優れた君主に恵まれたこともある。加えて薩摩人特有の剽悍《ひょうかん》な気質もあったが、何より、島津家の統治の仕方も強さの源泉となっていた。新たに領土としたところを地付きの国衆に任せるのではなく、島津氏に近い者を送り込んだ。

彼らはそこを新たな本拠地として根を張り、島津家の意に沿って動く軍団を時間をかけて作り上げたのだ。彼らは東の異変を見てとると、攻勢に討って出た。

この動きを秀吉が無視できるはずもなかった。たとえ全体として見れば負けなかったとしても、秀吉は長湫で家康に手痛い敗北を喫した、と見る者もいる。四国や紀州攻めの勝利だけでは、まだ不足なのである。

「九州を平定してこそ、殿が目指した天下無事に一歩近づくことができる。小三次《こさんじ》もそうは思わんか」

吉成《よしなり》も東の失策を西で取り返すのは賛成であった。

「しかし、島津もなかなかの狸ですぞ」

「東で大狸の相手をしてきたのだから、大したことはあるまい。いよいよ、海の向こうも見えてきたぞ」

「海の向こう、でございますか」

吉成はふと、家康が小牧の陣で言っていたことを思い出した。

「背伸びが過ぎるだと？」

目をむいた秀吉は哄笑し、すぐ真顔に戻った。

「小三次、人の身体は背伸びしてもそう変わらぬ。だがな、志と心は、いくらでも大きく育つのだ。そう殿に教えられたものだよ」

そう言って秀吉はにやりと笑って見せたものである。

秀吉は早いうちに、島津を屈服させたいと考えていた。もちろん、侮ってなどいない。竜造寺隆信を討ち取った手並みを見れば、好きにさせては何が起こるかわからない。そして腹背常ならないしたたかさも、秀吉の癇に障っていた。

豊前への攻撃を責めた使者に対しても、先に手を出してきたのは大友であって、自衛の戦いであると堂々と弁明して見せたものである。

そう弁明していながら、着々と戦線を広げている島津の魂胆《こんたん》は明らかであった。もし九州一円を領土とすれば、十万の兵を動員することができる。

だが、秀吉は島津の魂胆を封じ込める命令を下していた。「惣無事令《そうぶじれい》」がそうである。天皇の名の下に大名間の私闘を禁じたものだ。これに反する者は、勅命に背く者として討伐される。

結局、島津は従わなかった。

秀吉が紀州、四国平定に動員した兵力がおよそ十万であることを考えれば、互角の戦力を手にすることになる。五分の兵力があれば、地の利のある島津が優位に立てる。もちろん、秀吉が全力を注げば十万を遥かに超える兵力を動かせるが、紀州も四国も定まったばかりで関東にはまだ手もついていない。西が揺らげば足もとが危うくなる、と秀吉は焦っていた。

「長宗我部《ちょうそかべ》に使いをしてこい」

と森吉成が秀吉から命じられたのは、天平十四（一五八六）年の夏四月のことであった。

「長宗我部と共に九州へ渡り、島津の北上を止めてくるのだ」

秀吉のもとに、九州の大友宗麟《そうりん》（義鎮）から島津の大軍が攻め寄せ、筑前へ侵攻する恐れがあるとの急報があった。秀吉の本隊は、いまだ紀州一揆勢の掃討に忙しく、西に振り向ける余裕はない。

そこで秀吉は、まだ配下になって間もない毛利と長宗我部を主力として九州へ攻め込むよう命を下した。その交渉役、および軍監として吉成が土佐《とさ》へと向かうことになったのである。

九歳になった太郎兵衛は、相変わらず犬甘九左衛門《いぬかいきゅうざえもん》に鍛えられている。体も徐々に大きくなり、小刀と弓はもう一人前に扱えるようになった。馬は父に負けないほどであるし、印地打ちはますます威力を増している。

吉成は大坂に腰を落ち着けることもほとんどなく、長宗我部への使者の任には、太郎兵衛も連れて行くことになった。九歳とはいえ、太郎兵衛はおよその事情を理解してはいた。だがもちろん、扱いは馬子である。

吉成につき従う太郎兵衛の姿は黄母衣衆《きほろしゅう》の名物となり、使いに出た先ではわざわざ太郎兵衛に会いに来る武将もいるほどだが、吉成は太郎兵衛に余計な口を挟むことを厳に禁じている。

「お前の一言で大事が失われたとしたら、お前や俺の首だけではすまぬ」
と言われれば、みだりに話をするわけにもいかなかった。

二人は大坂から便船を仕立てて九州へと向かった。船を用立ててくれたのは、瀬戸内の民、来島村上水軍《くるしまむらかみすいぐん》である。早くから秀吉に従い、独立を認められた彼らの本拠地は、伊予《いよ》と備後《びんご》を隔てる小さな島、来島にあった。

だが、いち早く秀吉方についたせいで、毛利と伊予の大名、河野《こうの》氏の攻撃を受けて来島を奪われ、一族郎党を率いて大坂へ逃れてきていた。

秀吉は、恐らく実益のことも考えてだと周囲は見ていたが、当主の村上通総《みちふさ》を随分とかわいがった。出身地にちなんで、来島、来島、と呼ぶのが癖になっていたことを受けて、通総は自らの姓を来島と変えたほどである。

ともかく、来島通総は秀吉直属の水軍として、厚遇されていた。四国攻めでは海に精通した者として十二分に手腕を発揮し、今は伊予の風早《かざはや》郡に一万四千石の地を与えられ、大いに面目を施したばかりである。

通総は九州攻めに向けた準備のために大坂を訪れ、吉成たちの四国行きについても手はずを整えてくれたのである。

「おい何をのんびりしている。手伝わんか」

通総は港で大船を見上げている太郎兵衛の尻を蹴飛ばした。だが驚いて振り向いた少年の顔を見て、それが客の一人であることに気付いた。

「わはは！」

謝るどころか、水軍の将は笑いだした。

「お前の肌の色が我らと同じだから間違ってしもうたわ。尻を蹴られるのは鱶《ふか》に嚙まれるよりは痛くない。怒るなよ」

太郎兵衛の頭をくしゃくしゃと撫でまわし、あまりに明るい声で言うので怒りを忘れてしまった。

「土佐まで遠いんですか？」

「遠くはないが中々に厳しい海だ。お前、海は？」

「初めてです」

「じゃあ波に酔わないように神仏に願いを立てておけよ。ま、厳しい海を越えて行く値打ちがあるほどに土佐はいいところだぞ」

通総は自分と同じように真っ黒に日焼けした太郎兵衛に、親近感を抱いたようだった。船出の準備をしている水軍の者たちは、例外なく通総と同じ肌の色をしている。

「長宗我部の連中は気難しいのが多いが、人はいい。一度信じれば、それこそ一領具足の心意気で力になってくれるさ。俺にもう少し力があれば、あの土佐《とさ》侍従《じじゅう》のように四国切り取りに挑んでみたかったがな」

塩辛い声で豪快に笑う。土佐侍従とは、かつて秀吉包囲陣の一角を担い、今は九州攻めの先鋒を命じられようとしている長宗我部元親《もとちか》のことである。

二

来島通総の見送りを受けて堺を出港した船は、針路を西へととった。櫓の数五十丁の関船は、太郎兵衛の目には随分と大きなものに思われたが、これより大きな船がまだあるという。

夏の海は靄《もや》に覆われ、一里先も見えないほどとなった。その中を迷うことなく船を操る水軍衆の動きは太郎兵衛の目を奪った。だが、一刻もすると波は次第に荒くなり、彼は気分が悪くなって座り込んでしまった。

「大丈夫か」

と吉成に訊かれるなり口を押さえて船尾へ走り、腹の中のものを全て吐いた。

「大丈夫です」

吐いてもすっきりしないが、太郎兵衛はとりあえずそう答えた。吉成は平気な顔をして靄の向こうを眺めている。

「遠くを見るのだ。それか寝てしまえ」

そう言って行李《こうり》の中から干した梅の実を取り出すと、太郎兵衛の口の中に放り込んだ。

「うまいぞ。船酔いに効くそうだ」

口の中に爽やかな酸味が広がり、確かにうまい。だがその旨味が腹の中で広がると、さらに気持ちが悪くなって、結局船べりから吐き出すこととなった。

梅の酸味が胃液の酸っぱさに替わってうんざりするが動けない。寝るなどもってのほかである。ひたすら空えずきを続けている彼の目の前に、大きな島影が現れた。

「淡路《あわじ》だ」

吉成は、太郎兵衛が身を乗り出して海に落ちないよう襟を摑んでいた。

「まだ道は半ばだぞ。伊予から筑州に船で渡るとなれば、さらに荒い海を行かねばならんと聞く。何せ、大海の中に激流が渦《うず》を巻いているのだからな」

「海の中に渦？」

「潮の流れとは不思議なものだぞ。北へ向かうかと思えば南へ流れ、西へ向かうと思えば渦を巻く。海を知らぬ者にはただ荒れ狂って入ることもかなわないが、腕の立つ船乗りはその流れに巧みに乗り、時にその中を突っ切って渡ってしまうのだから」

淡路の島影が遠ざかり、靄が晴れてきた。

「普段はこの辺りも荒いらしいのだが、今日は静かだな」

吉成がつぶやく。さきほどまでの波がおさまり、今度は気味が悪いほどに海は静かになった。風は時折西から強く吹いている。だが船は右に左に舵を切りつつ、前方に現れたさらに大きな島影へと近づきつつあった。

「あれが四国だ。目の前に見えているのは恐らく阿波《あわ》だろう。ここから日和佐《ひわさ》、甲浦《かんのうら》を経て土佐に至るはずだ」

南へ舵を切ると、右手に緑の海岸線が延々と続く。数刻おきに浦が見えて、小さな人家が肩を寄せ合うようにして波風をしのいでいるのが見えた。海にも小船が浮かび、網を引いている漁民の姿が見える。

いくつかの港に立ち寄りながら、船はやがてひときわ長くなだらかな岸辺の沖合を進むようになった。風は相変わらず南西からの逆風で動きはもったりとしたものだったが、海に張り出すような険しい岸壁と、うらぶれた印象の漁村ばかり見ていた太郎兵衛は、遠くからでもわかる家並みの豊かさにほっとする。

「そろそろ土佐だぜ」

船頭が二人に声をかける。

「ここの殿さまが港を大きくして、街を広げてるんだ」

土佐侍従、長宗我部元親は四国を統一寸前まで切り取った戦国の申し子である。父の国親《くにちか》が土佐海岸に広がる平野の一角を治める国衆から身を立てて周囲を平定すると、息子の元親の代になってその勢力は急拡大した。

元親は父の後を継いで四国で勢威を増したが、海の外に出ることの不利を知っていた。彼が望んだのは、四国一円の力を背景にした半独立である。

信長が畿内で力を握ると見るや、四国の取次を任されていた明智光秀の仲介で誼を通じようとした。元親の母は美濃《みの》斎藤《さいとう》氏の出であり、妻は光秀の家臣として武名の高かった斎藤利三《としみつ》の妹で関係は深まった。

だが、四国で急速に勢力を拡大した長宗我部を憎む伊予の西園寺《さいおんじ》と阿波の三好《みよし》は、信長に直接、または秀吉に使いを送ってその討伐を求めていた。

信長は中国を押さえた後は、四国、九州へと進出する手はずを進めていたが、長宗我部がそれ以上版図を増やさない限りは認めるつもりでいた。明智光秀が取次となって、そのあたりの交渉をまとめていたのである。

そんな元親にとって、信長と光秀の死は不運であった。

彼は次の天下人が誰になるかを探り、秀吉がその筆頭であることを摑んだ。だが、秀吉は信長の時代から長宗我部には敵対的である。それに、秀吉が力を握れば畿内から近い四国に兵を進めてくるのは間違いないと考えた。

従って、元親が手を結んだのは全て秀吉に敵対した勢力である。柴田勝家《しばたかついえ》とも連絡を取り合っていたし、徳川家康が目論んだ秀吉包囲網にも参加した。

だが、紀州の雑賀《さいか》、根来《ねごろ》が行ったような大坂突入など派手な軍事行動はとらなかった。

元親の関心は四国の平定であって、畿内ではない。家康の強さを聞き知った彼は、両者の戦いは長期にわたると予測していた。その間に宿願は成ると考えていたのである。

だが、この視野の狭さが、元親の首を絞めることになった。

秀吉は畿内の混乱を収めて家康と講和を結ぶと、伊予と讃岐をもとの領主へ返還するよう求めたのである。これは四国平定を目指す元親にとって受け入れられない条件である。

元親が抵抗する気配を見せるや、秀吉は羽柴秀次《はしばひでつぐ》を淡路から、小早川隆景《こばやかわたかかげ》、吉川元春《きっかわもとはる》などを中心にした中国勢を備後から進めたのである。総勢十万を超える大軍を相手に、元親は抗戦の決意を固めて四万の軍勢を動員した。

だが、四国では無敵の一領具足も、本土で激戦を繰り広げてきた羽柴と毛利の精鋭には敵《かな》わなかった。やがて押し込まれ、元親が拠点として使っていた阿波の白地城《はくちじょう》への道は瞬く間に制圧された。

天正十三年の七月に、元親はついに降伏した。土佐一国を安堵された彼は、敵でありながら秀吉の度量に感心したという。

今の高知市《こうち》にある大高坂山《おおたかさか》の廃城に手を入れて本拠地とし、城下と領国の整備に当たっていた。

大高坂山は土佐平野と土佐湾を見下ろし、南に鏡川《かがみがわ》、北に久万川《くまがわ》を天然の掘割《ほりわり》とする位置にある。室町時代にこの地の豪族が城としたが、しばらく使われていなかったものだ。

吉成たちが乗った船は、長大な砂浜が東西に広がる桂浜《かつらはま》を大きく西に見ながら浦戸《うらど》湾に入った。岬にはまだ新しい浦戸城が聳えて海を見下ろしている。桂浜が波を防ぎ、湾の波は実に穏やかだ。

「琵琶湖《びわこ》に似てる」

というのが太郎兵衛が抱いた印象だった。

土佐の入江は南が狭く、北に進むに従って広くなる。岸には水田が広がり、農村と漁村が交互に現れる。衣ヶ島《きぬがしま》、玉島《たましま》という形のよい小島が二つ浮かび、その間をぬけてしばらく北に進むと、いよいよ大高坂山が見えてくる。

既に吉成たちの到着は知らされていたのか、港に着くと迎えが来ていた。

緊張した面持ちの少年が数人の近臣の先頭に立って船を見上げている。下船した吉

成が挨拶をすると、

「谷忠兵衛忠澄《たにちゅうべえただずみ》にございます」

と近臣の中でもっとも恰幅《かっぷく》のいい男が礼を返してきた。忠澄は長宗我部家の家老で、秀吉と戦う不利を元親に説いていた経緯もあり、両者の講和に尽力した人物である。

「こちらは千熊丸《せんくままる》さまにございます」

と少年を紹介した。

「土佐侍従さまの若君にお出迎えいただけるとは、恐縮にございます」

吉成も丁寧な口調で述べた。

太郎兵衛は、千熊丸という少年をしげしげと眺めていた。自分よりも少し年長に見えて体も大きいが、優しげな顔だちをしている。千熊丸は太郎兵衛の視線に気付いたのか、彼を見て微かな笑みを浮かべた。

「使者の務め、大儀でございました」

吉成ではなく、太郎兵衛に目を向けたまま言った千熊丸は、二人を先導して大高坂城へと戻った。これが後の長宗我部盛親《もりちか》であった。

# 三

大高坂山城は、遠望すればごく小さな山城でしかない。だがその真下に立つと随分と大きく見えた。天守もなく、石積みと生垣の間にいくつかの曲輪《くるわ》と矢倉が設けられている。石段を登りきったところに、館が建っているだけの簡素なものであったが、頂に至るまでの道は急峻だ。

後ろを振り返ると、船が通ってきた浦戸湾が見える。南からの風が微かに潮の香りを運んできた。

谷忠澄に促され、吉成は広間へと通される。太郎兵衛は相変わらず馬丁という扱いではあったが、もはや吉成の息子であることは知れ渡っているので、客として遇されている。吉成は玄関口で待つよう命じるのが常であったが、迎える方はそうもいかず、結局客間に通されるのであった。

「噂は聞いていたが、子連れの使者とは珍しい。だから俺も熊を迎えにやったのだ。森どの、もはや我らの間には何も難しい話はないのだから、連れてくるがいい」

声が客間まで聞こえてきた。谷忠澄が迎えにきたので、太郎兵衛も吉成の隣に座ることになった。最近では珍しいことでもなくなり、吉成は息子を見ることなく、微かに目を伏せて黙っている。

子供の目で相手がどう見えるかを後で訊ねることもある。だが相変わらず、口を開くことは厳しく禁じられていた。

太郎兵衛は顔を上げる。広間の奥に胡坐《あぐら》をかいて座っている四国の元覇者は大きな男だった。座っていても見上げるほどだ。

「関白《かんぱく》さまの大坂の城、普請の方はいかがか」

と元親の方から口を開いた。普通に話していても広間に響き渡る、堂々とした声である。

「稀《まれ》に見る壮大なものとなりそうです」

「そうだろう。あれほどの軍勢を動かせる天下人であれば、比類なき城こそふさわしい」

元親は秀次が率いた羽柴軍の威容を、素直に誉め称えた。

「天下に敵なしとはこのことだ」

「いえ、いまだ天下は定まっておりませぬ。九州は島津の暴虐いまだ収まらず、豊後から助けを求める急使が至っております。援軍を送らねば、九州は島津のものとなってさらに戦乱の世が続くでしょう」

「それはいかんな！　となれば、以前海を渡ってきたあの精鋭たちが、再び海を渡るというわけか」

元親の口調は明るいが、あくまで他人事であるという姿勢を崩していない。

「いえ、九州への先鋒は土佐侍従さまにとの殿のお言葉です」

吉成は秀吉からの書状を元親へと手渡した。そこには、陣立ての内容や九州上陸の期日、戦うべき相手と戦場となりうる場所まで詳細に記してある。

大友氏に味方する諸将から届く援軍の求めは急を要するだけに、具体的であった。秀吉は黒田孝高《くろだよしたか》や小早川隆景ら備州に拠点をおく者たちに、九州の動静を探らせ、戦略を立てていた。

「豊前小倉《こくら》の線で島津を食い止め、反撃に出るというのか」

元親は不愉快そうな表情を浮かべ、くちびるを曲げた。

「我ら土佐の一領具足は四国を出たことがないのでな」

「出たことがなければ戦えないと申されるか」

「先だって関白さまと戦った際、多くの兵が倒れてまだ国は回復しておらぬ。知行《ちぎょう》も土佐一国となって蓄えもない。聞けば島津は鉄砲を無数に持っているというではないか。一領具足は文字通り一領の甲冑しかないのでな」

心得と金があれば、二領の甲冑を用意するのが武家のたしなみであった。だが、半農の土佐軍は多くがひと揃いしか持っていない。海を渡るとなれば、必要となる糧秣《りょうまつ》も船も膨大な数となる。

「我らは九州に上陸する前に干上がってしまうな」

と元親は笑う。

「これは好機であることをご理解下さい」

吉成はその笑みを消すような厳しい声で言った。

「土佐侍従さまはこの度、殿に心を寄せられて三国を返された。ですが、まだ天下の多くはまだ野望を捨てていないと疑っている。小早川、吉川の両川が何故大兵を率いて四国へ渡られたかおわかりか」

毛利家中においてそれぞれ山陰道《さんいんどう》、山陽道《さんようどう》を任されていた小早川、吉川は西に進出してきた織田方、とりわけ秀吉と長きにわたって激しく戦っていた。だが一方で、安《あん》国寺《こくじ》恵《え》瓊《けい》といったすぐれた使僧を仲立ちにして度重なる交渉を行ってきた。

秀吉は毛利方の「両川《りようせん》」の力を認めていたし、毛利方も恵瓊から聞いた秀吉の人物と信長亡き後の水際立った振舞いに、家の命運を託すべき相手と見てもいた。四国攻めの時に、大挙して軍を送りこんできたのは、四国に領土を得ようとするためではない。秀吉のために働くという姿勢を明らかにするためであった。

「旗幟を明らかにするための好機だと申すか」

「殿は全ての武人は天下惣無事のために働くべしと申しております」

「天下惣無事、か……」

元親はしばし瞑目した。

「よくわからぬ。四国ですら俺には広かった。天下なべて事もなし、などできるのか」

「総見院《そうけんいん》さまの後を引き継いだ殿ならできますし、必ずやしてのけるでしょう。その先頭に立つことは、土佐侍従さまにとっても必ずや良き結果を招くはずです」

吉成の言葉に元親はしばし黙って聞いていたが、やがてゆっくりと頷いた。

「わかった。土佐の国中に陣触れを出そう」

吉成は表情を崩さず手をつき、丁重に礼を述べた。

「俺もこれまで散々たてついておいて、すぐに信を置いてもらえるとは思っておらぬよ。いずれ何らかの形でご奉公せねばならんが、いきなり島津の相手とは関白さまも中々に厳しい」

「お味方と心を許されているからこそのお願いです」

元親は頷き、太郎兵衛に視線を向けた。ちょうど張り詰めた空気が緩み、太郎兵衛は大きく口を開けて呼吸を繰り返している所だった。

「こうして政は決まっていくのだ」

慌てて口を閉じ、頭を下げる。

「お前も九州へ行くのか」

太郎兵衛が横目で父を見ると、微かに頷いた。お答えしろ、と促されて、

「左様でございます」

自分でも驚くほどの大声が出た。

「元気のいいことだ。うちの熊と年が近いようだから留守番でもしていてもらおうかと思っていたのだが、立派に働けるようだな。励めよ」

「はっ」

と手をついたところで、不意に背後が騒がしくなった。

「千熊丸さま、お待ちを！」

谷忠澄の声を振り切るように、一人が広間に走り込んできた。吉成たちに一礼した顔を見て、太郎兵衛は驚く。港まで迎えに来てくれた元親の子の千熊丸である。太郎兵衛は何事かと吉成と元親の顔を交互に見るが、吉成は表情を動かさず、元親は手で顔を覆っている。

「今は大坂からのご使者と大切な話をしているというのに、何だ騒がしい」

「お願いがございます」

どんと拳を広間の床板に叩きつけ、千熊丸は言葉激しく、九州攻めに帯同してくれるように頼んだ。港で見た柔和な印象が消え、名の通り熊のように猛っている。

「それはここで言わねばならぬことか」

「羽柴公の使者が来ている今こそ、願い出るべき時と心を決して参りました。島津は九州の覇者として土佐にまで名が轟いております」

「お前が島津と戦うとでもいうのか。まだ十二ではないか。焦ることはない。元服すればいくらでも戦に連れて行ってやる」

「戦はいつまでもあるとは限りませぬ。四国は関白さまの制するところとなり、島津がもし屈服すれば私はどこで名を揚げればよいのですか」

「名は戦場だけで揚がるものではない」

「ですが、戦場で勇士と認められることこそが男が名を挙げるただ一つの道です。それにこれあるご使者は私より年若い。務めを果たすのに元服しているかどうかは関わりのないことです」

吐き出すように一気に訴えるが、元親は首を振ってため息をつき、

「雄《ゆう》、雄はおるか」

と誰かを呼んだ。太郎兵衛がただならぬ気配に振り向くと、元親に背格好のよく似た、しかし顔立ちは際立って美しい若者が立っている。

長子の千雄丸信親《せんゆうまるのぶちか》である、と元親は紹介した。

「また熊が駄々をこねている。今は見ての通り、ご使者と談判《だんぱん》中だ。連れて行ってく

れ」

信親は静かな足取りで千熊丸に近づいていく。千熊丸も少年にしては大柄だが、信親に比べれば全くの子供だった。

「行こう」

兄が静かに言うと、千熊丸は怯えた表情を浮かべ、諦めたように立ち上がる。そして肩を抱かれるようにして広間から去った。気まずい沈黙が広間を覆ったが、

「さて、陣立てのことですが……」

吉成がごく自然に話を再開したので、元親もほっとした表情を浮かべたのであった。

## 四

吉成たちが元親と話を進めているころ、秀吉のもとには大友宗麟が訪れていた。島津の攻撃は激しく、もはや直接秀吉にすがるしかないところまで追い詰められていたのである。

秀吉には見る者をひれ伏させる威厳こそなかったが、眼力は信長に劣らず、加えて「人たらし」と呼ばれるほどの術があった。

「相手に惚れさせよ」

と、秀吉はよく側近に言っていた。惚れた相手に、人は従うのだ。そうなれば争わずとも済む。吉成にはその実直な性格から、誠のみで押せと指示することが多かった。だが、版図が広がるに従って、できることなら相手を惚れさせてこいと命の最後に付け加えるのが常となった。

「何かをさせるにも、向こうからその気になってするのと、嫌々させるのでは大いに違うぞ。これほど愛《いと》しい女子《おなご》はおらぬと思うて、対するのだ」

これには吉成も閉口した。彼はそれほど、女性に熱心なわけではない。衆道《しゅどう》もたしなんではいない。

「小三次は堅すぎる。女心の一つでも学んでこい」

秀吉はそう吉成をからかったが、その目は笑っていなかった。

「というてもお前が遊女屋通いするとも思えんから、一つわしが伝授してやろう。女は男の何に惚れるか。これだけわかっていればいいのだ」

人さし指を立てて、吉成の前に突き出す。

「もちろん、見目麗しければ放っておいても女は惚れる。だが、顔の美しさなどは三日もすれば飽きる。美しさを誇るなら、周りから飾っていくのだ。己が身の周りがきらびやかなら、自然と本人も美しく見える。わしがそうだろう？」

秀吉は大坂に巨大な城を築いていた。土台となった石山本願寺《いしやまほんがんじ》も、寺の範疇《はんちゅう》を超えた巨大なものであった。東西七町、南北五町というから、その面積はおよそ三十五万平米にもなる。だが、新しい大坂城は桁が違った。

上町台地《うえまちだいち》の北端に五層八階の大天守を置き、北を淀川《よどがわ》本流、西は船場《せんば》、南は谷町《たにまち》、東は森ノ宮《もりのみや》と、広さだけでも本願寺時代の四倍にも及ぶ。本丸は外堀と内堀、そして惣構《そうがま》えと呼ばれる外郭にも堀を巡らし、寄せ手が本丸に至るには急峻な石垣と複雑に入り組んだ曲輪の間を抜けなければならない。城攻めの名手であった秀吉ならではの、鉄壁の城であった。

「次に、高貴であるかどうかだ」

秀吉は二本目の指を立てた。彼は守護代の子であった信長や、三河《みかわ》の国衆であった家康に比べても、誇れる血筋などというものは全くなかった。だが、信長の死後は積極的に官位を取りにいった。

吉成が四国へ行く際には、秀吉は正二位《しょうにい》内大臣《ないだいじん》となっており、さらにその上の位を得るべく手を回していた。

「高貴な位にしばらくいれば、わしが尾張で針を売っていたことなどやがて忘れる。土に汚れた猿に抱かれるのは嫌でも、大臣さまの手の中なら自ら帯を解こうよ」

そして最後は、と三本目の指を立てる。

「何だと思う？」

吉成は首を捻った。確かに、豪壮な城と高い位は女を口説く時に役に立ちそうだ。見目の良さは関係ないと言っているのだから、

「戦の強さですか」

と答えた。

「違う！」

手を叩いて秀吉は喜ぶ。まるでそう答えるのを予期していたような、してやったりの表情を浮かべている。吉成は、天下の半ばを取り、内大臣となってもこのような稚《ち》気《き》を見せる秀吉が嫌いではなかった。

「そこだよ」

と秀吉は真顔になって言った。

「天下を睥睨《へいげい》する巨大な城を建て、十万の軍を動かして敵する者を打ち倒す。廟堂《びょうどう》にあっては大臣の位にあり、いかなる将もその前には手をつかなければならない。だがその正体は、見ての通り猿顔の阿呆だ」

これで女はほっと安心する、と秀吉はにんまりと笑った。最近伸ばし始めた髭が、どうにも鼠を思い出させてぱっとしない。だがそのぱっとしなさが、天下人という言葉の恐ろしさを和らげているのも事実だった。

「畏れさせ、敬服させ、その後に安心させる。これに勝る手はない。ま、通じないお方もいるが」

秀吉は何かを思い出すようにうっとりと目を閉じた。吉成は、秀吉が秘かに想いを寄せていた女性《にょしょう》を知っている。

信長の妹であるお市《いち》の方《かた》である。浅井《あさい》長政《ながまさ》に嫁ぎ、その滅亡後は柴田勝家に嫁いで、最後は夫と運命を共にした。

「あのお方だけは、今のわしにもなびかなかったろうな」

そう呟く。吉成はお市の方の姿を目にしたことは一度しかない。清洲《きよす》会議の後、勝家に輿入《こしい》れする交渉の際に見た。確かに、ぞくりとするほどの美しさと儚さと、そして強さを感じる女性だった。天下に聞こえた武将を二人続いて夫にするだけの「格」を感じさせたものである。

「何故あの時、お市さまを引き取らなかったのです？」

政としてだけ見れば、彼女を勝家に嫁がせたのは間違いではなかった。秀吉への反発が一時的にせよ弱まり、その間に周到な準備を整えることができた。

「欲しいものを我慢した方が、より大きな果実を得ることがあるのだ」

秀吉はお市の方に手を伸ばさなかった代わりに、織田家臣筆頭の地位を得たのだと言いたそうであった。だが吉成は、それが真実ではないと見抜いていた。

「怖かったのでしょう」

そう言うと、秀吉は照れ臭そうに頷いた。

「まあな」

秀吉はごく近い者には本音を漏らすことがある。誰に惚れた、振られた、勝った、負けたといっては抑えることなく笑い、泣く。だがお市の方の時だけは違った。じっと己の中に秘めて、このように控えめにしか表に出さない。それがかえって、秀吉の本気を思わせた。

「だが今のわしなら、そぐう相手になったのかもしれん」

「だから茶々《ちゃちゃ》さまを引き取ったのですね」

「よく似ている」

秀吉の頬は初恋のただなかにいる少年のように赤くなった。

「何とかあの娘に惚れてもらいたいものだ。あれほどの美しき者にわしの血だけでなく、心も受け継いだ子を産んでもらえたら、どれほど幸せなことか」

それだけの賢さと器量が、あの娘にあるのかと吉成は内心首を傾げた。だが、織田信長の姪であり、浅井長政の娘という茶々の血筋にはそれだけの夢を見させる高貴さがあることも、また事実だった。

秀吉には天下を覆う大胆と、娘の心に右往左往する小心が同居している、と吉成は感じていた。だがこれほどの幅がなければ、天下を左右できないのかもしれない、と長年秀吉と接してきた吉成も考えるようになった。

「それはそうと、お前もそろそろわしのような手管を使えるようにならねばならんぞ」

表情を改めて、秀吉は言った。

「何事です」

「そろそろ国持ちになってもよかろう」

さらりと秀吉が言ったものだから、吉成は驚いた。秀吉の側近、黄母衣衆として常に秀吉の身辺に侍り、四方へ奔走することが務めだと信じていた。吉成よりも遅くに仕えた者が大きな知行を得て大名となっていく。だが、彼は何とも思わなかった。秀吉の使い走りほど面白い仕事はないのである。

「お前にはそれだけの力がある。九州を平らげれば、一国を頼みたく思う。そのためにはまず土佐の長宗我部を動かしてくるのだ」

吉成もそう手をとられて気分が悪かろうはずがない。珍しく高揚した気分で大坂を後にした。だが、長宗我部元親が出兵を承知した後、宿に案内されたあたりで思い当たることがあった。

「うまく言うものだ」

と自然と苦笑が口元に浮かぶ。惚れさせる手管に見事に引っかかっているのは自分だ。そして、己が一番惚れていると思わせているあたりも大したものだ、と吉成は感心していた。

秀吉は天下に近づくにつれて、家臣団の陣容を厚くすると共に、入れ替えを試みていた。石田三成《いしだみつなり》や大谷吉継《おおたによしつぐ》、小西行長《こにしゆきなが》に前田玄以《まえだげんい》など、秀吉が万石の知行を持つようになってからの家臣は、吉成から見ても輝くような才能を持っていた。彼らは戦場にあって強いだけでなく、畿内の統治、兵站の管理や四方との交渉を任せられ、秀吉の期待にこたえる働きを見せていた。

賤ヶ岳《しずがたけ》で七本槍と称せられて活躍した若武者たちも、大変な抜擢《ばってき》を受けている。二十歳そこそこにして従五位を受けた加藤清正《かとうきよまさ》や福島正則《ふくしままさのり》などはその筆頭である。もはや子供のように見える者たちが、殿上人《てんじょうびと》となっているのだ。

吉成とて、彼らと同じように働いて秀吉を支える気概は持ち続けているが、若さの放つ武と才の煌めきにはため息が出る。

「それで、よい」

一抹の寂しさはあるが、致し方のないことだ。天下は広い。吉成も使いをして交渉する相手が、野盗の類から国衆、そして大名や大大名へと替わるにつれて、とてつもない重圧に苛まれるようになった。

秀吉が戦陣に出れば矢玉を恐れず駆け回ることができるが、帷幕《いばく》の中で詰将棋をするような小牧長湫での戦の雰囲気は、正直あまり好きではない。そのような気配を、敏感な主君が見逃すはずはなかった。

気付くと、太郎兵衛がじっと見つめていた。

使者として出かける時に、馬丁として帯同するようになって二年ほどになる。大坂に帰れば犬甘九左衛門に鍛えられ、暇があれば相変わらず石合戦に明け暮れる日々だ。日に焼けて真っ黒な「焦げ坊主」が国持ち大名の子かと思うと、おかしくなる。

「何か用か」

「千熊丸さまが遊ぼうって」

四国に覇を唱えた男の子と、己の息子が遊ぶというなら、それなりの箔《はく》をつけてやらねばならんか、とも考える。

「行ってこい」

「話してもいいでしょうか」

「当たり前だ」

太郎兵衛は嬉しそうに頷いて駆け出して行った。

# 五

秀吉は島津に「惚れさせる」ことはできなかった。

その力も位も、「成り上がり者」と罵られては用を為さない。鎌倉の世から守護大名として九州に勢威を誇る島津は、他家と比べても別して古く、そして強かった。かつて同じく伝統と強盛を誇った武田《たけだ》、今川《いまがわ》、大内、大友などの諸家は既に没落しているのに、島津家だけは違う。勇ましくも秀吉との和解案を蹴り、本格的に北上を始めて筑前へと侵攻していた。

秀吉もついに大軍を催して九州へ攻め入ることになったが、あくまでも四国と九州の軍が中心である。だが、土佐では思ったように準備が進まず、吉成は焦っていた。

「今は畑仕事で忙しいからな」

元親は急かす吉成に対し、渋い顔で言い返した。四国では、軍の主力となる兵たちは半農であることがほとんどだった。一領具足と呼ばれる者たちが、田畑の横に武具を立てかけていたという話はその象徴である。

九州へ入るのは夏ということになっているが、田畑の世話で忙しい時期でもあり、兵たちの士気は上がらなかった。

「天下の戦いといっても、彼らには通じぬよ」

「天下のために戦うことが、己の田畑を守ることだと教えて下さい」

と吉成は元親に懸命に説いた。そういうことなら、と元親も主だった者たちを集めては厳しく言い聞かせたものの、やはり軍の動きは緩慢だった。

四国から出征するのは、土佐の長宗我部と紀州攻めの功を認められて讃岐高松《たかまつ》を領していた仙石秀久《せんごくひでひさ》、かつて四国讃岐で長宗我部と争っていた十河存保《そごうまさやす》、伊予の小早川《こばやかわ》秀包《ひでかね》であった。

「もう讃岐や伊予は出撃の備えが整っているようです」

と吉成から聞いて、元親も焦りを覚えた。仙石秀久と元親の間には、因縁がある。四国攻めの際に、淡路から讃岐に上陸した秀久は、長宗我部軍の攻撃によって敗走し、幟《のぼり》を奪われるという恥をかかされた。

秀久は武勇をもって知られていただけに、この敗戦には含むところが大きかった。讃岐に十万石を与えられたのは、土佐の監視という意味合いもある。ここであまりに遅れると、秀久がどう秀吉に讒言するか知れたものではなかった。

六月に入り、筑前の情勢はいよいよ緊迫してきた。天正十四年七月、太宰府を眼下に望む岩屋《いわや》城が島津軍およそ三万に包囲されたのである。

大城《おおき》山の中腹に築かれた山城に籠るのは、高橋紹運《たかはしじょううん》をはじめとするわずか七百名あまり。ここと隣接する宝満城《ほうまん》、立花城《たちばな》がある。立花城に籠るのは、高橋紹運の実子にして立花道雪《どうせつ》の養子である宗茂《むねしげ》だ。この線を破られると博多《はかた》が丸裸となる。

博多は朝鮮や中国との貿易の大拠点であり、ここを押さえられては島津の力が倍加する。それに、博多を押さえられると残された大きな拠点は小倉だけとなり、九州全土を制圧される危険があった。

秀吉としても、それだけは絶対に避けなければならない。

大坂と土佐を忙しく往復している吉成の弟たちも、秀吉からの厳命を持ち帰っていた。ようやく準備が整った長宗我部軍と共に、伊予の松山《まつやま》で仙石秀久と合流したが、秀久の機嫌はすこぶる悪かった。

若い頃にその勇猛を信長に称賛されて秀吉の馬廻り衆となった彼は、四国の諸将を下に見る態度を隠そうともしなかった。しかも元親はかつて讃岐の引田《ひきた》で対戦し、旗印を奪われた相手でもある。秀久の肩には無用な力が入っていた。

「遅いではないか」

元親の顔を見るなり、秀久は噛みついた。

「これで九州を島津に切り取られるようなことになれば、土佐どのの責めになるぞ」

と決めつける。

元親はあまりの口のききように、刀の柄《つか》に手をかけかけたが、すぐに下ろした。土佐三千の兵を率いて本陣で喧嘩騒ぎなど起こせるわけがない。秀久もそれがわかっていて罵倒したのである。

「軍を出すには準備がいるのだ。文句を言うな」

元親が言い返すと、秀久は舌打ちをして顔を背ける。そして、険《けん》のある空気のまま、軍議となった。

四国から九州へ渡るには、伊予の西端、角のように突き出た三崎《みさき》半島から、佐田岬《さたみさき》を右に見つつ西へ進むのが常道だ。豊後の別府《べっぷ》に近い、佐賀関《さがのせき》の港までは二十里もない。

もし島津の本隊が筑前に集結しているのであれば、四国の軍勢が豊後に上陸してその背後をとることに大きな意味があった。

「即刻渡るべし」

と秀久は主張した。だが、四国の諸将はいい顔をしない。三崎から佐賀関まではごく近い。徒歩であっても二日もあればたどり着ける。だが、その間に横たわる海峡は「速吸瀬戸《はやすいのせと》」と呼ばれている難所だ。

「越前守《えちぜんのかみ》どのは海を知らぬ」

元親はなるべく穏やかに諭そうとした。四国軍の数はおよそ六千。それだけの軍勢を渡す水軍は、秀吉側も配下に収めてはいる。村上、九鬼、河野などの有力な海の民は秀吉に臣従していた。だが、彼らも秀久の性急な求めには渋い顔である。

「あの瀬戸はただ出て行っても流されるだけだ。南に流されたら最後、二度とは戻ってはこられぬ。戦わずして軍の半ばを失うこともありえるのですぞ」

秀吉から十分な援助を受けて自らの水軍を再建した来島通総は、秀久の無謀を止めた。それでも、

「では間に合わずして九州の岩屋城が落ち、筑前国が島津の手に落ちたらどうするのだ。この軍半数の犠牲ではすまぬぞ」

と秀久は譲らない。

「九州への討ち入りは関白さまの意である。これに逆らう者は、わしの槍にかけて許さぬ」

だが折りから、嵐の気配が伊予にはたちこめていた。水軍の頭として、来島通総が冷静に口を開いた。

「夏に南からの風が強き時は、決して海に出てはならん。うねりが行く手を阻み、瀬戸の流れが船を押し流す。人が相手なら、確かに関白さまは大いなる力をお持ちだろう。俺も随分と世話になっている。だが、相手が海となれば話が違う。俺たちも白刃《はくじん》をふるっていくらでも突っ込んでやる。だが、相手が海となれば話が違う。どれほど偉い人間だろうと、命など聞かん。それでも行くというなら、勝手に行ってくれ」

歯切れのよい通総の反論に、秀久は顔色を変えた。

「貴殿の言い草、よくわかった」

そう言って本陣の後ろに立てかけてある槍を手に取る。

「ではこれより、わしが水軍の指揮をとる。来島通総は戦意なしとして謹慎。土佐侍従どのをはじめ、四国の諸軍は早速船に乗って瀬戸を渡れ。もし文句があるなら、わしが相手になるぞ」

槍のきらめきが人々の目を射る。通総は怒りに黒き顔を紅に変えて本陣を出ていき、気まずい空気が満ちていく。

「さあ各々方、軍議はここまで。とく出立の備えをされよ。関白さまの尖兵となり、ご恩に報じるのだ！」

声高々に命じた秀久が槍を再び従者に渡したところで、元親が立ち上がった。勇猛な容貌の秀久を圧するような偉丈夫ぶりである。元親はこの時代の男にしては飛び抜けて長身であった。

「仙石越前守」

その声は、これまでと明らかに違っていた。

「な、何か存念があるなら申してみよ」

満足げだった秀久の表情が強張った。

「確かに、関白さまの九州討ち入り、天下惣無事のお志は天晴なものであろう。我らのような田舎武士には到底思いも及ばぬことではある。だが、四国の山と海になじんできた者も、それぞれ一領の具足をもってこの大事に馳せ参じているのだ」

「そんなことはわかっている」

秀久は元親に気押《けお》されないよう、ことさら厳《いか》めしい顔を作った。

「天下の無事は四国の武家や民百姓、すべての者のためでもある。関白さまの尖兵となることは、先々の幸せにつながると心得られよ」

「それは小三次どのからもうかがった。で、あるならば」

元親が一歩秀久に近づいた。

「四国の者の命を軽んじるようなことを口にするのは止めよ。彼らは戦に出ても、また帰ってきて土を耕す。海に出て漁もする。そうして生きていかねばならぬ」

「九州へ渡るのを渋るのは、島津との付き合いがあるからか？　関白さまに頭を下げて後に、薩摩に大船を進上したこと、我らが知らぬとでも思っているのか」

元親の代になって、土佐と薩摩の間の交易は盛んになっていた。薩摩の廻船商人たちが一町を成すほどであった。

「船はこれまでの友誼への返礼と、土佐に住んでいた薩摩の者たちを返すためだ。彼らに罪はない」

秀久も左右に肩の広がった魁偉《かいい》な体つきをしている。だが四国の覇王はさらに一回り大きかった。静かな怒りが、元親をさらに大きく見せて本陣内にいる者は言葉を失っていた。

「ふん、振る舞いに気をつけろよ。我らを上回る忠義を見せねばならぬ立場であることを忘れるな」

「心配せずとも貴殿よりは存分に働いて見せる。これからの味方を侮れと関白さまが命じたのか、こちらから確かめてもよいのだ」

「我らは関白さまのために命を懸ける兵だ。それほどの気概を持たぬと、これまでの反抗を帳消しにはできぬ、という意味で言ったのだ」

と秀久は弁明する。

「言っておくぞ」

居丈高な口調を取り戻した秀久は、

「誰がこの四国の指揮を執っているのか。それは長宗我部でも十河でも村上でもない。この仙石越前守である。我が命は関白さまのお言葉と肝に銘じよ」

と宣言した。元親に気押されたことを消し去ろうとするほどの大声だ。四国の諸将は鼻白んだ表情を浮かべ、本陣を後にしようと立ち上がろうとした。そこに、

「権兵衛《ごんべえ》！」

と末座から鋭い声がかかった。

# 六

軍議の間、口を一切開かなかった一人の男の方を、皆が見た。秀久もまた誰か文句をつけるのか、と心配と怒りで顔を真っ赤にしながら顔を向ける。そしてほっとしたように、

「小三次か……」

と呟いた。

「何だ。陣立てに何か異論があるのか」

秀久と吉成は古い付き合いである。信長が斎藤龍興《たつおき》を稲葉《いなば》山に滅ぼした際に、美濃の土豪であった仙石氏は織田方に投じた。吉成はすでに馬廻り衆として秀吉に仕えていたが、秀久もその一員に加わったのである。

吉成がそのまま秀吉の馬廻りに残ったのに対し、秀久は軍を率いて先陣に立つ道に進んだ。十万石の大身とくらべものにならないほどに微禄な黄母衣衆ではあるが、吉成は全く遠慮なく秀久を呼び捨てにしてのけた。

「お前は殿からそのように四国の者たちを追い使えと命じられてきたのか」

そう問い詰めた。

「おうよ。これまで乱れていた四国の諸軍をまとめるために、大いに働けと命じられておる。これまで千々《ちぢ》に乱れていた者たちを一つにして戦いに差し向けるのであるから、関白さまの威光に服させなければならんだろうが」

秀久も遠慮なく言い返す。

「この短慮者め」

吉成は叱りつけた。

「四国の諸将は我らのような成り上がり者にあらず。累代この山河と海を守ってきた者たちだ。戦乱の世に勝敗はつきものといえども、ただ力で押さえつけて死地に向けることを殿が命じるものか。既に土佐侍従さまをはじめ、皆が大坂に心を寄せている今となってはその戦いぶりを助けるのみで足る。お前の言い草は殿の姿を悪しきものとし、これから戦に臨もうとする士の心を意味なく挫《くじ》くものだ」

これまで無言だった吉成の怒りに、元親らは驚いた表情を見せていた。秀久は顔を真っ赤にして吉成を睨みつけていたが何も言い返すことができず、大きな咳払いをしながら本陣を去った。

秀久が去った後、吉成は来島通総を呼び戻して再び元親の後ろに控え、軍議の続きを促す。それを受けて元親が口を開く。

「仙石どのはあくまでも軍監である。この戦、主軍となるは我ら四国勢だ。確かに関白さまと俺は戦ったこともあるが、矛を収める誓いをしたからにはその御為に働くのは当然のことである。さりながら、速吸瀬戸を越えるにはそれなりの備えが必要だ」

元親は、仙石勢が四国へ攻め入った際に使った船を伊予まで回航させ、それを渡海に使うという案を出した。淡路から讃岐までの海は速吸瀬戸よりはまだましだが、それでも播磨灘《はりまなだ》の荒波は激しい。それを越えるだけの頑丈な造りをしている船だ。

「来島どのには水先案内をお願いしたい」

来島通総は緊張した面持ちで頷いた。水軍を率いる彼らは、海を知る者でも気の抜けない瀬戸を、六千の軍を渡せるか潮目を見極めなければならない。

「では各々、四国に兵ありと天下に見せつけてやろうぞ」

という元親の言葉で軍議は決した。

軍議が紛糾《ふんきゅう》していた頃、太郎兵衛は千熊丸と山の上から海を眺めていた。山までは後藤又兵衛《ごとうまたべえ》が送ってくれた。又兵衛は、黒田官兵衛《かんべえ》の息子、吉兵衛長政《きちべえながまさ》と仲違いして出奔し、仙石秀久の厄介になっている。

「今度は俺も派手に暴れてみせるぜ」

と力こぶを作る又兵衛を、太郎兵衛と千熊丸はまぶしそうに見上げた。

主家が滅んだ後の又兵衛は天下に見聞を広めて名を揚げようと播磨を後にしていたのである。そして四国を訪れるやその武勇を見込まれ、秀久の馬廻り衆に加えられていた。

「いいな、太郎兵衛たちは。これから海を渡るのだろう?」

心底羨ましそうな千熊丸の言葉にどう返していいかわからず、彼はただ黙って頷いた。

「俺も行きたかった」

千熊丸は結局、九州入りを許されなかった。吉成と父が話している所に踏み込んでまでの願いは、叱りつけられただけで終わった。そのあまりの願いぶりに元親もやや折れて、四国を出るところまではついてきてよいと許したのである。

「熊の相手を頼む。あと、無茶をしようとしたら止めてくれ」

と元親は太郎兵衛に秘かに頼んでいた。

「無茶?」

「熊は向こう見ずなところがあってな。先だって広間に来た時の姿を見ただろう。こうと思うと周りが見えなくなるのだ。果敢なのはいい。だがあれで戦場に出ては真っ先に死ぬ」

それが戦に連れて行かない理由だ、と元親は述べた。

「雄のような重厚さがあればな」

ため息をつく。元親の長子である信親は、太郎兵衛から見ても圧倒される迫力があった。千熊丸がその顔を見ただけで動けなくなるのも理解できた。

「太郎兵衛よ、お前を小三次どのが連れ歩いている理由が、先日の一件でよくわかった。熊の奴が広間に走り込んで見苦しいさまを示したというのに、全く動じた様子も見せなかったな。それに聞けば、時に熊の遊び相手もしてくれているというではないか」

「ええ、まあ……」

太郎兵衛は微妙な顔をした。千熊丸は太郎兵衛より三つ年上であったが、尋常ではないほどに懐かれて、やや辟易していたのである。

やれ槍の修行をしよう、釣りをしよう、相撲《すもう》をとろう、と毎日のように訪れては連れ回される。確かに、太郎兵衛も土佐に来てから暇ではある。鍛えてくれる九左衛門は大坂だし、石合戦をする知り合いもいない。又兵衛もさすがに毎日は遊んでくれない。最初は嬉しかったが、あまりの深情けに面倒くさくなってきた。

「ううむ、やはりそういう顔をされるのだな。熊は加減ができぬ故に友も少ない。俺が四国の覇者を目指して周囲を切り取ったために、同格の友というのもいなかったのだ」

頼む頼む、と大きな体を折り曲げるようにして元親は太郎兵衛に遊び相手を依頼した。結局、土佐から伊予まで来る道中でも、千熊丸はいつも太郎兵衛と轡を並べてきては側を離れようとしない。

吉成は、

「うまくお付き合いしていろ」

と言ったきり何を指示するわけでもない。この日も朝飯を食い終わったのを見計らうように、遊びに行こう、とお誘いが来たのである。

「どこへ行くんですか」

「山だ」

千熊丸は松山の街から西に見える小高い山を指した。

「あそこに登れば豊後が見えるかもしれない」

「そんなに近いのですか」

千熊丸は名前の通り、熊のように強く、大きかった。又兵衛には敵わぬまでも、流石は土佐侍従の子だなと太郎兵衛も感心するほどだ。脚も速く、馬丁として父の馬に徒歩で従っていた太郎兵衛もついていくのがやっとである。

松山の街を抜けて西にそびえる山並みを目指す。主峰の弁天山《べんてん》を中心に、垣生山《かきう》、そして津田山《つだ》と三つの小山が南北に連なっており、垣生山にはかつて土豪の埴生《はぶ》氏が城を築いていた。河野通直《みちなお》に従って秀吉に抵抗する姿勢を見せていたが、降伏して城を差し出している。今の城内にはわずかな警備兵以外は入っていない。

ところどころに兵は立っているが、千熊丸の顔を知らぬ者はおらず、頂への道を行くに何の支障もなかった。

瞬く間に山頂へたどりつくと、そこには出城の跡があった。埴生山城が羽柴方に引き渡された後、出城の類は全て破却された。弁天山は三山の中でももっとも高く、出城と物見櫓《やぐら》が設けられていたらしい。

その跡に立つと、西に広がる大海原が見えた。西から吹きつける海風は、温かな伊予でも秋が深まっていることを感じさせた。

「あれが豊後かな」

東北の方角に大きな島が見える。太郎兵衛もそうかな、と思ったが二十里先の九州があれほど大きく見えるのも妙な気がした。

「周防《すおう》の島ではないでしょうか。豊後は真西の方角のはずだし、もっと遠いです」

「そうか」

千熊丸はさして気にする様子もなく、西の海を眺めている。

「この先で島津と大友が激しく戦っているのだな。一度でいいから、そのような戦場に身を置いてみたいものだ」

憧れを隠さず、千熊丸は呟いた。

「大変なところですよ」

太郎兵衛も父について、何度か戦場を通った。首を切り取られた死体、鉛玉で穴のあいた体、もげた腕などが転がる戦場は決して華々しいだけの場所ではない。だが太郎兵衛はそこに憧れ、千熊丸と同じように父について行きたいと願ったものだ。だから彼はどんなにうっとうしく思おうと、千熊丸を嫌いにはなれない。

「太郎兵衛は首を挙げたか」

「いえ……」

吉成は太郎兵衛に、戦場で槍をふるうことを許さなかった。矢玉が届く場所にいることも許さない。戦場ではあくまでも半人前の扱いしかされていないのである。父の危急を印地打ちで救ったことはあったが、あくまでも特別な例であった。

「俺も父上の四国切り取りに間に合っていれば。兄上のように武名を高められたものを」

口惜しそうにくちびるを噛む。千雄丸信親は、仙石秀久を敗退させた時に先鋒に立って敵方の兜首の首をいくつも挙げた。それによって土佐の者たちの尊敬を受けたのが羨ましくて仕方ない、と千熊丸は隠さず言った。

「だから俺も戦に出たい。なあ太郎兵衛、お前の従者でいいから連れて行ってくれよ」

伊予に入ってから、毎日のようにこうして懇願されていた。だが、そんなことはできるはずもない。

「土佐侍従さまに叱られるようなことはするな、と父に厳しく言われているので」

「そうか……」

寂しげに千熊丸は目を伏せた。讃岐から軍船が繋がれて回航してきているのが見えた。数も多く、讃岐高松から伊予松山までは結構な距離があり、その作業はなかなか進まない。

「七月のうちに豊後へ渡るのは難しいそうです」

千熊丸は太郎兵衛の言葉を聞くと、嬉しげにも悲しげにも見える、複雑な表情を浮かべた。

「なあ太郎兵衛。俺たちで船を一艘盗んでさ、先に豊後へ渡ってしまわないか？　そうすれば一番槍は俺たちになるじゃないか」

とんでもないことを言いだす、と太郎兵衛は驚いた。

「俺は仙石どのよりは海を知っているぞ」

「確かにそうでしょうけれど」

土佐に生まれ育った千熊丸は確かに海に詳しかった。釣りに出ても、太郎兵衛が知らない潮の流れや魚の多く集まる場所を見極めて、大物を上げている。

「でも駄目ですよ」

「どうして！」

千熊丸はふと思いついた一番槍の空想に夢中になっているようであった。だが太郎兵衛は、千熊丸に無茶をさせぬよう元親にくれぐれも頼まれている。

「俺が何かをしようとすると皆が止める。名を揚げようと鍛え、それを戦場で発揮するのがそんなに悪いことなのか。俺はただ、一人前に戦えることを土佐に、天下に示したいだけなんだ」

太郎兵衛の肩を摑んで揺する。太郎兵衛は千熊丸の瞳が異様な光を放っていて少し怖くなった。だが一方で、このような男に見覚えがあるような気がした。

「又兵衛に似てる……」

と思わず口に出していた。

「又兵衛？　ああ、仙石どのの馬廻り衆か。嫌いじゃない」

黒田の若君に従って長浜にやってきていた青年は、千熊丸よりも年長であったが、大柄なことと戦への想いが強いことでは同じだった。無茶に付き合わせるところも、よく似ていた。だがあれから四年経ち、太郎兵衛は少し成長している。

「千熊丸さまと一緒に海に出ることはできません」

きっぱり断れるようになっていた。

「じゃあ俺一人でも行く！」

肩をいからせて山を駆け下りていく千熊丸を、太郎兵衛は追わなかった。軍船は一人で操れるようなものではない。水軍の兵も長宗我部の若君が命じたところで、一隻を先に行かせるとは思えない。

放っておけばいいや、と山をゆっくりと下りた太郎兵衛は、吉成に呼ばれて碁の相手をさせられていた。吉成には趣味らしきものがなかったが、大坂に来てから覚えたらしく、太郎兵衛にも教え込んでいる。

敵を囲み、石を得ていくこの遊戯に吉成は熱中していた。だが、その腕は覚えたばかりの太郎兵衛にも負ける程度のものであった。

「ううむ……」

吉成は難しい顔で唸っている。

五局に一局は、熱戦の末に太郎兵衛が勝つ。彼からすると、父に勝てる唯一のことなので呼ばれても嫌な気はしない。時に顔を紅潮させたり、その手は待てなどと口にする父の姿は新鮮であった。

いつも有無を言わさぬ父が、碁を打っている時だけは、対等に扱ってくれるのが不思議ではある。今回も父の地は悪く、敗勢が濃い。このまま終わるかな、と思っていたところに、宿に使っていた寺の戸が激しく叩かれた。

吉成に促されて様子を見に行くと、谷忠澄が青い顔をして立っている。

「千熊丸さまがこちらに立ち寄られていないか」

「いえ、昼までは一緒にいましたが」

夜になっても陣屋に帰ってこないというのである。太郎兵衛は昼に弁天山で話したことを思い出して、言うべきかどうか迷った。

「昼に別れてどうしたのだ」

父が後ろに立っている。

「ありていに申せ」

碁石を打っている時の楽しげな気配とは違う、務めを果たしている時の厳しい声である。太郎兵衛は千熊丸が話していたことを忠澄に告げた。黄昏時《たそがれ》であたりは暗くなりつつあったが、忠澄の表情が見る間に険しくなっていくのがわかった。

「先ほど、垣生の漁民から訴えがあったのです。小船が一艘、何者かに盗まれたとか」

「小船？　その程度ならわざわざ本陣に訴え出てこなくとも」

吉成は首を傾げるが、小船を漕いで行ったのが誰か、明らかだった。

「子供が一人、止めるのも聞かずに西へと漕ぎ出していったそうです。さすがにそのような愚かな真似はなさるまいと高をくっていたのですが、太郎兵衛の話から考えると千熊丸さまに間違いなさそうですな」

うんざりした表情で肩を落とすと、忠澄は帰ろうとした。

「お待ちを」

吉成が呼び止める。

「こやつの責めでもあります」

と太郎兵衛を指して言ったものだから、彼は仰天した。

「土佐さまに千熊丸さまのことを頼まれておきながら、山を下りるのを追わなかった。これでは務めを果たしたとは言えません」

「いや、それは……」

忠澄は言いかけるが、吉成は太郎兵衛の襟がみを摑んで突き出す。

「千熊丸さまをお捜しの際は、こやつも存分にお使い下さい」

そう言って、寺の中へ引っ込んでしまった。太郎兵衛は呆然としたが、忠澄の困り果てた顔を見て、力になることに決めた。

「一緒に捜しに行きます」

「お前には悪いことをしたなぁ」

根が善人らしい家老は、太郎兵衛に詫びた。確かに迷惑なことではあったが、太郎兵衛にはおそらく大丈夫だろうという漠然とした自信があった。

「千熊丸さま、あまりよくお考えではなかったようですから。間もなく帰ってきますよ」

「わしもそう思う。ただ、来島どのも言っていたがこの辺りの海は流れが入り組んでいて、漕ぐのも難しい」

忠澄はそれでも心配なようであった。

「土佐の人間には、伊予の海はわからない。お国柄が違うように、海も所を変えれば顔が変わるのだ。その程度のことがわからぬ熊さまではないのだが、時折愚かなことをなさる」

ため息とともに忠澄は首を振る。

浜辺に着くと、既に数十人の兵が出て盛んに篝火《かがりび》が焚かれていた。沖で迷っていればわかるようにしてあるのだ。忠澄が兵たちに指示を出している間、太郎兵衛もじっと海を見つめていたが、既に日は暮れきってあたりは暗い。

「なんだ、太郎兵衛も来てくれたのか」

木陰に隠れるように、元親が立っていた。

「どうしようもないたわけ者だ。実に迷惑なことだろう」

怒っているが、兵たちの先頭に立つわけでもなく、どこかしょんぼりとしている。

大きな体が幾分縮んで見えた。

「何を焦っているのか。時が来ればいくらでも名を揚げる機会などある。どこぞで土を耕している百姓や名もなき足軽でもない。敗れたりとはいえ、土佐一国を安堵された俺の子なのだぞ」

そう言いつつ、視線は忙しく黒い海を往復している。どれほど篝火を焚こうと、浜辺の一隅を照らすのみだ。

「間もなく九州へ出立するというのに、余計な手間をかけさせおって。他の者たちに知れたら何とする。いい恥さらしだぞ」

「恥？」

「いけすかん仙石のやつが威張り散らそうと、俺は土佐勢の総大将だ。その息子が勝手に国元をあけて陣に居座った挙句、一人海に出て行方も知れんとは情けなくて涙も出ない」

元親の嘆きを聞いていた太郎兵衛は、

「すごいなぁ」

思わず呟いた。

「すごい？　何が」

海を見るのを止めて、元親は訊ねた。

「それほど千熊丸さまは先陣を切りたかったのですね」

「まあ、俺とて気持ちがわからんでもないが」

元親は子供を見失った親熊のようにうろうろと歩き回りながら答えた。

「だがな、戦といっても変わったのだ。熊のやつは年寄りから昔の戦の話を聞いて、さぞかし華やかなものを思い浮かべているのだろうが、今や様変わりした」

今の戦は種子島を激しく打ち合い、怯んだ方が大抵負けである。

「昔のように名乗りを上げて相手に槍をつけ、衆人環視の中で功を立てるというのは難しいのだ。熊のやつも本当に武名を揚げたいのなら、徳川三河守《とくがわみかわのかみ》の帷幕か関白さまの側にいて、彼らが何をしているか見てくればいいのだ」

元親の言葉には納得ができなかった。槍一筋で叩き上げた七本槍の面々はまだ年若いというのに、何千石もの知行を与えられ、戦場の先頭にいた仙石秀久は今や十万石の大名である。

「それは違うぞ」

きっぱりとした口調で元親は否定した。

「そんな時代はいつまでも続かん。関白さまは仙石や七本槍を大切にしているように見えるだろうが、本当に重用されているのは彼らではない。石田三成や前田玄以、小西行長といった連中だ。槍働きだけではない。関白さまの意を汲んで謀《はかりごと》を立て、策を献じることにかけても他を圧している。我らも関白さまに何か申し上げる時は、頭を下げてその力を借りなければならない。大体、お前の父御も大した知行もないのに、大名どもに侮られていたか」

「あ……」

太郎兵衛の誇りは、どのような大身の者でも、父に対しては慇懃に挨拶をしていたことだった。父は厳し過ぎていけすかないところもあるが、それだけの力があるのだと漠然と誇らしく思っていたものだ。

「皆が頭を下げるのは武勇ではない。小三次どのと槍を合わせたことはないが、相当のつわものだ。だが、諸将が彼を敬するのは、背中にはためく黄母衣を見ているからだ。そして黄母衣は、関白さまが本当に心を許した者でなければ背負うことはできない」

「でも父上は九州を取ったら大坂に帰らないって」

吉成は勝てば大名、という話を太郎兵衛にはしていなかった。だから、ただ九州で暮らすことになると伝えていただけだ。

「ほう」

元親は複雑な表情を浮かべた。

「それは関白さまの心遣いだ」

「どういうことですか？」

「黄母衣衆は心を許せる側近で、もう共に働いて長い。関白さまのお考えがその心身にしみ込んだ者たちを九州に配するのはおかしなことではない」

「父上は殿のお傍で働くことが好きなのに」

父がお払い箱にされるみたいで、と太郎兵衛は寂しかったのだ。

「それは違うぞ。ま、槍一筋で黄母衣をはためかせているのがいいのか、国を任せられる方がいいのかいずれはっきりわかる。どの道、この戦では懸命に戦って関白さまの覚えをめでたくせねば、我が家の先々も心配だ。小三次どのや太郎兵衛にもしっかり名を揚げてもらうぞ」

元親は気が紛れたのか、太郎兵衛を伴って海岸へと近づいた。暗い海の向こうに、何かが漂っていることに太郎兵衛は気付く。

「土佐侍従さま、あれ」

小船が一艘、波の間に漂っているのが微かに見えた。兵たちも気付き、騒いでいる。兵に交じって働いていた来島通総とその郎党が素早く一隻の軍船を出し、見る間にその小船を回収した。元親はその手際の良さに感嘆する。

「我らも海に縁がないわけではないが、あのようにはいかぬ。海の男は侮るべからず、というがその通りだな。ともかく、熊の奴にはきつく叱り置かねばならん」

浜に上げられた小船に肩をいからせつつ近づいた元親は、中を覗きこんでしばらく絶句していたが、太郎兵衛が近づくと、太郎兵衛を手招いた。

何事かと太郎兵衛が近づくと、鼾が聞こえる。舷側から中を見ると、千熊丸は大の字になって眠っていた。

「こりゃ大した武辺者《ぶへんもの》だ」

来島通総が哄笑すると、兵たちも笑った。

「海の妖もこんな剛胆は食えぬと返してくれたのだろう。おい」

気配に気付いた千熊丸は目をこすりながら起き上がる。まず父の姿に驚いた彼は、

「ああ、父上に追いつかれた。一番槍が！」

と頭を抱えて嘆き、元親は大笑いと共に息子を殴り飛ばしていた。

# 第四章　激闘、戸次《へつぎ》川

# 一

四国勢が九州に上陸するのは、中国勢に比べて随分と遅れた。軍船が揃いきるまでに時間がかかったことと、筑前《ちくぜん》での戦況がめまぐるしく変わったためである。吉成《よしなり》の弟たちが率いる森《もり》家の手勢は中国勢と共に先に豊前《ぶぜん》入りしたとの報せがもたらされていた。

「岩屋《いわや》城での攻防戦は凄まじかったようだ」

浦戸《うらど》城の一角で太郎兵衛《たろべえ》と碁を打っている時、吉成はぽつりぽつりと九州の動きを話した。吉成も軍勢を率いる諸将の準備が整わなければどうしようもない。仙石秀久《せんごくひでひさ》は四国勢の尻を叩き続けていたが、その溝は広がる一方である。

ただ、四国軍を束《たば》ねる長宗我部元親《ちようそかべもとちか》は吉成に対し、

「四国が関白さまのために働くことは間違いない」

と保証していた。

「土佐侍従《とさじじゆう》さまほどの方が言うことを、周りがとやかく言うべきではない」

一方で吉成は、九州に弟の権兵衛吉雄《ごんべえよしかつ》を派して、情勢を探りつつ、渡海の機会をうかがっていた。

「岩屋城に籠った高橋紹運《たかはしじょううん》どの以下七百名は、十四日持ちこたえた末に全員討ち死にした」

何より太郎兵衛を驚かせたのは、岩屋城が三万もの島津《しまづ》軍を引き受けていたことと、城兵が一歩も退かず、何度も敵を撥ね返し続けたことであった。

「城攻めはこれがあるから恐ろしい」

「島津は弱いの？」

「一戦の勝敗のみで軍の強弱をつけてはならん。確かに、岩屋城を落とすのに手間取ったかも知れないが、薩摩《さつま》から筑前までを勝ち続けている軍が弱いわけがない」

当時の島津家を率いていたのは、義久《よしひさ》である。彼と三人の弟たち、義弘、歳久、家久はいずれも優れた武将であった。その強い島津に頑強に抵抗したのが、高橋紹運と立花宗茂《たちばなむねしげ》の親子である。

「岩屋城を落とした後、島津方は立花城に降伏を促したが、それを逆手にとって降ると見せかけ、不意討ちを仕掛けたという」

義久の家老である島津忠長の本陣に突入して散々に蹴散らし、秋月種実《あきづきたねざね》、秋月種長《たねなが》など島津に味方する諸軍へと襲いかかり次々に破った。

「これには島津方も前進するのをためらった。岩屋城をようやく抜いたと思ったら、次にもっと厄介な将が控えていたのだからな」

この時立花宗茂は十九歳である。

「千雄丸《せんゆうまる》さまと近いのですね」

「おそらく話を聞いて血が滾《たぎ》っておられることだろう」

宗茂の武勇は既に秀吉にまで届いていた。滅亡の危機を免れた大友宗麟《おおともそうりん》はその戦いぶりを詳細に伝えていたからである。

「いずれ天下に名の轟《とどろ》く武者になるだろう」

吉成はそう評した。岩屋城と立花城は奮戦していたが、岩屋城と立花城の間にある宝満《ほうまん》城が陥落し、宗茂の命運もここまでかと思われた。

しかし、下関まで軍を進めていた中国勢がついに九州への上陸を開始したのである。天正《てんしょう》十四年八月二十六日、毛利《もうり》勢の先鋒が小倉《こくら》に上陸した。

毛利輝元が安芸、引退していたがこの戦のために復帰した吉川元春《きっかわもとはる》が出雲《いずも》、そして小早川隆景《こばやかわたかかげ》が四国勢と合流して伊予《いよ》から九州へと向かうこととなっていたのである。

これには島津も足を止めざるを得なくなった。


吉成は相変わらず、囲碁における「地」を作るのが下手であった。渡海を待っている間は暇な時間が多いので、吉成は太郎兵衛に碁の相手をさせる回数が増えている。

千熊丸《せんくままる》は結局、土佐へ帰されてしまった。一人で速吸瀬戸《はやすいのせと》を越えようとした蛮勇は瞬く間に噂となって軍中に広まり、その稚気《ちき》をあざ笑う者と称賛する者が相半ばした。

「人の口に戸は立てられません」

土佐へ送り返すことを決断するよう促したのは、吉成であった。

「土佐侍従さまは、どこかで千熊丸さまを豊後《ぶんご》へ連れて行きたいというお気持ちもあったようだ。だがそれでは収まらぬ」

もともと勝手についてきている上に、噂の的になるような行いをしてしまったので は示しがつかない。

「千熊丸さまはこれからのお人だ。ここは国に帰り、己をよく省みればよいのだ」

吉成は千熊丸が海に出たこと自体は責めなかった。仙石秀久は鬼の首でもとったように嘲笑したが、

「権兵衛が昔やらかした失態を一つ二つ披露してやったら黙ったよ」

「どんな？」

「女がらみだ。ともかく、他人を嘲る奴はいつか笑われるか、かつて笑われていた奴だ。お前も人の行いを見てそれが奇妙なものでも、笑う前にまず考えろ」

「笑ったりはしません。俺だって千熊丸さまと同じようなことをしたし……」

戦場に憧れて、又兵衛《またべえ》と山崎《やまざき》の合戦を覗きに行ったものだ。

「あの時、お前は世間の者たちに笑われていた。俺も笑われた」

「え、そうなんですか……」

彼はむしろ、子供の世界では英雄であった。戦場を知らない者が多い中で、天下が転がる瞬間を見たと思っていた。山崎の合戦で勝った秀吉《ひでよし》は、小牧長湫《こまきながくて》で敗れても天下を失わなかった。一度転がり出した天下の上で舞う秀吉を、父と共に仰ぎみている心地すらしていたのに、笑われていたとは意外だった。

「どのように考えていようが、無茶しているように見えればあざ笑うのが大人というものだ。だからあの後、俺はお前を勤めに連れて行き、馬丁として使ったのだ。笑わば笑え。こやつはもう働ける、と示さねばならんかったからな」

何度か黄母衣衆《きほろしゅう》の従者として使っているうちに、嘲笑は止んだという。

「相手の立場が変われば態度も変わる。それも大人というものだ。あとは土佐侍従さまと千熊丸さまが、嘲りをどう跳ね返していくかお考えになればいい」

気付くと、地が逆転していた。

「他のことを考えていたから、隙を衝かれるのだ」

久々に息子に快勝した吉成は、満足げに立ち上がる。

「そろそろ出立の用意をしろ。九州では我らも奔走せねばならんぞ」

松山《まつやま》の街には陣触れの声が響き、甲冑の触れ合う音があちこちから聞こえる。吉成も黄母衣の正装で元親の本陣に加わる。その従者という扱いで太郎兵衛もつき従った。

　鉄砲、槍、弓隊に続いて騎馬武者たちが整然と軍船へと乗り込み、西へと出陣していく。仙石、長宗我部、小早川の旗指物がはためく中を先導するのは来島村上水軍《くるしまむらかみすいぐん》の面々だ。

　関船《せきぶね》と小《こ》早《はや》の大群を目にして、太郎兵衛は感嘆のため息を漏らした。

　元親が座するのは軍の中で唯一である安宅船《あたかぶね》である。もともと信長《のぶなが》が石山本願寺《いしやまほんがんじ》を攻める際に造らせたもので、そのうちの一隻が来島通総《みちふさ》に与えられており、四国総大将の御座《ござ》船として使われている。

「気を抜くな。渦が出たらすぐに知らせろ」

　東西に細長い三崎《みさき》半島を右に見ながら、船団は西へと進む。既にこのあたりの水軍衆は秀吉に帰順しており、襲われる心配はない。だが通総の表情は緊張していた。船乗りたちからもいつもの陽気さは消え、じっと海を見つめている。

「速吸の瀬戸はそれほど恐ろしいものなのか」

　吉成も元親と信親《のぶちか》親子も、四国の諸将とは微妙な距離をとっている軍監の仙石秀久も甲板に出て水軍衆の動きを見守っている。

「何故俺が気乗りしなかったのかわかるよ」

通総が険しい表情で言う。その言葉通り、三崎半島の先端、佐田岬《さた》を過ぎたあたりから、海の様相が一変した。

「父上、海の中に川が」

信親が指さす。それまで静かだった瀬戸内の海は白波の立つほどに荒れ始めている。陽光ふりそそぐ晩秋の好天は変わらないというのに、船底の下に嵐が襲いかかったように船が揺れ始めていた。

太郎兵衛は気持ち悪くなり、舷側から激しく戻してしまう。仙石秀久も隣でうずくまりながら青い顔をしていた。

「馬ならどれだけ乗っていても平気なのだがな」

太郎兵衛に言うともなく、言い訳を口にしている。

吐くだけ吐いて船端に寄りかかり、吉成が言っていたように遠くを見ようと試みる。海はめまぐるしく表情を変えている。凪いだと思えば波立ち、波立った一角に川のような流れが出来ている。

「渦です！」

帆柱の上から見張っていた水軍衆が叫ぶ。左前方に、海がわずかにくぼんでいるように見える場所があった。

「皆に伝えよ！」

通総が船を進ませるべき針路を各船に伝えさせる。波と潮流を見て即座に判断し、帆と舵を操って巨大な鉄甲船を進ませる連携は見事であった。

速吸瀬戸の難所を抜け、いよいよ船団の前には九州の海岸線がはっきりと見えるようになってきた。太郎兵衛は豊後の緑が、かっていた姫路《ひめじ》や土佐よりも、随分と濃いような気がしていた。

「太郎兵衛、しっかり働けよ」

父がこのように言うのは初めてだった。驚きつつも、太郎兵衛は嬉しさを抑えきれなかった。

二

豊後に入った四国勢が命じられたのは、南と西から島津に圧力をかけられていた大友宗麟の救援である。彼の居城は大分《おおいた》の府内《ふない》館と、臼杵《うすき》の丹生島《にうじま》城にあったが、臼杵の南にある、大友の有力家臣である佐伯惟定は島津の猛攻に頑強に抵抗していた。佐伯の街を見下ろす栂牟礼《とがむれ》山の城を中心に多くの砦を築いて要塞とすると、島津軍の数度にわたる攻撃を弾き返したのである。

島津方の豊後方面攻略の総大将は、戦上手で知られる島津家久である。彼は佐伯を攻略するのが困難だと見るや、すぐさま道を変えた。

当初、島津軍は海岸線に沿って北上し、佐伯、津久見《つくみ》、臼杵と経由して大分府内を攻略する予定であった。だが、臼杵と津久見を結ぶ線を捨てて山中を抜け、戸次庄《へつぎのしょう》の鶴賀《つるが》城へと迫ったのである。

戸次庄は、大分府内への南からの入り口となる要衝であり、臼杵など豊後各地へ至る要にあたる土地でもある。島津軍がここに迫った時、戸次庄にある鶴賀城をわずか七百の手勢で守っていたのは、利光宗魚《としみつそうぎょ》であった。

「援軍はしばしお待ちください」

四国の諸将が驚いたことに、宗魚は府内にそう使いを送ってきていた。この時、大友宗麟は臼杵を守り、子の義統が四国勢と共に府内にいた。

「三万もの大軍を退けることなど無理だ」

仙石秀久は、あくまでも援軍を差し向けるべきだと主張する。

「宗魚がいらないと申しているのですから」

大友の若君は、戦装束が似合わない男だった。軍議の席でもぼんやりとしていて、口を開けば茶の湯や歌のことなど戦にはまるで関係のないことばかり言う。それでいて、秀久が救援をというとこのように拒む。元親が、

「では宗魚どのを府内へ退かせましょう。勇者をこのまま犬死させるわけにはいか

ぬ」

と勧めてみると、

「助けなければ」

などと口にする。これには元親も秀久も閉口した。

「戦のことは我らで進めよう」

という点では元親と秀久は一致した。臼杵との連絡は戸次庄が戦場になっているためうまくいかない。府内は府内で守らねばならなかった。

この時、豊後以外の情勢は秀吉方の有利に働いていた。筑前では立花宗茂らの奮戦によって島津の進撃は止まり、毛利軍の主力と共に黒田《くろだ》孝高《よしたか》が小倉に上陸し、反撃と調略を盛んに行っていた。だが、まだ豊後まで軍を送る余裕はない。秀吉の意向を受けた黒田孝高は府内に使いを送ってきて、四国勢は府内で籠城戦を行うよう勧めていた。

これに焦っていたのが仙石秀久である。

「ぼやぼやしていると何もしないまま九州の戦が終わってしまうぞ。すぐさま兵を出して島津を押し返すべきだ」

秀久の意見に、讃岐《さぬき》の十河《そごう》存保《まさやす》が同調した。

「我らはただでさえ、中国勢に遅れている。このままでは関白さまのお叱りを蒙ることは間違いない。すぐさま鶴賀城へ全軍を送るべきである」

と続けた。

「まずは豊後の地を知ってからだ」

元親は土地勘がないことを心配していた。もちろん、大友方の協力を得て地勢を理解しつつある。だが、知らない土地で伏兵に遭えば逃げ場もわからず壊滅する恐れがあった。

「島津とて知らないはずだ。いつまでも待つわけにはいかない」

「それに兵数に差がありすぎる」

島津は五万と称して軍を動かしていた。四国勢のうち、府内館を守っているのは六千あまりである。一万近くの軍勢で九州に上陸してはいたが、伊予の三千は海伝いに臼杵へと向かっていた。

「寡兵で戦う時は慎重でなければならん」

「そういう土佐侍従どのはたった四万で関白さま十万の兵に戦いを挑んでいたではないか」

秀久が皮肉を込めて言うと、

「それは戦場が四国だったからだ。よく知る土地で、他所から兵を迎え撃つのは寡兵をもってしても足る。島津は豊後を知らないといっても、降った国衆諸将を先導に使っているはずだ。我らと同じかそれ以上は知っているだろう」

秀久と元親は歩み寄る気配を見せない。

「では鶴賀城の勇者たちを見殺しにするのか」

「彼らは岩屋城と立花城の戦いを聞いているはずだ」

「だからといって全滅戦をさせるわけにはいかん」

秀久は鶴賀城を守る利光宗魚の意向を無視してでも、兵を出すべきであると譲らない。

「義のないところに勝ちはない」

「義も勝ちも、生き残ってこそである」

秀久は正論で押したが、元親は冷静に返す。

「土佐侍従ともあろうお人が臆したか」

睨み合いとなったものの、結局は鶴賀城の情勢を見ながら軍を動かすこととなった。城を守る宗魚に策があった場合、下手に足を引っ張ってはならない。ひとまず、そういう結論に落ち着いた。

利光宗魚は、助けは要らないと豪語しただけの戦いぶりを見せた。鶴賀城は大野川《おおのがわ》（戸次川）の東岸にあり、豊後府内へと至る街道を見下ろせる位置にある。川の西岸は急な山で、軍を動かすには向いていない。

この時、島津軍は佐伯での激戦などを経て兵数を減じてはいた。だがそれでも、一万余りの軍勢が城を囲んでいる。

宗魚は急を聞いて出兵していた肥前《ひぜん》から戻ると、三段構えの山城に立てこもって島津方を迎え撃った。激しく銃を撃ちかけてくる間は息をひそめ、攻め手が構えを破ろうと踏み込んでくるところを、数少ない銃で反撃していたのである。

木の虚《うろ》がどこにあるかすら知っている守備兵たちは、神出鬼没に現れては島津陣をかき乱した。十一月二十六日の夜半になって宗魚はそれまで温めていた秘策を実行に移すことにした。

家久本陣への斬り込みである。この策を実現させるためには、相手よりも圧倒的に寡兵で侮らせなければならず、思わぬ抵抗を見せて焦らせなければならない。

そこに隙が現れるのを待つわけだから、四国勢などに出てこられては邪魔なのだ。

宗魚はきれいに剃り上げた頭をゆっくりと叩きながらその時を待った。

鶴賀城の三段構えは既に二段までが破られて本丸が残るのみだ。わずか七百の兵で三万の島津軍を退けた岩屋城と立花城の評判は、豊後まで聞こえていた。

「同じ大友家中の我らに出来ぬことはない。その上をいくぞ」

宗魚は兵たちを励ましていた。甲冑が緩く見えるほどに小柄で痩せた男だった。だが、大声でよく笑い、その声が山のどこにいても聞こえるほどの明るさを放っていた。彼の姿を見れば、兵たちはしばし恐怖を忘れた。

岩屋城は全滅し、宝満城は落城し、立花城は耐えきった。三城あって一つしか残らなかった、ともいえる。宗魚は鶴賀の一城で三城の働きをすると豪語したのである。

「やってやろうや」

島津の大軍を前にした時から、宗魚は一度たりとも怖れを見せたことはなかった。城の兵は最初頭がおかしくなったのかと訝しんだが、その指揮ぶりを見て考えを改めた。この男についていけば、たとえどれほどの大軍を前にしても勝てる。そう信じるに至った。

城には宗魚の弟の豪永《ごうえい》と息子の統久《むねひさ》が共に籠っていた。彼ら二人だけは、城主の様子が尋常でないことに気付いていた。いつも穏やかな笑みを浮かべ、銃弾ですら恐れず指揮を下す姿が、常とはあまりに違っていた。

「大丈夫ですか」

二人だけになった時に、豪永は兄に訊ねた。

「何がだ」

微笑を含んだまま、宗魚は訊ねる。

「最近の兄上は鬼に見えますよ」

「坊主らしいことを言うではないか」

豪永は若くに出家して府内館近くの寺で修行していた。島津軍に襲われている故郷を救うと共に、兄の危急を助けるべく城へと入っていた。

「そういえば、義姉上《あねうえ》はどうされたのです。甥の太兵衛《たへえ》の姿も見ない。府内へ逃れたと仰っていましたが、見なかった。城には統久しかいないではありませんか」

豪永は、兄の顔に影が差したことに気付いた。

「何があったのです？」

宗魚は立ち上がり、豪永を本丸の背後にあるごく小さな庭へと誘った。庭といっても、松が数本植えられているだけの狭く小さなものだ。

「ここにいる」

宗魚が指した先には、小さな土饅頭が二つ並んでいた。

「島津の先手が襲った際に、妻は他の者を守って先に行かせた。そして自分たちだけが逃げ遅れたのだ」

「俺が仇を……」

怒りを露わにして言いかける豪永の肩に、宗魚は優しく手を置いた。

「妻が何をしようとしたか、俺はずっと考えていた。己の命を賭してまで、城兵たちの家族を守ろうとした。では俺が何をすべきか。それは城を守りきることだ。違うか」

豪永は無念の涙を流す。だが、宗魚の穏やかな表情は変わらなかった。

「この城を守るためには、家久の首を挙げて島津の気勢を挫いてしまわねばならぬ。俺はこの未明に城を出て家久に槍をつけてくる。その間、城を守っていてくれ」

「兄は死ぬつもりなのか」と豪永は宗魚を見つめる。

「生きるさ。でないと誰が供養してやるんだ」

そう言って、宗魚は本丸の方へと戻っていった。

三

「鶴賀城へ行ってこい」

太郎兵衛が吉成に命じられたのは、宗魚が夜討ちを敢行する二日前のことであった。

「大友御曹司《おんぞうし》と四国勢は、存分に宗魚どのの働きを見届けさせていただく。そう伝えてくるのだ」

命じられて、太郎兵衛は武者ぶるいをした。前線への使者を命じられるのはこれが初めてのことである。

「そしてこう付け加えよ。鶴賀城が危うくなれば、即刻府内に落ちてこられるように。城にこもる全ての者を受け入れる用意がある、とな」

承りました、と一礼して太郎兵衛は府内館を出る。府内では島津の襲来に備えて、民たちが避難を始めている。府内の城は、守護である大友氏が暮らす大友氏館と、南部にある防衛拠点の上原館《うえのはる》がある。

豊後の国衙《こくが》は北に海を望む地形からして、南に守りの重点が置かれていた。大友義統をはじめ、豊後勢と四国勢は上原館に詰めており、太郎兵衛もそこから出立している。

大友義統は町から避難する民たちを、高崎山城《たかさきやま》に収めるよう布告を出していた。高崎山は府内の西北に聳える独立峰で、山城が築かれている。府内が守りがたしと見ればそこで戦うよう、義統は宗麟から命じられていた。

太郎兵衛は徒歩《かち》である。

鶴賀城は島津に包囲されていると考えられ、そこに騎馬で行くことはできない。その服装も、地元の百姓の子から借りたものになっていた。

「島津に捕えられたら？」

「何をされても口を開くな。もしそれができないなら、自ら命を絶て」

吉成は厳かに命じていた。捕まったら死ね、という父の言葉に、島津の軍はすぐ近くにいることを実感する。だが、不思議と恐怖はなかった。戦の真っただ中にようやく足を踏み入れられる喜びの方が大きかった。

府内から南へと進むと、大野川を挟みこむように山並みが聳えている。その間の谷間が戸次庄となる。

そこから先には十字の旗印が見える。島津の本陣が今にも府内に向けて押し寄せてきそうな勢いである。だが、思ったよりも少ないと太郎兵衛は感じた。海を渡った四国勢とさして変わらない。

「三万はいると聞いていたのに……」

一万程のように見える。残りの二万が山を迂回して府内へ突入してくるのでは、と怖くなったが、それよりもまずは使者の任を果たさねばならない。彼は府内で聞いていた通り、島津軍で充満する日向《ひゅうが》街道から外れて石鎚《いしづち》神社のある側道の方へと進んでいった。

道は神社で行き止まりになっている。だが拝殿の奥に、神主が山に参拝するさいの細い道があることを聞いていた。この道をたどると、鶴賀城の真下に出るという。太郎兵衛は周囲を警戒しながら急な山道を進み、二度ほど道を見失った末にようやく尾根筋へと向かう道を見つけた。だがそこで、何者かの気配を感じて太郎兵衛は動きを止めた。

木立の中を縫うように、一つの影が山を登っている。太郎兵衛は悟られぬよう距離をとり、その後をつけた。粗末な杣人《そまびと》姿で敵か味方かは判然としない。だが人目を気にするように、何度か足を止めて周囲の気配を探っているようでもあった。

山肌は急峻さを増し、そして木立の向こうに微かに曲輪が見えてきた。土づくりではあるが、堅牢そうな造りなのが遠目でもわかる。

男は何やら指を前に出し、寸法を測っていた。どうやら島津の忍びの類らしい、と太郎兵衛は緊張した。城まではまだ一町ほどはありそうだ。このままやり過ごすかどうか迷っていたその時、耳をつんざく音がして太郎兵衛は慌てて身を伏せた。

忍びらしき男は顔の半ばを吹き飛ばされてしばらくふらついていたが、やがて仰向けに倒れた。狙って当てたのであれば、大した腕だと太郎兵衛は感心した。

この鉄砲に狙われるとまずい。太郎兵衛は身を伏せ、土塀が見えるところまで何とか近づくと、銃口がじっとこちらを見ていることに気付いた。

太郎兵衛は敢えて身をさらし、

「府内より使者として参りました、関白羽柴筑前守が黄母衣衆、森小三次吉成が子、森太郎兵衛にございます」

と名乗った。

銃手はわずかに顔をのぞかせ、使者という者が幼い子供であることに戸惑った表情を浮かべたが、太郎兵衛も先ほどの鉄砲名人が同じ年頃の子どもだと知って驚いていた。

やがて僧形《そうぎょう》に甲冑を身に付けたいかつい男が出てきて太郎兵衛を曲輪の中に招き入れた。

「利光豪永だ。使者の任、大儀《たいぎ》である」

そう挨拶した後、

「すぐに兄上に会わせよう」

と豪永は本丸へ至るほとんど崖といってもよい山肌をよじ登っていった。

「石垣を積むような銭もないのでな」

豪永は腕一本で岩からぶら下がりながら微かに笑みを浮かべる。

「この城を落とすのは島津三万といえども、そう簡単にはいかない」

「全軍はいないように見えました」

二人にも、他の地域での戦闘の詳細まではわからない。

「戦場はここだけではない。臼杵の宗麟さまのところも攻められているだろうし、西の肥前でも戦があるだろう。兄上は肥前に出征しているところ、留守を襲われたのだからな。島津は諸方に軍を分けているのかもしれん。ま、どちらにしても島津の大軍がいることには変わりない」

本丸は頑丈そうな柵と矢倉で守られてはいるが、ごく粗末な山城だ。安土《あづち》や大坂《おおさか》の城を知る太郎兵衛からすると、出城の一つ程度にしか見えない。途中までは深い木立と急峻な山肌で周囲が見えなかったが、城まで登ると山の全容と島津の大軍が明らかになった。

本丸から東に延びる尾根筋に沿って二の丸、三の丸が設けられ、北と南、西の三方には小さいながらも曲輪が城を守っている。

「粗末だが、使いでのいい城なんだぞ」

と豪永は得意げに言う。やがて本丸の門が開き、館の奥に通された太郎兵衛は城主の利光宗魚に目通りした。

「おお、随分と若い使者が来たものだ」

城主の宗魚も、僧形であった。だが、まるで親しい友が遊びに来たかのような穏やかな笑みを浮かべ、甲冑を身につけているわけでもない。

「して、義統さまからは何と?」

太郎兵衛が使者としての言葉を伝えると、こくりと宗魚は頷いた。

「こちらの想いを聞き届けて下さり、心より感謝申し上げる」

鶴賀城が主筋の大友義統、そして四国勢の後詰めを断わったことは、太郎兵衛も吉成から聞かされて知っている。だがその理由を訊ねるのは、仕事のうちに入っていない。

「ではこれにて失礼いたします」

初めての使者の務めが無事に済んだことに安堵し、太郎兵衛は手をつく。だが宗魚は一晩ここで泊っていけ、と勧めた。

「もう日が暮れる。お主はこのあたりの山に詳しいわけではなかろう。本丸にて夜を過ごし、明朝府内へ帰るといい」

「は……」

島津の大軍に囲まれているとは思えぬ、悠然とした態度である。太郎兵衛はどうにも我慢できなくなり、怖くないのですか、と訊ねてしまっていた。

「何が？」

と逆に問われる。ここで島津が、と答えると宗魚を辱めているような気がして、太郎兵衛は口ごもった。

「島津が怖いか、と申すか。そりゃ怖い」

宗魚はあっさりとそう言った。

「敵の大軍何するものぞ、といえば勇ましくていいのだろうが、生憎《あいにく》俺の性分には合わないのでな。川に釣りに行くような気持ちでいようと思いながら、眠れぬ夜を過ごしておるよ」

太郎兵衛は逆に拍子抜けしたような気がして、言葉が出ない。

「統久が来たようだから、奥で茶でも飲んでいくがいい。籠城中ゆえ、ろくなもてなしもできぬが、許せよ」

呼ばれて出てきた少年が先ほどの銃兵だったので、二人はあっと声を上げ、そして照れ臭そうに笑った。宗魚はそんな二人の様子を微笑んで見ていた。

四

宗魚への挨拶がすむと、太郎兵衛は統久の部屋で休むよう告げられた。大坂や姫路、土佐の話をしているうちに夜が更けて、二人は床についた。

城の周囲はしんと静まり返り、やかましいほどの虫の声だけが聞こえる。太郎兵衛は緊張が解けて、すぐさま眠りに落ちそうになったが、統久がしきりに寝返りを打つので目が醒めてしまった。

「どうしたの?」

「……何でもない」

「怖い?」

「全然」

統久は声を押し殺すようにして答えた。涙混じりの声だった。

「島津の奴ら、絶対に許さない」

統久の母と兄が城下の人々を守って討ち死にしたことを知り、太郎兵衛は言葉を失う。

「この城、必ず守ってみせる。来るやつは皆殺しだ」

泣いているのだ、ということに太郎兵衛が気付いた時には、統久は立ち上がって部屋から出て行っていた。使者として利光宗魚のもとまでたどり着くことだけを思って山道を歩いてきたが、よくよく考えると今は島津軍一万の刃の上にいるのと変わりはない。

そうと思うと自分まで震えてきた。冬の深更で、しかも山の上だ。寒さもより厳しく感じられて心細い。

なかなか統久は帰ってこない。厠《かわや》にでも落ちたかと心配になって部屋から出ると、太郎兵衛は異変に気付いた。

城のあちこちから甲冑の触れ合う音が聞こえる。だが、喊声が聞こえるわけでもなく、銃声もしていない。

こっそりと本丸の方へ向かうと、篝火も焚かれていないのにやはり多くの人の気配がする。柱の陰から覗くと、統久をはじめ数十人の武者が白い鉢巻をしめて居並んでいる。数人は銃を持ち、多くは弓を持ち、柄を短く切った槍を手にしている者もいた。

宗魚が手を上げると、数人の兵が静かに門を開く。闇の中へと消える兵たちの最後に、宗魚と統久が続いた。統久の横顔は、先ほどまで泣いていたとは思えないほどに、静かなものとなっている。

太郎兵衛はその後に続こうとした。統久たちがこの夜更けに武具を身につけてどこに行くのか、明らかだ。島津への夜襲をかけようとしている。だが、

「これはお前の戦ではない」

と肩を摑まれる。振り向くと、豪永が立っていた。

「使者の任を果たすのが務めであって、我らの戦に助太刀することは命じられていないはずだ。一緒に槍をとって戦うのではなく、見届けていくのが本分だろう」

そう諭され、太郎兵衛は力を抜いた。

「物見櫓があるから、そこから見ているがいい」

豪永は兄と甥が死地に赴いているというのに、随分と落ち着いて見えた。

「今の兄上には島津の兵が一万いようと、恐れるに足らぬ」

「どうしてです？」

「負けられぬ理由のある者は強い、ということだ」

「統久に聞きました」

「そうか……」

太郎兵衛を伴って豪永は物見櫓に登る。櫓は木立の上からは周囲を見渡せるが、下からは見えないように巧妙に枝葉を使って隠されていた。そこから顔を出すと、既に破られた三の構えと二の構えが無残な姿をさらしていた。

島津軍は一度退いて戸次庄の集落に陣を置き、さかんに篝火を焚いている。

「勝ちに驕っておるわ」

夜明けに近い真夜中は、奇襲にもっとも向いている刻限とはいえ、警戒も厳しいはずだ。だが、島津家久の陣には見張りの兵もそれほど立っているようには見えない。

「島津も疲れているのだ」

豪永は敵の警戒が薄い理由を、そう読み解いた。

「薩摩から激しい戦を繰り返して北上し、筑前では上方からの軍が押し返してきている。このまま府内を抜いて北上して、関白さまの精鋭を中国へ押し戻すのは至難の業だろう。勝っていても、その先に終わりが見えなければ辛いものだ」

だが俺たちは違う、と豪永は胸を張る。

「我らは大友家の流れをくむ者としてこの地に長く生きてきた。この戦に勝てば、またこれまでのように暮らせる。島津のように限りなく戦っているわけではないからな。だから、この一戦に全てを賭することができるのだ」

城には数百しかいないが、この先にもつわものがいくらでも待ち構えている。筑前まで達したところで、上方の大軍に迎え撃たれる。

「それがわかっていながら、あくまでも北上を続けるあいつらも天晴な敵だ」

豪永は島津軍を称えてすら見せた。

「そろそろか。あの辺りを見ているといい」

指された辺りは、何ということもない木々に覆われた山肌だ。篝火のおかげで仄かに明るくはなっているが、重い闇が周囲を包んでいて様子がわからない。

だが、山肌がわずかにざわついたように見えた。風のせいかと思えばそうではない。波立つようにざわめいた茂みの間から、ゆっくりと姿を現したのは、白い鉢巻姿の武者たちである。

島津家久の本陣はまだ静まり返っている。城を出る時には最後に出て行った宗魚が、先頭に立っているのが見えた。大胆にも篝火のすぐ近くまで行った姿が、物見櫓からも見えたのである。

宗魚の右手がさっと上がった。喊声をあげることもなく、槍をふるって本陣へと突入する。銃声が一斉に轟いて、島津の陣は騒然となった。慌てて飛び出してくる者は銃弾と鏃の餌食《えじき》となり、次々に倒されていく。

だが島津の混乱は間もなく収まった。

宗魚たちの夜襲は激しいとはいえ、島津の本隊からすればはるかに小勢である。敵軍全体を混乱させるには至らない。本陣の幔幕は燃え上がったとはいえ、家久の首を挙げたわけではない。

陣太鼓の音が響き、それを合図にしたように、島津方は整然と反撃を開始する。

「まずいな……」

豪永はくちびるを噛んだ。そして物見櫓の下に向かい、宗魚たちが山を登ってくればすぐさま収容するように命じる。

「さすがは島津家にその人ありと知られた家久だ。沖田畷《おきたなわて》で竜造寺《りゆうぞうじ》の精鋭を破っただけのことはあるな。太郎兵衛は本丸に隠れていろ」

「ここで見ています」

「そうか。では俺たち利光一族の戦いぶりを四国の面々にお伝えできるよう、手痛く働いて来るとしようか」

豪永は不敵に笑うと、物見櫓を下りていった。

島津軍に押し詰められた宗魚であったが、慌てる様子も見せず兵たちをまとめると、銃と弓で追手を怯ませつつ後退を始めた。太郎兵衛はその悠然とした退き口から目を離せず、櫓の木組みから身を乗り出すように見つめている。

多勢で追いすがる島津兵を狭い沢に引き込んでは射すくめる。山ひだの一枚にまで精通している彼らに追いつけず、島津方は苛立っているのが手に取るようにわかり、太郎兵衛は喜んで櫓の手すりを叩いた。

だが、彼は恐ろしいことに気付いた。島津方の一隊が、既に落ちた二の構えへと回り込んでいる。焼け焦げてはいるがまだ建っている矢倉の上へと、数人の銃卒が入った。

太郎兵衛は急いで物見櫓を下り、豪永の姿を捜す。

迎撃の備えを整えていた彼は、崩壊した二の構えに回り込んだ一隊を認めると、すぐさま一隊を向かわせようとした。だが、太郎兵衛が山を登ってきた裏門の方から突如喊声が上がる。

「豪永さま、搦め手の道から島津兵が攻めのぼってきています」

「くそ、ばれたか」

しばし迷った末、豪永は兄の救援に向かわせるはずの一隊を、搦め手へと送った。

「なあに、兄上はそう簡単には死なんよ」

自分に言い聞かせるように呟いた豪永は太郎兵衛の肩に手を置く。

「しばらくは戦が激しくなるから隠れていろ。もし城門が破られるようなことがあれば、すぐさま逃げるんだ。府内から来た使者を死なせたとあっては、大友の殿に失礼だからな」

そう言うと、搦め手の方へと駆けて行った。残された太郎兵衛は懐に小刀一振りと丸い石三つを入れておいた。もう一度物見櫓に登って宗魚たちを捜すと、三の構えを越えたところで猛反撃に出ていた。

敵兵が怯んだところでさっと退く采配ぶりは相変わらず見事だが、二の構えに先回りした銃卒たちには気付いていないように見えた。

太郎兵衛は島津方に備えている兵たちの間をすり抜けて柵から飛び降りると、止める声も聞かずに二の構えの背後へと走り込んだ。島津の銃卒が宗魚の背後をとり、その背後に太郎兵衛が回った形となる。

矢倉の上に顔を出している銃卒は五人。石は三つだが、三人の頭を砕けば残りの二人は逃げると考えていた。印地打ちが決まる自信はある。

銃卒の一人が銃口をわずかに下に向けて狙いを定めた。太郎兵衛も足場を確かめ、手の中に石を握る。

太郎兵衛は腕をしならせ、石を投げる。当たるかどうかを確かめもせず、次の石を手の中に握る。頭を出しているもう一人の銃卒を狙って、二つ目を投げた。

狙いをつけていた銃卒の頭が跳ねあがるが島津兵は怯まない。二発目の石が当たって兵が矢倉から落ちたところで、太郎兵衛は愕然とした。

普通であれば、二人も倒されれば他の兵は周囲を探すか、慌てて逃げてもおかしくない。だが島津の銃卒は、二人が倒されたのにもかかわらず、石が飛んできた先を探そうともせず銃を構える。

焦ったのは太郎兵衛の方であった。予想外の動きをされたことで心を乱され、三つ目の石は銃に当たっただけで兵を倒すまでには至らない。三人の銃卒がほぼ一斉に、山を上がってくる宗魚たちに向けて発砲した。

太郎兵衛の方から、宗魚たちは見えない。だが、反撃によって三人の銃卒は瞬く間に倒された。ほっと胸をなでおろして宗魚たちの方に向かおうとすると、地響きのような鬨の声が響き渡る。

島津軍が十文字の旗を押し立てて、続々と鶴賀城山を登りつつあった。太郎兵衛は急いで本丸に戻り、宗魚たちの奇襲隊と共に城内へ駆け戻る。

数人の死者は出たが、ほとんどが無事に帰ってきた。統久も膝に手をついて荒い息をついている。だが、宗魚の姿が見えない。

「統久、兄上は……」

豪永が声をかけると、統久はそのまま顔を覆い、崩れ落ちた。生還した兵たちも俯《うつむ》いてくちびるを噛んでいる。

「殿は、二の構えまで上がった時に敵兵に撃たれて倒れられました。俺たちは担いで行こうとしたのですが、置いて先に行けと叱りつけられ……」

一人の兵がそう報告し、太郎兵衛は目の前がぐるりと回ったような気がしてよろめいた。

やはり、印地打ちを外したせいで、宗魚は命を落とすことになってしまったのだ。人の父を殺してしまったような気がして、太郎兵衛は思わず統久と豪永の前に手をついた。

「俺がしくじったばかりに！」

と詫びる。初めての使者として鶴賀城に来て、城主を死なせてしまうとは何事か、と太郎兵衛は自分を殴りつけたかった。その願いを見抜いたかのように、大きな拳が彼の頬を打ち抜く。

目を回しながら立ち上がった太郎兵衛の前に、拳を握りしめたままの豪永が仁王立ちになっていた。

「府内からの使者にご無礼、平にご容赦願いたい。だが、言っておく。兄上は存分に戦って討たれた。誰かのせいではなく、己の心のままに戦い、志を遂げられるべく武者の道を歩いていたのだ。その道に余人が入ることは許されぬ」

太刀で斬り捨てるような厳しい声である。

太郎兵衛は己の浅はかさを悟り、俯く。宗魚は島津の大軍の本陣へと斬り込み、総大将を慌てさせた。そして鮮やかに退いて見せる途中で敵弾に当たって傷つき、味方を庇って討ち死にしたのである。その名誉に、誰も踏み込んではならないのだ。

言葉を失っている太郎兵衛を、統久が見つめていた。

「太郎兵衛の石、見たよ。見事だった」

どう応じるべきか迷う太郎兵衛の手をとった統久は、

「俺はこれから豪永叔父と共に、この城を守る」

と静かに告げた。

物見櫓からは、島津の先鋒が二の構えを越えて山肌を登ってきていると声が聞こえていた。全ての城兵が柵の銃眼から敵に狙いをつけ、弓を持った兵は次々と弦を引き絞っている。

「それが俺の務めだ。太郎兵衛の務めは、府内に帰ることにある。ここで俺たちと共に闘うことではない」

その声は太郎兵衛の耳には冷たく響いた。でも、と統久は続ける。

「太郎兵衛の助太刀、嬉しかった。単身、俺たちを助けに城を出てくれたことは忘れない。共に戦ってくれて、ありがとう。いつかこの恩を返そう」

力を籠めて太郎兵衛の手を握り締めて、離した。太郎兵衛が顔を上げると、統久は微笑んでいた。顔見知りになった城兵たちや、先ほど太郎兵衛を殴り飛ばした豪永ですら、穏やかな笑みを含んでいる。初めてまみえた時の宗魚と同じ表情であった。

「太郎兵衛、お前の道は俺たちで作ってやる。兄は存分に思いを遂げた。島津はいま、利光宗魚のいないこの城を落とそうと総がかりになっている。その背後を衝くなら今だ。府内へ帰り、我らの言葉を伝えてくれ」

豪永は鶴賀城の将兵は退かず、ここで島津軍を引き付けるから、全軍を以ってその後詰めとなることを要請する、ときっぱりとした口調で言った。

「実は、石鎚神社から続く搦め手の他に、我らしか知らぬ隠された道がもう一本ある」

豪永に促されて、太郎兵衛は返書を胸に城を出る。登ってきた道にある搦め手の曲輪からは、銃声と断末魔の叫びが聞こえてくる。城方のものなのか、敵のものなのかが気になるが、振り返るな、と豪永は言う。

「さあ行け！」

背中を強く叩かれて、太郎兵衛は走り出した。初めて通る茂みに覆われた道であったが、迷うことなく駆け下りる。

道をたどると、再び社の裏手に出た。石碑を見ると丹生《にう》天満《てんま》神社とある。鳥居から大野川が見えて、その先には府内の街が広がっていた。まだ島津軍の気配はなく、ほっとしつつ川を渡る。

振り返ると、戸次と府内を隔てる山並みが見える。山稜の向こうから煙が数本立ち上り、一見のどかにすら思える。だがその下では、統久や豪永が死力を尽くして城を守っているのだ。

太郎兵衛は府内館へ走った。

五

「利光宗魚さまは討ち死に。しかし弟の豪永どの、子息の統久どのが懸命に城を守って支えています。島津は足止めされ、側面から衝く好機です。今すぐ軍を動かして下さい！」

泥だらけになって帰ってきた太郎兵衛は必死に援軍を出すよう求めた。だがその報告を受けて、軍議はさらに紛糾《ふんきゅう》するばかりである。

「すぐさま討って出て、島津家久の首を取るべきだ」

仙石秀久は広間の床を叩いて喚いた。

「ここで宗魚どのの死を無駄にしては、我らが海を渡ってきた意味がない。それに、戸次を破られれば府内は丸裸になる」

背後に海があり、三方が開けている府内の大友館は、守るに適さない。四国勢が詰めている上原館も城としては弱かった。

「それに使者からの報告によれば、城兵は島津の主力を引き付けてくれている。その背後を衝くのは上策である」

だが、長宗我部元親と信親親子は反対した。

「我らは寡兵であり、島津家久ともあろう者が、背後の備えを怠っているとは思えない。ここは高崎山城へと退いて堅く守り、鶴賀城で疲弊した島津方の気力を殺《そ》ぎながら臼杵の宗麟どのと兵を合わせる機をうかがうべきだ」

太郎兵衛は使者として城をつぶさに見てきた手前、軍議の末席にいた。だが、元親たちの言葉には苛立ちを覚えた。助けなければならないのは明白である。なのにどうしてこのような評定《ひょうじょう》を繰り返すのか。

だから父が立ち上がった時は、ほっとした。これで統久たちは助かると思ったからである。だが、

「軍を戸次に出すべきではない」

と言った時には愕然とした。

「鶴賀城はすでに三段構えの二段までを破られ、本丸には残存の五百ほどが守るのみ。彼らはよく戦っているが、戦は広い目をもって見るべきだ。ここは土佐侍従さまの言う通り、高崎山城に退いて、敵の戦力を削るべきである。薩摩から長駆して戦い

続けている島津は疲れている。戦う気力を殺ぐことこそ肝要だ。だが、利光一族の奮闘を見殺しにしてはならぬ。秘かに一隊を送り、呼吸を合わせて血路を開いて後に退く」

「それでは手ぬるい」

秀久は吉成をぐっと睨みつけ、

「土佐侍従どのと小三次の案は受け入れられぬ」

と拒んだ。

「これまでは海のこともあって遠慮していたが、戦の大事を決するとなれば、わが命に従ってもらう。関白さまに四国勢の戦いぶりやいかにと訊ねられて、ひたすら山に籠っておりましたと答えるわけにはいかん。ただでさえ、我らは中国勢に後れをとっているのだぞ。しかも、あちらは筑前一国を奪い返し、さらに南へ島津を押し返そうという勢いなのに、このまま横目で眺めているだけでよいのか」

土佐にやる気がないのなら、他の三国だけで出る、とまで秀久は言った。

「戦が終わった後、土佐侍従は怯懦《きょうだ》にして戦意なしとご報告申し上げるが、異議を申されないようにな」

そこまで言われては、元親も返す言葉がない。軍議は戸次への出陣に決まった。諸将がそれぞれの陣へと帰っていく中、太郎兵衛は安堵と共に物足りなさも感じていた。自分の報告によって、四国勢は炎のように島津方の背後を襲い、鶴賀城を助けてくれるはずであった。

なのに、元親親子は兵を出すことに反対し、父は統久たちを助ける案は出してくれたが、城は捨てると言った。

「不服か」

むっとした顔をしている息子に、吉成は声をかけた。だが、軍議で決まったことに不服を言うことは憚《はばか》られた。黙っていると、

「お前は何のために兵を出すべきだと考えた」

「統久たち、城を守る者を救うためです」

間髪《かんはつ》容れず、太郎兵衛は答える。だが吉成はそれは間違いだ、と言う。

「我らが考えなければならないことは、小さな城を一つ守ることではなく、島津を薩摩に追い返すことだ」

「確かにそうですが……。でも、味方の奮戦を見殺しにするようでは、誰もついてきません」

「鶴賀城はもともと、我らの援軍を断った。その間に島津は戸次へと兵を入れ、こちらから攻め入るのは難しいほどの陣を築いたのだ。そこへ島津よりも兵力の少ない我らが攻めかかることは、四国勢にも大きな犠牲が出ることを意味する」

「だからといって、あれほどに奮戦している鶴賀城を見捨てていいという理由にはならないではありませんか」

と太郎兵衛は父に詰め寄る。

「お前は随分と、城内の者たちに肩入れするのだな」

「そ、それはあの戦い方を見れば誰でもそうなります」

「見るべきは城がどうなるかだけではないのだ」

吉成は甲冑を身につけ、黄母衣を羽織る。

「だが、鶴賀城は要地だし、味方の士気も大事だ。高崎山城に籠るとなれば、俺が自ら走って利光豪永以下、城を守っている者たちを脱出させる」

「見捨てないのですね」

太郎兵衛は胸を撫で下ろした。

「四国勢が後詰めに入れば、家久は備えをとらなければならない。鶴賀城は小さいとはいえ、これまで島津の我攻めにすら持ちこたえてきたのだぞ」

「城は落ちない、と?」

「おそらくな。それよりも、俺たちは己の心配をした方がいい。権兵衛の奴、功を焦り過ぎている」

吉成は鶴賀城より、功に逸っている秀久のことを気にしていた。

「あまり無茶をしなければいいのだが」

「無茶？」

「島津は剽悍だが頭のいい連中だ。俺も軍議であの程度のことは言えるが、やはり軍を実際に率いている連中の意を曲げるのは難しい」

への字にくちびるを歪ませた吉成は嘆息する。

「四国勢が健在であることが城を助けることになると気付けばいいものを。これで我らもろともに島津にやられたら、鶴賀城どころか豊後全体が危うくなるぞ。こうなっては四国勢の奮闘を祈るのみだ」

秀吉からの目付役として働く吉成は、吉雄たち兄弟をはじめ数人の郎党しか連れてきていない。これでは先陣に出ることはかなわないので、元親の本陣近くに侍ることになる。土佐衆の気勢は今一つ上がらなかったが、それでも戦を前にして兵たちの気分は高揚しつつあった。

仔細はともかく、九州に入ってようやく戦えるのである。滞陣中やることもなく、博打に明け暮れていた兵たちは勇躍して進撃を開始した。

# 六

細作《さいさく》が見聞してきたところによると、島津は戸次から大野川を渡り、判太郷《はだごう》のはずれに陣を敷いていた。軍を三つにわけ、中軍を中心に両翼に陣を展開している。

それ以上の前進を許しては、府内の城下へと攻め込まれてしまう。

「ほら見たことか」

仙石秀久は得意げな表情を隠そうともしない。

「わしがこうして軍を出そうと言わなければ、我らは何もせぬまま府内の館を囲まれていたのだぞ」

長宗我部元親と森吉成は憮然として答えなかったが、十河存保も同じように誇らしげな顔であった。

「これでようやく、関白さまに功をお知らせできますな」

布陣は、秀久の軍が中央で先陣を切る。長宗我部と十河が両翼、そして小早川はその後詰めとして敵を川の向こうへと押し返すことになった。

土佐兵たちも、戦を前に張り詰めた空気の中で押し黙っている。太郎兵衛は元親が諸将にてきぱきと指揮を下す様をじっと見つめていた。将兵と軍馬の吐く息が、一帯に白く漂っている。太郎兵衛は、ともすれば震えそうになる体に力を入れて我慢していた。

「いよいよですね」

千雄丸信親が、吉成に話しかけている。信親も一軍を率いて元親と共に戦うことになっている。全ての配置が終われば、元親に挨拶をして自軍に戻ろうという頃合いだった。

「存分に戦ってきます。ご検分ください」

信親の顔を高揚が覆っている。

「あまり気負われませんように」

じっと若武者の顔を見返していた吉成は、ただそれだけ言った。

「九州で覇を目指す島津に、かつて四国に覇を唱えた長宗我部がぶつかるのです。気負わずにおられましょうか」

「関白さまの主力はまだ畿内にとどまっています。利がなければすぐさま退かれますように」

吉成の言葉に、信親は不愉快そうな表情となった。

「戦の前に随分なことを仰る」

「これは関白さまの戦いでもなければ、土佐侍従さまの戦いでもない。権兵衛の我がままから出た戦でしかありません」

「島津は大野川を越えて陣を敷き、府内へ攻めかかる姿勢を見せています。仙石どのの発意から始まったことだとしても、今や戦うに十分な理由があり、功を立てる時だと思っております」

その横顔を、太郎兵衛は眩しげに見上げていた。その視線に気付いた信親は、

「太郎兵衛、我ら共に名を揚げる好機ぞ」

と張りのある声をかけた。太郎兵衛もその意気に当てられて大きな声で返事をすると、満足げに頷く。信親は吉成に一礼すると自陣へと戻っていった。その背中を見送っていた吉成は、

「太郎兵衛、我らは千雄丸さまにつくぞ」

そう告げた。

「千雄丸さまは何度も戦場に出られ、存分に戦える力もある。だが、権兵衛が強引に始めた戦で万が一のことがあれば、俺は殿にも土佐侍従さまにも顔向けできぬ」

吉成は初めて、太郎兵衛に馬に跨ることと、甲冑で身を固めることを許した。これまでは馬丁扱いだから何もなく、せいぜい胴丸と鉢金だけの足軽のような格好だった。

「これが俺の初陣ですか」

「気負うことはない」

励まされているのかと思ったが、そうではない。

「ことさら初陣だからと気負うような家でもなし」

とつれない父の言葉だ。だがそれでも、太郎兵衛は嬉しかった。初めて騎馬を許され、侍として戦うことができる。そのための鍛錬はもう十分にした。

「ともかく我らは千雄丸さまの側にいて、その無事を守るのだ」

太郎兵衛は力強く頷く。土佐侍従の息子を守って戦うなど、これ以上ない名誉の務めである。鶴賀城では宗魚を目の前で死なせてしまった。次はそうはさせない、と槍を握りしめる。

「あまり己の腕を過信するなよ」

吉成の忠告に頷くが、太郎兵衛も気負っていた。

長宗我部の三千のうち、信親が率いるのは千人である。信親の軍を前衛とし、右翼の島津軍を攻める。激しい銃撃戦が始まると、あたりは濛々《もうもう》とした煙と火薬の匂いで覆われた。

「戦況を」

信親はひっきりなしに物見の兵を出し、状況を知りたがった。島津には膨大な数の銃があり、四国勢も秀吉から与えられた大量の銃を備えている。互いが撃ち合う銃撃の優劣は、結局はその数と用い方が左右する。

「我が軍が押しています」

銃の性能や運用については、双方ともに熟練しているといってよかった。この時期になると戦は銃卒の撃ち合いが多くなり、先に崩れた方が負ける。

「島津方が潰走を始めているようです！」

数人の物見が立て続けて報告した。

「追撃を……」

と命じかけたところを、信親の後見に付けられていた谷忠澄《たにただずみ》が止めた。

「まだ早い。策略かもしれません」

「谷どのの言う通りです。島津がこれほどあっさりと退くとは考え難い」

吉成も横から言い添える。

「それは故《ゆえ》があるのか」

信親は普段の静かな表情を捨て、闘神のように猛って二人に詰め寄る。容貌魁偉な信親が見せる激しい戦意に谷忠澄は押されたように口ごもった。

「故はありませんが、戦には機微《きび》があります」

吉成は駆けだそうとする信親の手綱を摑んで止めようとした。

「機微とは何か！　敵の敗勢を見て攻めてこそ、機を失わないのではないか」

そう反論されて、吉成は言葉に詰まった。太郎兵衛は、敵が逃げ出しているのに追ってはならぬという父たちの言葉が理解できない。

「島津方は川を渡って敗走しています！」

続けざまに報告が来る。そして信親の表情が変わったのは、

「仙石越前守《えちぜんのかみ》さま、敵の左翼を破って川を渡り始めております」

との報がもたらされた時である。仙石秀久ら淡路勢が敵の左側に攻めかけ、第二陣に十河存保と信親の軍勢が続いている。元親はその後詰めに入っていた。

「怖じているのなら無理にとは言わぬ。我らは敵を追い、家久の首を取る。越前守どのに後れをとるわけにはいかない」

そう言って吉成の手を振り払うと、大声で追撃を命じる。喊声を上げた長宗我部軍は戸次川に足を踏み入れ、次々に渡り始めた。

「千雄丸さまから離れるな」

吉成は太郎兵衛にそう命じると、馬を走らせようとする。

「どこへ行くんですか」

「様子を見に行くのだ。島津一の戦上手が、こうもあっさり退くのがどうしても信じがたい。何があったのか確かめねばならん」

そう言って煙と喧騒の中へと消えていった。

信親の軍の後を追って、元親の本隊も続いている。仙石秀久の軍も競うように川を渡り、戸次の集落へと入り込んでいた。島津方の逃げ足は速く、煙が晴れてきたというのにその姿がわずかにしか見えない。

「急げ！」

信親は馬の腹を蹴り、軍の先頭に立って走る。だが、目前から駆け戻ってきた吉成がその前に立ちふさがった。

「すぐに退くのです！」

「なぜ！」

「釣《つ》り野伏《のぶ》せ……」

と吉成が言いかけたところに、その声をかき消すほどの銃声が轟いた。太郎兵衛の視界の中で、数人の兵が次々に倒れる。銃弾が胴丸を貫く乾いた音がして、続いてあちこちで血しぶきが舞うのが見えた。

土と血の湿った香りを塗りつぶすように、糞尿の臭いが立ち込める。命を失う寸前に、人は体内にたまった排泄物を出す。戦場はいつも、その臭いが充満していた。しかしこれほど近くで、その瞬間を見たのは太郎兵衛も初めてだった。

一人の武者が槍を構え、太郎兵衛の前に突進してきた。

組み止めきれず転ばされた太郎兵衛に槍を突き出そうという武者の首筋に、槍の穂先が突き立った。

「太郎兵衛、止《とど》めを！」

槍を繰り出した次郎九郎吉隆《じろうくろうよしたか》が叫ぶ。無我夢中でその武者の首を掻き切った。

「押せ！」

信親は敵の勢いに怯《ひる》まず、銃卒を前に出して反撃を試みた。だが、集落の陰から狙撃してくる敵の姿は硝煙に隠れて定かでない。密集して川を渡ってきた長宗我部軍は格好の標的となって、次々に倒れていく。

「千雄丸さま、機は失われました」

馬を撃たれて失い、徒歩になった谷忠澄が信親を引きとめる。

「越前守どのの軍はどうなっている」

戦場は混乱し、中央から川を渡った秀久の動きは判然としない。

「島津の策が我らにだけかけられたとは思えません。島津は最初から一度退いて我らを引きこんでいるのです。即刻退かねば全滅します！」

吉成の言葉に、太郎兵衛は愕然とした。集落の向こうから、肝が凍るような鬨の声が巻き起こった。島津の本隊が整然と押し出してくる。銃火は炎の束となって襲いかかり、信親の軍は見る間に百を超える兵を失った。

「退こう……」

信親は肩を落とした。だが、忠澄に軍の指揮を命じ、自らは殿《しんがり》となって敵を防ぐと命じた。吉成と太郎兵衛にも先に退くよう告げるが、吉成は拒んだ。

「見届けるべき軍がそこにある以上、離れるわけにはいきません。それに千雄丸さま、あなたは存分にご検分せよと仰ったではないか。軍監が真っ先に逃げ帰って、何の面目があって殿に報告できましょうか」

驚いたように目を大きく見開くと、若武者の顔は驚くほどあどけなくなった。頷いた信親は槍を構え直す。猛烈な射撃の中、土佐の兵たちは次々に倒れていく。だが信親の本陣はじっと動きを止め、静まり返っていた。

## 七

十字の旗を押し立てた大軍が信親たちへと迫っている。太郎兵衛は既に、数人と槍を合わせて討ち取っていた。

首を挙げて功名としたかったが、討ち捨てにせよと命じられている。言われてみれば確かに、いちいち首を掻き切っていたのでは間に合わない。それほどの乱戦であった。

体は疲れている。いくら鍛錬を積んでいるとはいえ、一間半の馬上槍を持つ手は痺れていた。太郎兵衛は吉成や信親の強さに驚くばかりである。二人とも面頬から脛当てに至るまで、乾いた返り血で色が変わっている。それでも押し詰めてくる敵を前に気を静め、微動だにしない。

土佐勢の鉄砲はまばらで、島津の銃声は激しい。銃の力は、太郎兵衛を心底震えあがらせた。顔面に直撃を受けると、顔の半ばは吹き飛ばされる。胴に当たれば拳より大きな穴が開いた。これまでも戦場でそのような死体を見てはきたが、目の前でそうなる姿は、やはり彼に衝撃を与えていた。

夢中で戦っているうちは平気だったが、ふと我に返るとやはり怖い。

「太郎兵衛」

気付くと、信親が轡《くつわ》を並べていた。

「一つ頼みたい」

土佐の軍を率いて、府内まで退く指揮をしてもらいたいと信親は言った。

「そんな……無理ですよ」

これまでは使者の、しかも馬丁や従者でしかない元服前の子供である。数百人とはいえ、土佐の戦士たちを指揮するなど、考えたこともない。

「男たるもの、いつ将となるかわからない。その心構えをしておくのが戦国の武者というものだ」

信親は面頰を外した。色白の横顔は戦場にあるとは思えぬほどに柔らかな笑みを湛えている。そしてぞっとするほどに美しかった。

「これまでの戦いぶり、見事だ」

「ご覧になっていたのですね」

「目に入る限りはな。誰がどのように戦い、傷つき、倒れていったかを胸に刻み込んでいくのも、将の務めだ。ともかく、この場を預かる将としての命だ。残りの兵をまとめ、大野川を渡って府内へ戻れ」

「千雄丸さまは？」

「小三次どのと共に殿を務め、後に続くよ」

そこには土佐や府内で見せた気負いは全くなかった。太郎兵衛は引き込まれたように、承りました、と頷くほかない。満足げな表情を浮かべた信親は、腰から太刀《たち》を外し、太郎兵衛に手渡す。

「これは？」

「かつて信長さまより拝領した左文字《さもじ》だ」

「そんな物をいただくわけには……」

「お前は関白さまからの使者であり、俺に代わって軍を率いるのに不足はない。この左文字の太刀は長宗我部信親の魂だ。しばし預かっておいてくれ」

あれだけの乱戦を切りぬけたというのに、鞘にすら汚れ一つついていない。信親の戦いぶりがうかがえる太刀の清らかさであった。父を見ると、言う通りにせよと頷いていた。

「戦が一段落したらお返しします」

「……そうだな。では府内で」

信親の背中は大きい。土佐だけでなく、四国を背負えるだろうと見惚れてしまうような武者振りであった。太郎兵衛は左文字の太刀を握り、本陣の後ろに控える一領具足たちのもとへと向かう。

彼らの多くは傷ついていたが、爛々と目を光らせ反撃の下知を待っている。だから太郎兵衛がこれから川を渡り府内へ戻る、その指揮を執ると言い渡した時もすぐには従わなかった。

「千雄丸さまは俺にこの太刀を託された」

太郎兵衛が頭上に掲げた太刀を見て、一領具足たちはざわめいた。

「それを何故お前が持っている」

一人が訊いた。

「皆が府内へ戻るまで、俺が指揮を執るよう千雄丸さまは命じられた」

しばらく顔を見合わせていた一領具足たちは頷く。

「若君がその太刀を託すということは、お前にそれだけの値打ちがあるのだろう」

太郎兵衛は内心胸を撫で下ろす。

「で、千雄丸さまは」

「我が父と近習の方々で殿を務められる。一領具足の面々は先に退き、反撃の機を待つようにとの仰せだ」

じっと見つめてくる男たちの視線を太郎兵衛は受けきった。自分の後ろには信親が立っている。そう懸命に考え、将であろうと己に言い聞かせた。

「退くぞ！」

太郎兵衛は旗印のように太刀を掲げ、そして采配のように振る。一領具足たちは整然と大野川の流れへと身を浸し、北へと走る。既に岸まで押し出してきた島津方の銃卒が、次々と味方を射殺していく。

だが太郎兵衛も一領具足たちも振り返らず、ただ前へと進んだ。狙撃は確実であったがまばらで、信親たちが食い止めてくれていることがうかがえた。

数十人の犠牲を出しながら川を渡り終え、彼らはようやく対岸を見た。

帆掛舟の旗印が力強く揺れているところに、島津方の新納《にいろ》忠元《ただもと》軍が襲いかかっている。数で圧倒する島津方を、信親たちの殿軍は何度もはじき返していた。

「止まるな！　千雄丸さまの殿を無にしてはならない」

太郎兵衛は声を励まして命じる。あの中に父がいる、ということはなるべく考えないようにした。父がいるから、信親も無事に戻ってくるはずだと己に言い聞かせる。府内へ戻り、上原館に入ると間もなく元親も戻ってきた。疲れてはいるが意気軒高で、太郎兵衛の顔を見て無事を喜ぶ。だが、戦況の話になるとその表情は急速に曇っていった。

## 八

「千雄丸が殿に、か……」

「おかげで我らは無事に府内へ帰りつくことができました」

一領具足のまとめ役となっている竹村惣衛門《たけむらそうえもん》が元親の前に手をつく。元親はそれに頷き返しながらも、視線はじっと大野川の方へと向けられていた。だが、

「十河存保さま、討ち死に！」

「淡路勢、潰走しました！」

との報が立て続けに入るに至って、元親の顔色は青ざめていった。

「雄はどうしている」

周囲に何度も訊ねるが、物見の兵も信親の隊の様子を探ることはできない。彼のい

たあたりには、既に島津の軍兵が満ちていた。

「島津の主力も川を渡り始めているようです」

「大友の若殿は！」

後詰めをしているはずの大友義統の姿はどこにもなかった。兵たちのほとんども知らなかったが、彼はわずかな供回りだけを連れてさっさと高崎山城へと逃げ込んでいた。

「大友館は守るには不利だ。高崎山城へと籠るべきか。仙石どのがいれば軍を合わせて動けるのだが」

元親が諸将と諮っているところに、

「仙石越前守さまは小倉に向けて走っているとのこと！」

との報がもたらされた。

「我らを見捨てて行くつもりか……」

元親はくちびるを嚙むが如何ともしがたい。彼は信親を収容し次第、府内の港に泊めてある軍船に分乗して四国へ撤退すると将兵に命じた。

「まずは港で出港の備えを整え、殿の者たちを待とう」

不安を押し隠した表情で言い渡すと、元親たち四国勢は港へと向かう。船のもやいを解き、帆を上げるが潮が大きく引いてしまい船を出すのは適さない。

元親は浜の前に陣を敷き、余った船を柵として銃兵と弓兵を配した。太郎兵衛も弓を手に取り、横倒しにされた船から顔を出して南を見つめる。

濛々と煙が上がり、街から火が出ているのがわかる。それが島津方によるものなのか、狼藉者の仕業かはわからない。だが、大友氏の拠点として栄えた府内は灰燼に帰そうとしていた。

「何か見えるか」

元親が身軽に舷側に手をかけ、身を乗り出す。千雄丸が心配なのは、口に出さなくてもわかった。太郎兵衛も父の無事を確かめたいが、焦りだけが募る。

府内の街からは煙が上がっているものの、島津の十字も長宗我部の帆掛舟も見えない。奇妙な静けさがしばし続いた後に、武者を乗せた一騎が駆けてきた。

「雄の近習だ」

元親は慌てて船から下りると自ら出迎える。矢傷と鉄砲傷でぼろぼろになった騎馬武者は、元親を見ると滑り落ちるように馬から下り、そしてその足もとでうずくまった。

「よく無事で帰ってきた」

と肩を抱く元親にすがり、慟哭する。そしてひとしきり泣いた後、

「千雄丸さま……、討ち死にされました！」

と言って意識を失った。元親はしばらく、身じろぎ一つしなかった。太郎兵衛も一領具足たちも、ただ言葉もなくその背中を見つめている。

「手当てをしてやれ」

静かな口調で命じた元親は、続けて、

「馬を曳け。槍を持て。これより千雄丸の弔い合戦を行う」

と命じた。元親は甲冑を締め直し、今にも討って出ようとする勢いである。それを見て兵たちは色めき立ち、続こうと騒ぎたてる。

「これから我らは海に出るのです。千雄丸さまが何故殿に残ったかおわかりなさいませ」

谷忠澄が立ち塞がって諫めた。

「うるさい」

元親は激することなく、忠澄を蹴散らそうとする。さすがの忠澄も馬蹄を慌てて避けた先に、太郎兵衛が立った。

「そこをどくのだ。お前の父も雄についていた。助けに行かねばならん」

だが太郎兵衛はそれに答えず、信親から託された左文字の太刀をぐっと元親の目の前に突き出した。

「千雄丸さまはこれを俺に託し、土佐侍従さまをお守りしろと命じられました。その心を無にするわけにはまいりません」

「これは我が子のための戦いである」

元親はあくまでも討って出ようとした。

「お心をわからず無駄に死んで、それで千雄丸さまと冥土でお会いできるとお思いですか！」

自分でも驚くほどに激しい叱責が、口をついて出た。元親は槍先を太郎兵衛の喉元に突き付け、

「道をあけよ」

と厳しい声で命じる。だが太郎兵衛は左文字を掲げたまま退かない。しばらく睨み合いになった末に、折れたのは元親の方であった。

「総見院《そうけんいん》さまは、かつて雄を見て養子に欲しいと仰ったことがあった。もちろん、質としてとるという心はあっただろう」

馬を下り、槍を収めた元親は天を仰いだ。

「天下に覇を唱えようとする男に息子をとられてなるものかと焦った俺に、あの方は仰った。この子は天馬である。それにふさわしい場は四国にはない。近くで育て、ゆくゆくは織田の翼となって欲しいと願われたものだ。慌てて断わると、信の一字とその左文字を下さった」

元親は息子が討ち死にを遂げた戸次の方角を見つめていた。

「あの頃の俺には大望があった。西に覇を唱え、雄と共に天下を向こうに回して勝負をかける。だが、総見院さまの顔を見た時、これは敵わぬな、と実感したものだ。あの目、気迫の凄まじさを持つ者は四国にはいない。雄をあのようなお人の側においては、父である俺のことも忘れてしまうに違いない。そうとまで思いつめたものだ」

だから元親は四国の覇者を目指した。

「天下と五分に渡り合うためには、総見院さまを超えなければならぬ。だから本能寺で倒れられた時には安堵したものよ。これで宿願に一歩近づいたと手を打ったものだ」

信親も、信長に名を一文字与えられるに十分値する力を示した。

「まさに天馬だったよ。そのまま俺を置いて、天下に名を轟かせて欲しかった……」

島津の軍勢が遠くに姿を見せている。

「時が来たようだ」

元親はむしろ嬉しそうであった。

「飯を食え。腹いっぱい食え」

元親は干し飯を頬張り、太郎兵衛にも分け与えた。太郎兵衛の兵糧は乱戦の中でなくなっていた。

「食べる気がしません」

よくこんな時に飯など食えるな、と太郎兵衛は感心していた。信親は討たれ、父の安否も絶望的だ。太郎兵衛はもはや疲れも忘れ、ただ敵の中に突撃する自分だけを頭の中に思い浮かべていた。だが元親は清々しい顔で飯を食い続け、水を飲んで大きく息をついている。

「空《す》きっ腹で存分に戦えるか？」

確かにそうか、と太郎兵衛もそもそと干し飯を口に入れる。ただでさえ味のない乾いた米粒は口の中に貼りつくが、我慢して飲み込んだ。

「これも食え」

元親が差し出してくれたのは、梅漬けであった。酸味や塩気を予測していた太郎兵衛の舌は裏切られる。それは体が震えるほどに甘かったからである。

「土佐は砂糖も名産でな」

元親は信長に三千斤もの砂糖を献上したことで知られていた。甘味の後で酸味が立ち現れ、しばらくすると疲れがすっと引いた。

「飯のあてにはならんだろうが、力は出る」

確かに甘酸っぱい梅漬けと干し飯の相性は良いとは言えなかったが、交互に口に運んでいるうちに力が湧いてくる。

「不思議なものだ」

元親は全て食べ終わり、余った梅を旺盛な食欲を見せている近習たちに分け与えると、立ち上がった。

「どれだけ悲しかろうと、食えば気力が湧いてくる。雄も腹が減って足もとのふらついたわしの姿など見たくはなかろう」

手を払った元親は再び槍を握った。

「太郎兵衛、すまぬな。せっかくわしに生きよと言ってくれたのに、潮が満ちねば船も出ぬ」

太郎兵衛は土佐の男たちの闘気が徐々に上がっているのを感じていた。敗北を前にした消沈したものではなく、その横顔の一つ一つが輝きを帯び始めている。傷を負っていようといまいと、その目はひたと敵に向けられ、元親の下知を待っている。

鶴賀城の面々と同じだ、と太郎兵衛は感じた。城はどうなったのか、明らかではない。だが落城したという報せもなかった。彼は豪永や統久たちがあの城を守りきっているのではないか、という予感がしていた。

信親の遺志を継がなければならない。そのためには、元親を死なせるわけにはいかない。太郎兵衛は左文字をそっと撫でる。

「敵軍、前進を始めました」

物見が告げるまでもなく、太郎兵衛たちからも島津方の動きは見えていた。一際大きな十字の旗がはためいている。

「家久め、来るなら来い。土佐侍従の意地を見せてくれる」

元親は泰然と立って敵の動きを見つめている。互いの鉄砲が届くか届かないかぎりぎりまでの位置まで進んだところで、島津軍は動きを止めた。

「まだ撃つな」

元親は厳しく言い渡す。火縄は点火され、弦は引き絞られている。数少ない騎馬武者たちもいつでも飛び出せる態勢にあった。

対峙は永遠に続くように思われた。張り詰めた空気は一瞬たりとも緩まず、それでいて暴発する者もいない。達人同士の立ち合いのように、静かだった。

島津の本陣から、一丁の輿が兵たちに担がれて進み出てきた。兵たちが狙いを定めるところを、元親は下げさせる。先頭に白い幟を二本立てたそれは、葬列のようであった。

「何かの策でしょうか」

谷忠澄は元親に訊ねるが、答えずにじっと黙ったままである。

「輿を担いでいる連中、見たことがある……」

行列の先頭を歩いているのは、川上久智《かわかみひさとも》という、豊薩《ほうさつ》合戦では諸方で功を立て、敵方にまで名の知れた男であった。信親を討った部隊を率いる新納忠元と共に、戸次川での釣り野伏せで大いに働いた男である。そして、使いとして土佐を訪れたこともあった。他の者も、土佐に来て元親に見《まみ》えたことのある顔ばかりである。

「何かの策略です。撃ちましょう！」

銃卒たちが迫ったが、元親は頷かなかった。

「敵の動きから目を離すな。不意を衝いてくるとしたら今だ」

冷静さを失わないまま、元親は輿を通させる。輿は人が一人乗れる程度の大きさで、人数が潜んでいるとも見えない。太郎兵衛は懐の中の石を握りながら、輿がゆっくりと下ろされるのを見つめていた。

川上久智は元親の前で一礼し、島津又七郎《またしちろう》家久からの軍使である旨を丁重な口調で告げる。薩摩の訛りが、太郎兵衛の耳には新鮮だった。元親も慇懃に礼を返し、用向きを訊ねる。

「我が軍の新納忠元が手の者が土佐侍従どののご子息と槍を合わせ、首を申し受けましてございます」

太郎兵衛には、元親の大きな体が一瞬揺れたように見えたが、

「左様承っている」

と静かな声で応じた。

「戦のこと故、是非もなしと又七郎さまは仰り、ここに千雄丸信親さまのご遺体をお返しするものであります」

元親は微かに頷き、

「心配り、痛み入ると家久どのにお伝えあれ。これより後は存分に戦おう」

そう言って久智たちを送り帰そうとしたが、久智はもう一つ用件があると続ける。

「これより夕刻まで、我らは構えを解きます。激しい戦いに我が軍も疲れが濃く、兵糧をとらせねばなりません。全ての槍を伏せ、火縄を消し、ゆったりと休まねば兵も働けませぬゆえ」

冗談のようなことをごく真剣な表情で告げた後、ぴしりと己の額を打った。

「土佐での良き思い出が余計なことを言わせましたな」

そう言うと背中を向け、薩摩の使者たちは帰って行った。しばし呆然としていた長宗我部の将領たちは、元親の命を待つ。

だが、元親は輿から下ろされた棺の前に崩れ落ちていた。

「潮が満ちたらすぐに船を出す用意を」

谷忠澄が諸隊に命を送る。

「島津の策では」

そう心配する者もいた。

「もはや島津が我らと戦うことはあるまい。疲れているのは間違いないだろうが、ここで我らが下手に足搔いても千雄丸さまの想いを踏みにじるだけだ。大友の主力は山にこもり、阿波、讃岐の兵たちは壊滅だ」

仙石軍は小倉に落ち、十河の残兵は長宗我部勢に収容されている。小早川秀包《ひでかね》は臼杵の救援に向かっているとなれば、もはや戦える状態にない。

「我らは千雄丸さまを失った。身を挺して我らをお守り下さったことを忘れてはならん。この恨みを忘れず、土佐に帰ろう」

忠澄の言葉に、将兵たちは肩を落とし、それぞれの船へと乗った。元親は肩を震わせて涙を流していたが、やがて立ち上がると棺を船に乗せるよう命じた。

一瞬にして十は年をとったようにやつれてしまっていたが、

「太郎兵衛、小三次どのの消息は知れぬが、我らと共に来るか」

と気遣ってくれた。

「このまま豊後に残るのは危うい。高崎山城は島津に囲まれているだろうし、臼杵や他の城もどうなっているかわからん。俺たちと共に四国へ退き、後のことを考えよう」

「ありがとうございます」

息子を失った悲しさを隠して、四方に指示を出す元親の姿を見て、太郎兵衛もようやく心が落ち着いてきた。一領具足や兵たちも、家臣たちもそうであった。息子の変わり果てた姿に慟哭していた元親が常の姿に戻ったことが、皆の混乱を抑えていた。

「俺は父を捜します。もし討ち死にしたのであれば、確かめて俺が代わりにそう報告します。関白さまの使者として父が生きているのなら、復命させねばなりません」

自分でも思った以上に、冷静な言葉が出た。

「そうか……。見上げた心がけだ」

元親は頷き、船に乗り込んだ。太郎兵衛は呼び止め、信親の形見である左文字を手渡そうとした。だが元親は受け取らず、逆に自ら佩《は》いていた短刀を太郎兵衛の腰に挿してやる。

「雄のやつが刀を託したのは、俺に渡して欲しいからじゃない。戦場でお前を見込んだからだ。その心を無にするでない。そしてこの短刀は、息子の刀を引き継いでくれたお前へのせめてもの感謝の気持ちだ」

刃を見ると、吉光《よしみつ》、と銘が切られている。太郎兵衛もさすがにこの刀の価値は知っている。京の粟田口《あわたぐち》に住み、鎌倉時代に多くの名品を残した伝説の刀鍛冶、粟田口吉光である。信長や秀吉も熱心に集め、また褒美や外交の際に大いに活用したものだ。

「関白さまにいただいた物だが、これを佩いて復命すれば、誰もお前のことは侮らぬ。土佐侍従の父子の刀を授けられる者として、堂々と働くがいい」

また会おう、と元親は朗らかに手を振って海へと出ていった。潮は満ち、多くの傷ついた兵を乗せた軍船が東へと向かう。速吸瀬戸は勝とうが負けようが、人の都合など関係のない難所だ。来島の旗印を上げた数隻が先陣を切り、波の向こうへと船団は消えていった。

# 第五章　兵《つわもの》の剣、将の剣

# 一

穏やかな潮の香りが漂っている。昨日までの雪混じりの寒さが嘘のように、南国の温暖さが戻っていた。

先ほどまで周囲を埋め尽くしていた男たちが発する、汗と脂《あぶら》と血の臭いはすでに沖合へと去った。戦は終わり、四国勢は大敗を喫してしまった。

四国に帰る船団を見送った後、太郎兵衛《たろべえ》はしばらく砂浜に座り込んでいた。千雄丸《せんゆうまる》、長宗我部信親《ちょうそかべのぶちか》の遺体が置かれていた場所にそっと手を伸ばした。あれほど強く、颯爽とした若武者が死体となって敵陣から送られてくる。それが戦なのだ、と太郎兵衛は己に言い聞かせた。

だが、父が死んだかもしれないことを自分に納得させるのは難しかった。どうにも立っていられない。信親の遺体を見て嘆いた後、すぐさま軍の指揮をとり始めた元親《もとちか》の姿が瞼の裏に焼きついて離れない。

動揺していた四国の残兵がきびきびした動きを取り戻したのは、元親の常と変わらぬ下知を受け始めてからであった。すごいな、と感嘆したが自分にはできないことだ、とも思った。

敗走した際の焦りと恐怖が収まって冷静になった途端に、体じゅうの力が抜けてしまったのだ。父の安否が知れないことと、信親の死が肩に重くのしかかっている。

「四国へ行けばよかったかな……」

吉成《よしなり》が無事なのかを確かめねばならない、とも思ったが一人ではどうにもならない。まさか島津の陣に訊きに行くわけにもいかない。

腰の両刀が重い。体の大きな信親が佩いていた太刀は、やはり大きかった。二尺はありそうな刃は、まだ体の小さな太郎兵衛が背伸びしても地面に摺るほどである。太刀を布に包んで背負い、脇差だけを腰に挿す。

「筑前《ちくぜん》へ行こう」

自分に言い聞かせて、立ち上がる。筑前は毛利《もうり》の本隊と軍監の黒田孝高《くろだよしたか》や安国寺恵瓊《あんこくじえけい》が押さえ、島津も押し返されている。秀吉《ひでよし》が九州に向かっているかどうか太郎兵衛は知らなかったが、父の行方を捜すにも復命するにも、孝高に合流するのが都合がいい。

仙石勢と共に後退したはずの又兵衛《またべえ》の消息がわかるかもしれない、ということもある。彼になら一緒に父を捜してもらえるかもしれない。

そう考えた太郎兵衛は、立ち上がって歩き出した。このまま豊後《ぶんご》街道を西にたどれば、大友義統《おおともよしむね》が籠る高崎山《たかさきやま》城に至るが、そちらは島津の大軍で満ちているに違いなかった。

もうひと押しで全滅させられた四国勢を見逃した島津の意図は、太郎兵衛にはよくわからない。だが、このまま豊後から引き下がる気配はなかった。四国勢が海に出たのを見届けた島津軍の主力が、そのまま土煙を上げつつ軍を西に向けて動いたのを太郎兵衛も目にしている。

主要な街道筋を進めないとあれば、海沿いを行くしかない。高崎山城がまだ落ちていなければ、そこから北にはまだ島津軍は進んでいないはずだ。

府内の大友館はほぼ無人となり、陥落しているのは間違いない。太郎兵衛は物陰に隠れるようにして、海沿いの木立を進んでいく。村々から出てきた民たちが一揆を組み、戦の後に金目の物が落ちていないか探している。

落ち武者狩りも始まっているのか、身ぐるみ剝がされた死体があちこちに転がっている。府内から高崎山の北を回り込んで北上すれば別府《べっぷ》の町がある。だがそこまで行っても安全かどうかは自信がなかった。

震えそうになる体に力を入れ、太郎兵衛は先を急ぐ。

小倉《こくら》街道、と道標にはあった。

島津は城を攻める陣を南に敷いているのか、幸いなことに兵の姿はほとんど見えなかった。戦の真っただ中にある府内へと向かう人影もなく、太郎兵衛はほっと胸を撫で下ろしつつ、海辺の道を歩く。

二本の岬が海を抱いているような田浦《たのうら》を右手に見て進むうちに、ようやく街道をゆく人の姿も多くなってきた。街道といっても、荷車が一台通れるほどの幅しかない粗末なものだ。それでも道に人がいるというのは随分と心強いものである。

太郎兵衛の格好は血と汗に汚れたものであったが、道行く人もさして気にする様子もない。九州一円が戦場となっている時に、けが人など珍しくもなかったからである。

もう目の前に別府の港が見えている。山が急速に開けてくると、太郎兵衛の足も自然と軽くなった。だが轟音が響き、太郎兵衛は地面に倒れ伏していた。

頭が石で殴られたように痛い。

一瞬気が遠くなりかけたが何とか踏みとどまり、衝撃を受けた辺りを手で触る。指に血はついていない。銃で撃たれたことはわかったが、弾は頭のすぐ近くを通っただけですんだらしい。

すぐに起き上がって木立に飛びこみ、振り返る。

鉄砲を持った男が、数人の杣人姿の男たちに合図をし、太郎兵衛が潜んだ木立を取り囲むよう指示している。

落ち武者狩りに見つかったのか、と太郎兵衛は暗澹たる気分になった。足取りは軽くなったものの、合戦の後で体は疲れている。腰には元親の吉光《よしみつ》、背中には信親の左文字《さもじ》という業物《わざもの》がある。

「若いお武家さまよ」

鉄砲を担いだ頭目がのんびりした口調で声をかけてくる。

「随分と立派なものを腰に挿していらっしゃる。どうです、お服も汚れているようだ。私が良い値で買い取ってあげますよ」

そう言いながら、男たちは包囲の輪を狭めてくる。又兵衛がいてくれれば、と太郎兵衛はくちびるを嚙んだ。こんな野盗どもは一網打尽にしてくれたはずだ。

こんなところで元親からもらった名刀を抜きたくはなかったが、野盗の類に大人しく渡すわけにもいかない。太郎兵衛は気配を殺し、男たちが間合いに入るのを待った。

だが、次々に一揆勢の姿は増えて、ついには二十人を超えた。鉄砲を持つ者こそ、頭目の一人だけだが、多くが太刀や手槍を持ち、弓矢を構えている者もいる。海と山に挟まれたこの辺りに住んでいるせいか、漁師のような風体をしている男たちも交じっていた。

「出さぬのなら致し方なし。おい、取ってこい」

頭目らしき男は周囲に命じる。太郎兵衛はゆっくりと短刀を抜く。手にずっしりと重いのに、握っているうちに手になじみ、体と重なっていくような錯覚を起こさせた。

白刃のひらめきが恐怖を拭い去ってくれる。

太郎兵衛は身を沈めて駆けだすと、頭目へと一気に間合いを詰める。多勢に油断していた男の腹に体ごと突き込むと、うめき声と共に腹を押さえて倒れた。

「何しやがる！」

賊たちが激昂して襲いかかるが、吉光の短刀は確実にその急所を抉っていった。刃こぼれは感じず、血脂で切れ味が落ちることもない。だが五人倒したところで、太郎兵衛は膝をついた。

体が動かない。刀に力を吸い取られたような激しい疲労である。賊たちから繰り出される槍を避けきれず、いくつかの傷を負ったところで意識も薄れ始めた。

「こんなところで！」

ともう一人の首すじを刎ね斬ったところで、全ての力を使い果たした。賊たちは勝利を確信したのか、太郎兵衛に罵声と嘲りを投げかけながらとどめを刺そうと刃を振り上げた。

「諦めるもんか！」

そう叫んだところに白刃が振り下ろされる。瞼を閉じず、ゆっくりと脳天に食い込もうとする刃を見つめていたが、いつまでも刃は体に届かない。それどころか、太郎兵衛を取り囲んでいた賊たちは一斉に地面に倒れ伏してしまった。

痩せた長身の侍が、倒れている男たちの中央に立っていた。懐手に薄汚れた小袖姿で腰に大刀《だいとう》を一本だけ挿している。どこかの家中というわけでもなく、足軽風情という風でもない。場にそぐわない気楽な雰囲気を漂わせている。

「確かに、童には似つかわしくない刀を持っているな。しかも二振りか」

若いようにも見えたが、髪は半ば白かった。目は細く、瞳に浮かぶ表情はうかがえない。

「おい、なんだお前は」

賊たちが後ろから怒鳴りつけるが、男は倒れた頭目を見下ろして顎を撫でている。

「童、いい突きだな。刀を見せてみろ」

太郎兵衛は言われるままに、吉光の短刀を手渡した。穏やかな声は、どこか逆らい難い威厳を漂わせていた。

「おい、これ粟田口《あわたぐち》じゃないか」

男は細い目を大きく見開き、短刀を太郎兵衛に返した。

「お前どこかの公達《きんだち》か？」

太郎兵衛は名乗らなかった。相手が何者かわからぬのに、正体を明かすのは危険だった。

「私は丸目《まるめ》徹斎長恵《てっさいながよし》という浪人よ」

その名に、微かな聞き覚えがあった。

「丸目、徹斎……」

剣聖である上泉信綱《かみいずみのぶつな》に柳生宗厳《やぎゅうむねよし》らと共に教えを受け、免許皆伝を許された数少ない剣士である。京での評判は抜群で、太郎兵衛もその名を知っている。剣術を学ぶために弟子入りしないかと吉成に勧められたこともあった。

驚きつつ、太郎兵衛も名乗った。

「黄母衣衆《きほろしゅう》の子か。なるほど、お前のような子でもそれほどの名刀を挿せるほどに関白の羽柴筑前《はしばちくぜん》の威勢は大きくなっているのだな。そちらの太刀も見せてもらっていいか」

「違います。さるお方から預かっているものです」

「どちらでもいいさ」

手を差し出す男に、太郎兵衛は背負っていた左文字も渡す。男の刀を扱う手つきは丁寧で、優美にさえ見えた。

すると業を煮やした賊の一人が、槍で突きかかる。

「邪魔をするな」

男は言うなり後ろに足を突きだす。軽く出したように見えた足裏に触れた賊の一人は宙を飛び、立ち木の幹に激突して動かなくなった。

「これは左文字か」

太郎兵衛が頷くと、

「土佐侍従《とさじじゅう》さまのご子息に与えられた筈だが」

「……千雄丸信親さまは、島津との戦いで討ち死にされました」

「そうか」

話している間にも、賊たちは背を向けたままの丸目長恵に斬りかかっている。だが、わずかに長恵が身を揺らして手を振るだけで、賊たちは顎を砕かれ、鼻を潰されてうずくまる。拳や肘を使っているらしい、としか太郎兵衛にはわからないほどの速さである。

「大切に持っておきなさい」

長恵が左文字の太刀を返してくれた時には、賊のほとんどが地に倒れ、残りは逃げ去っていた。

二

「鶴賀《つるが》城は落ちたのですね」

噂は街道を走る。戦に関わった者、目にした者が四方に伝え、それが広がっていく。統久《むねひさ》たちの安否を気にしていた太郎兵衛の耳にも、その報は入ってきた。

「お前が落ち込んでも仕方ない」

丸目長恵は太郎兵衛を慰めた。

「ですが……」

四国勢が惨敗し、救援は望めない。総大将の利光宗魚《としみつそうぎょ》が討ち死にする瞬間もこの目で見た。すぐに降伏したとて恥ずべきことではない。それよりも、太郎兵衛は統久や豪永《ごうえい》を思って、くちびるを噛んだ。

「ある種の武人は表すべき心を大切にする。本意《ほい》といってもよい。そういった連中にとって生死はその後のことなのだ」

馬が二頭ようやく並べる程度の道を、丸目長恵は速足で歩いている。腰の位置がほとんど上下せず、手もほとんど振らない。そして何刻歩いても息ひとつ乱さなかった。起きている時に止まるのは用を足す時か食事を摂る時だけで、どちらも一日に一度、朝の起きぬけにする。飯は乾飯を一握りに味噌玉を少しなめる程度だ。

「飯も糞も心のままだ」

と長恵は涼しい顔をしている。

小倉へ通じる街道沿いは、人気が少なかった。

「島津が来ると皆が怖がっていたからな。あいつらは蝗《いなご》のようなものだ。それぞれは別々の事を考えているのに、襲いかかる時は一団となって派手に略奪していくからな。百姓たちからしたらたまったもんじゃない」

日が暮れれば街道脇の木陰に寝そべって火を熾すと、あっという間に寝息を立てる。空腹と寒さで寝付けない太郎兵衛は歯を鳴らしながら身を縮めているばかりだった。

明け方になると長恵は火を再び熾し、湯を沸かして椀に一杯飲み干す。この瞬間が、一日のうちでもっとも心が休まった。

「寒いからこそ温かいもののありがたみがわかる。負けているからこそ、勝ちのありがたみがわかる」

ひとり言のように、長恵は言うのであった。

ともかく、この剣客が筑前まで送り届けてくれたおかげで、太郎兵衛は無事に豊前《ぶぜん》小倉までたどり着くことができた。

長恵は九州ではとにかく名の通った剣士らしく、どの村を通ろうと弟子が出迎えた。驚いたことに、筑前の諸将も大抵顔見知りらしく、訪れては剣技と理を教えては一泊する。一刻でも早く毛利の本陣にたどり着きたい太郎兵衛であったが、長恵の話がわからないなりに楽しく、複雑な思いだった。

長恵は豊後から海岸線をたどって豊前に入ることはせず、日田《ひた》の盆地を経由して筑前へと入っていた。

「この道を島津が通ったのさ」

長恵はさして先を急ぐでもなく、歩を進めている。戦場だった形跡はほとんどなくなり、注意して見ると道のあちこちに欠けた鏃や鉛玉が落ちている程度だ。

「これから先も、この道を大軍が通ることになるだろうよ」

「関白さまが来るのでしょうか」

「島津が惣無事に従うかどうかにかかっている」

確かに、島津の強さは恐ろしいほどであった。長宗我部元親をはじめとする四国の諸将は、仙石秀久《ひでひさ》の暴走はあったにせよ、まるで歯が立たずに敗退した。

「大友からの求めに応じて九州を先に片付けようとしたのは賢いことだ。天下から私の戦を取り除く、という大義を明らかにできるのだから」

丸目長恵は、剣を教える時も自ら立つことはなかった。言葉で一つ二つ、助言を与えるだけである。驚いたことに、太郎兵衛に弟子の相手をさせることすらあった。

「俺は丸目さまの弟子ではありません」

「そんなことはどうでもいいのだ」

長恵は戸惑う太郎兵衛にかまわず、道場に立たせる。太郎兵衛の剣は犬甘九左衛門《いぬかいきゅうざえもん》に教えてもらったもので、戦場往来の実用的なものだ。長恵の弟子たちも大きな所では変わらないが、太郎兵衛も気付かないところで様々な工夫がなされていた。

気付くと刀を落とされていたり、小手を押さえられたりしている。組み打ちも上手で、取っ組み合いには自信のある太郎兵衛もあっさりと組み伏せられることが多かった。その強さの秘密を訊ねると、

「知らぬ者には勝てるような方策を考えているだけだよ」

と言うばかりだ。

「兵法というやつですか？」

「戦場というのは、でたらめに見えて決まった流れがある。戦における人の動きも同じだ。相手の剣が迫っていれば逃れようとするし、弱気を見れば嵩《かさ》にかかる。そのあたりの機微については、我が師は抜群によくご存じでな。おかげで私が負けることはまずなくなったのだよ」

長恵が話すきら星のごとき弟子たちの中で、特に太郎兵衛の興味を惹いたのが立花《たちばな》弥七郎統虎《やしちろうむねとら》、後の宗茂である。もちろん、太郎兵衛もその武勇を聞き知っている。

筑前に攻め寄せてきた島津軍を父の高橋紹運《たかはしじょううん》と共に迎え撃ち、父以下岩屋《いわや》城に籠った者たちが全滅するという大きな犠牲を払いながら、ついには撃退した勇者である。

「ちょっと立花城に寄って行こう」

と長恵が言った時には、胸がときめいた。

籠城戦の凄まじさは、太郎兵衛も鶴賀城でつぶさに見てきたばかりだ。その苦しさと、守る者たちの強さは尋常ではない。利光宗魚の戦いぶりは太郎兵衛の心に深く刻み込まれている。

それほど勇敢に戦っても、宗魚は敵弾に倒れた。残された宗魚の弟である豪永と息子の統久はさらに数日、島津の攻勢を支え続けたが、四国勢の敗退と大友義統が高崎山城にこもって救援を出さない態度をとったことから降伏したらしい。命は無事だと知って、太郎兵衛もほっと胸を撫で下ろした。

ともあれ、立花統虎は大友宗麟《そうりん》に救援を求め、宗麟は自ら大坂《おおさか》に秀吉を訪れて助けを願っていた。毛利や長宗我部が出撃するとなっても、いつとも知れない助けを待ちながら島津軍と戦い続け、ついに撤退させたことには驚くほかない。

「まだ弥七郎は十九だ」

と長恵が言ったので、太郎兵衛はつい信親を思い出してしまった。戸次川《へつぎがわ》で散った長宗我部の御曹司と二つ違いである。

「岩屋、立花の戦で何を得たのか、ぜひ知りたいものだ」

長恵は話好きな男で、歩いている間はもちろん、弟子の家に寄せてもらえば夜半遅くまで喋っている。

「私は将としてはまったく駄目な男だった」

見栄を張ることもなく、さらりと言った。

「そんなにお強いのに、ですか」

太郎兵衛の言葉に、長恵は照れ臭そうな表情を浮かべた。

「確かに一剣を以って相対すれば、私は大抵の者には負けぬだろうよ。それだけの剣を授けられ、自らも鍛えてきた。だがそれは、ただ一人、兵の強さに過ぎない。だが、将とは剣技が優れていればよい、というものではない。太郎兵衛にはちょっと難しいかな」

だが、太郎兵衛はその先をせがんだ。

「ふむ……。お前は私の剣を見た時よりも、興趣を惹かれた顔をしているな。なるほど。では将才がないなりに考えを述べてみようか」

兵が技であるとすれば、将は術である、と長恵は言った。

「技と、術……」

「一人一人は技を持っている。だがその技を束ねる戦の術に優れていなければ、軍を率いることはできない」

「そうすればいい将になれるのですか？」

「一軍を率いるのであれば、それで十分だ。だがその上がある。それは、略だ」

「略……」

「術を持つ将たちを束ねるには略がいる。戦の略、術の略だ。営み、謀り、大局を捉え、簡略を旨として鋭く打つことを略という」

太郎兵衛は頭がくらくらしてきたが、惹きこまれるものはあった。

「今、日本に略の心で天下を動かせるのは一人、いや二人かもしれん」

「関白さまだ！」

「そうだな。後は、三河《みかわ》の殿くらいか。あの方はやや術に偏る気配があるが」

長恵は楽しそうに腕組みをして話していたが、はっと表情を改めた。

「偉そうなことを言っているが、相良の殿に仕えている頃には、任されている城を落とされたりしたものだよ。よき将になりたくて色々と思い悩んだものだ」

だから城を守る苦しさと難しさはよく知っているという。

「城を守る時は将一人が強くても駄目だ。それは技でしかない。将の心が強くあるのはもちろんのことだが、兵が一人門を開いてしまえば、そこで終わりなのだからな。共に籠る者たちの気持ちを摑んでいなければならない。そこに術がいる。私にはそれができなかったんだよ。その点剣一筋に生きれば、将として人を死なせなくてすむ」

長恵は初めて苦い表情を浮かべた。

「戦いは突きつめれば全て一人と一人に行きつくのだが、将となればそうはいかない。我が師もそうで、将としては今一つでな。結局万人を統《す》べる男にはなれんかった。そこで、己一人くらいは御せるようになろうというのが、我らが兵法の始まりなのだ」

と随分と情けないことを言う。だが太郎兵衛は、長恵の恐ろしい強さを目の当たりにしているから、何とも答えようがない。

「だが、この己一人を鍛えることによって、強き男をさらに強くすることができる。そうなれば、一人を平穏の境地へと導き、それが結局天下を平らかにする人材を作ると考えているのだ」

その理想の形の一つが、立花弥七郎という若者の形をとって筑前に現れているという。

「どんなお人なのですか」

太郎兵衛はどうにも気になって訊ねてみると、

「一見に勝るものはない」

といたずらっぽい笑みを浮かべて答えてくれない。

「もっとも、今の弥七郎がどうなっているのか私にも見当がつかないのだ」

日田の盆地を抜けて筑前に入り、北へと進むと再び左右から山肌が迫ってくる。その左右の山こそ、島津に相対した岩屋城と宝満《ほうまん》城があった場所である。

「紹運どのには会っていこう」

急峻な山道を身軽に上がっていく長恵に太郎兵衛もついていく。

太宰府《だざいふ》を見下ろす小さな山だが、登ってみると存外に険しい。登る者から見て覆いかぶさるように木立が茂り、岩峰をよじろうとしてもその先にはまた別の岩壁がある。狭い道は九十九《つづらお》折りとなり、頂まで着くのに随分と時間がかかった。

山の中腹に、ごく狭い平地があってそこだけはよく踏み固められている。

「ここが岩屋城だ」

と長恵に言われて、太郎兵衛は驚いた。言われてみると、確かに石組の跡は残っているようであったが、その他には何もない。ほんの数ヵ月前に激戦が行われたとは信じられないほどの、静けさであった。

「紹運どの以下、七百人余りが立て籠って、十数日の間島津三万の軍を食い止めた。見事な死にざまだ」

長恵が腰を屈め、何かを拾う。よく見ると、甲冑の錣《しころ》だ。

「私にはできなかった」

そうぽつりと呟く。

「だが、他にできることは何かあるのだと思って、この世を歩いているよ」

鍛を石積みの上に置き、手を合わせた。太郎兵衛は再び鶴賀城のことを思い出す。利光統久と豪永は籠城を止めて降伏した。長恵の言葉では、そうやって降ったことが何か悪いことのように言われている気がして、不愉快だった。

「何故怒っている」

手を合わせたまま、長恵は言った。

「どうしてわかるのですか」

「剣を長く握っているとな、不思議なことに周囲の人間がまとう心がわかるのだ。どれほど強いか、だけではない。心の中で何を思っているのかすら、伝わってくることがある」

合掌を終え、振り向いた長恵は、優しく太郎兵衛に怒りの理由を訊ねた。

「城に籠って戦い、仕方なく降った友がいます」

そう言うと、長恵は嬉しそうに頷いた。

「素晴らしい者たちだ」

「死ぬまで戦った方が立派なんじゃないんですか」

「人は生を享《う》けて、いつどこで死ぬかわからん。そうならば、生を選ぶことも貴《たっと》いに決まっている」

太郎兵衛は長恵の言葉の意味がわからず、黙りこむ。

「答えなどないのだ」

岩屋城からの道を、長恵は下り始める。木立の先に太宰府の広大な敷地が見える。島津家久が陣を敷いたあたりは、草が少なくまだその痕跡をとどめていた。

「どれほど美しい死も、醜い生に及ばないことがある。どれほど醜い死でも、美しい生に勝ることがある。難しいよ」

長恵は登りよりもゆったりとした足取りで、山を下りる。

「さあ、弔いは終わった。生者の巷《ちまた》に戻ろう」

太宰府から北へ三里ほど歩くと、香椎宮《かしいのみや》が見えてくる。香椎宮の西はもう海である。潮風を遮るように聳えているのが、立花城である。南北に三つの峰が連なり、それぞれが城塞となって敵を防ぐ造りとなっている。

岩屋城よりも険しいとは見えなかったが、山襞の入り込みが深く、攻め落とすには相当に苦労しそうではあった。城の周囲には既に軍勢がいるわけでもなく、山裾の畑には農作業をしている百姓たちの姿が見える。

城の大手への道はきれいに掃き清められ、何年も戦と無縁であるかのような静けさをたたえている。

門には二人の兵が立っているのみで、長恵の顔を見るなり嬉しげに駆け寄ってきた。

「先生、いつ筑前にお帰りになったのですか。殿も落ち着いたからには剣の修業を再び始めたいから京に使いを送ろうかと仰っていました」

と古くからの顔見知りのように親しげに挨拶した。

「お前たちも息災《そくさい》で何より。弥七郎も元気そうだな」

「それはもう」

楽しげに言葉を交わす門番と長恵の後ろで太郎兵衛が待っていると、

「この子は新しいお弟子さんですか」

番兵が訊ねた。

「まあそんなもんだ」

違います、と言うのももはや面倒になって黙っている。

「弥七郎にこの子を引き合わせてやろうと思ってな」

門番たちは顔を見合わせたが、腰に挿している刀を見て慌てて奥へと駆けて行った。

「その刀、よからぬ者も引き寄せるが、挨拶代わりにもなって便利だな。大きな城に入る時は背中の太刀も見えるようにしておけばいい」

長恵は門番が帰ってくるのも待たず、先へと進む。立花山の頂に近いところに、館が設けられている。矢倉や柵は、鶴賀城で見たものよりもやや大掛かりではあったが、登ってみれば、それほど堅い城とも見えなかった。

三

館から一人の若者が出てきた。一瞬、太郎兵衛は信親の幻を見たのかと目を疑っていた。それほどに、背格好が似ていたのである。

「こちらは四国勢軍監を務められた森《もり》吉成どのの子息、太郎兵衛だ」

いきなり、長恵は太郎兵衛を紹介した。

「立花弥七郎統虎にございます」

はるかに年下で、服も汚れてぼろぼろの太郎兵衛に対し、統虎は丁寧に挨拶をした。だが太郎兵衛は返礼もせずに突っ立ったままでいる。

「どうした？」

長恵に声を掛けられて我に返り、ようやくのことで名乗る。

「四国勢の方々は、気の毒なことでした。存分に戦えず、さぞや無念であったことでしょう」

心よりの言葉に、太郎兵衛は胸が詰まった。初めて会ったばかりだというのに、その一言が胸に広がっていく。顔を上げると、太い眉の下から黒目の大きな瞳がじっと太郎兵衛を見つめていた。

「あの……、言葉をお平らにしていただけると助かります」

統虎のような名将に辞を低くされていると居心地が悪くて仕方ない。そう言うと、弥七郎は少年のような笑みを浮かべた。

「紹運さまはよく仰っていた」

統虎は実の父のことを、そう呼んだ。今の彼の父はあくまでも立花道雪《どうせつ》である。

「城の主と胸を反らせたところで、その命を支えているのは兵であり、その兵を支えているのは民である。そのことを考えると、誰に対しても偉そうなことを言えるわけがない。とはいえ、政となれば厳しく接しなければならないのが難しいところだ」

「すっかり大名らしくなったな」

長恵が言うと、統虎ははにかんだように顔を伏せた。

「何もかも手探りです」

「いや、将としても男としても、いい顔になってきた」

この立花統虎という若者は随分と大人びて見えた。最初に感じた重圧のようなものも今は消え、長恵の下座に静かに座っている様は、信親より若いとは到底見えない。

「師よ、天下が平らかになりましたら、またお教えを願いたく存じます」

統虎は手をつき、長恵に頼んだ。

「平らかになるのは、まだ相当先だな」

「ではそうならなくともお教え下さい」

「そう思ってふらふら歩きまわっている」

太郎兵衛は二人の遣り取りを聞きながら、どちらも岩屋城の話をしないのが不思議だった。統虎に対して悔やみを言うこともなければ、その戦いを振り返るようなことも言わない。長恵は岩屋城に行ったことすら口にしなかった。

「太郎兵衛、弥七郎の相手をしてあげなさい」

と命じられて庭に下り、木刀を握ったところではっとなった。

「俺、どうして弥七郎さまと立ち合うことになっているんでしょう」

統虎は木刀を下ろして笑いだした。

「何故ここに来て言うんだ」

「気付けばこうしていたのです」

統虎は冗談めかしていながら、責めるような視線を長恵に向ける。

「また先生はそういう悪戯《いたずら》を」

「悪戯ではないよ。弥七郎の腕と眼を試すには丁度いい機会だと思ってね」

訳の分からないまま突っ立っている太郎兵衛に、統虎が師の術の種明かしをした。

「我が師は剣で相手を制する術を使って、太郎兵衛を乗せたのだ。人の気が逸れた瞬間、呼吸が乱れた刹那に踏み込んで勝つのと同じように、意図したことをさせる。恐ろしい技ですよ。しかし先生、太郎兵衛と俺を立ち合わせたいですか」

長恵は悪戯が見つかった少年のように、こくりと頷いた。

「この子は弥七郎の気配に押されて、尋常なことでは立ち合ってくれないと思ったのでね」

そう言われると、太郎兵衛は俄然やる気が湧いてきた。

「お、その気になったようだな」

長恵は面白そうに足を組み直す。何故わかるのか謎だったが、太郎兵衛も統虎という若者から感じた圧力の正体を確かめたくなったのだ。

「弥七郎、制してみよ」

木刀を腰に挿したまま佇立していた統虎は微かに頷く。太郎兵衛は八双《はっそう》に剣を構えた。押されるような感覚はない。太郎兵衛は身を沈めるようにして踏み込み、伸びあがって木刀を袈裟《けさ》がけに振り下ろした、はずであった。

だが、伸びあがったところで体は止まり、木刀もそこから先に進まない。統虎の瞳の黒が視界一杯に広がり、それが壁となって動きを止められているような感覚であった。ついで、その瞳から発せられた黒きうねりが白刃のひらめきへと変わる。

統虎が持っている木刀が真剣の鋭さを伴って襲いくる恐怖に、太郎兵衛は思わず叫び声を上げた。

「そこまで！」

長恵の声がかかり、太郎兵衛は自分が木刀を取り落として尻もちをついていることに気付いた。統虎の方を見ると、先ほどと変わらず木刀を腰に挿したままで、抜いてもいない。

「見事だ、弥七郎」

師に誉められても、弥七郎は太郎兵衛を見つめたままでいた。

「剣気で完全に制することができたな。まだ太郎兵衛が幼いとはいえ、素晴らしかった。ここ最近の戦がお前をさらに強くしている。惜しむらくは、もう少し太郎兵衛の剣を見たかったが」

統虎は倒れている太郎兵衛を助け起こして師を見た。

「この子には俺の心が全て読まれていたような気がするのです」

そうなのか、と長恵は太郎兵衛に訊ねるが、そんなことはないと首を振る。恐ろしげな幻覚に襲われて気付けば腰を抜かしていただけだ。

「そこまで見ていたのは、お前が初めてだよ」

統虎は満足げに微笑んで太郎兵衛から手を離した。

「この子にはぜひ先生の剣を授けて下さい。きっといい遣い手になります」

「将としてはどうかな」

「楽しみにしてよいのではないでしょうか」

その言葉に、長恵は満足げに頷いた。

# 四

豊前小倉に集結した豊臣方の軍勢は、町を覆い尽くさんばかりの人数だった。

「こんなもの、ただの先ぶれに過ぎないぞ」

長恵は大軍勢の中を悠々と懐手で歩いていた。誰何するものもいたが、名乗れば大抵それ以上何も言われなかった。それどころか、各陣屋から招きがくるほどであった。小倉ではどこにも寄らず、まっすぐに向かったのは城下にある小さな寺であった。

数百人ほどの小勢を率いてそこにいたのは、黒田孝高である。

「丸目先生が小三次《こさんじ》どのの子を連れてくるとは、奇縁としか言いようがないな」

こちらを見ることもなく、忙しげに書状をしたため続けている。長恵はそれを無礼と咎《とが》めることもなく、勝手に寺の台所に行って人数分の茶を淹れて持ってきた。

「この子の父御《ててご》の消息を知りたくてね」

筆を走らせる手を止めて、孝高は顔を上げた。

「太郎兵衛よ、四国勢を前にして島津は止めを刺さなかったのだな」

信親の遺体を返し、夕方まで猶予を与えて敢えて退却させた。そのおかげで、長宗我部と十河の残存兵力は無事に海を渡ることができたのだ。

「小三次どのは無事かも知れんぞ」

「どういうことですかな」

長恵は興味深そうに身を乗り出した。

「あそこで四国勢に情けをかけたのは、辱めを与えたようにも見える。だが、島津はあくまでも礼を尽くして信親どのの遺体を返してきた。敗走させたのではなく、兵糧をとらせるという名目で軍を止めて、その間に四国勢が軍を返すのは逃げたのではないと周囲に示すことができる。顔を立ててくれたと考えるべきであろうな」

「島津がそのような挙に出た意図は何です？」

「薩摩の連中、一筋縄ではいかん奴らだよ」

孝高は筆尻で広い額を叩きながら答えた。

「畿内から兵を率いてきた連中の足元を見るのに長《た》けている。総力を挙げて戦うと見せつつ、指一本は繋げておこうとする。そこを見抜いて、四国勢を助けるよう仕向ける者がいたとしたら、それは関白さまの薫陶を受けた者だろうよ」

捕えられた吉成がそうさせたかも知れぬ、と孝高は言った。

「わかるのですか」

太郎兵衛は喜びを隠しきれない。

「中国を走り回って話をまとめていた一人だからな。わしも関白さまにつく前は、小三次どのと随分と膝を突き合わせて話したものだ」

ただ、と孝高は鋭い視線を太郎兵衛に送る。

「今の九州は何が起こるかわからん。小三次どのの案というわしの考えは誤りで、既に首になっているかも知れん。黄母衣衆といえば関白さま直属の精鋭だ。その首となれば価値もあろう」

「はい……。わかっています」

悄然とした太郎兵衛を見て、孝高はやや表情を和らげた。

「わしの知っている小三次どのは、それはしぶとい男だ。死地にあってもそう簡単に首を渡すような男とは思えん。生死は天のみが知っているが、子であるお前が不安を抱いていてはどうにもならんぞ」

「東はもういいのですか」

「徳川《とくがわ》三河守さまとの和平は固い。そうでなければ、三十万の軍は動かせまい。出来ることならいらっしゃる前に島津を片付けておきたかったのだが、筑前と豊前どまりであったな」

　秀吉は天正十五（一五八七）年の春を機に、直接九州征討の軍を起こすと公言していた。

「三十万もの軍が来るのか」

　丸目長恵は天を仰ぐ。

「それほどの大軍が、一人の男の意思で動く時代になったのか」

「九州を手に入れればそれが四十万、関東を手に入れれば五十万になりますな。それが天下の力というものです」

　にやりと孝高は笑い、再び猛烈な勢いで書状をしたため始めた。

五

　太郎兵衛が大坂に帰ることはなかった。吉成と叔父たちがひょっこり小倉に姿を現したからである。

「太郎兵衛さま、ご無事で！」

　宮田《みやた》甚之丞《じんのじょう》に突き飛ばされそうな勢いで抱きつかれた。

「甚之丞も！」

幼い頃からつき従ってくれている男の無事な姿を見て、さすがに太郎兵衛の目頭も熱くなる。多くの郎党が傷つき、死者もいたが、一族の主だった者は無事であった。

そして、吉成はいつも通りであった。

「なんだその顔は。これから忙しくなるぞ」

「よくぞご無事で……」

「見ての通りだ」

息子の感傷などまるで無視して、吉成は黒田孝高へ報告に向かおうとした。

「太郎兵衛」

「は、はい」

よくやった、と一言誉めるなり孝高のもとを訪れると、半日ほど何か語らっていた。これまでの話を聞いて欲しい太郎兵衛であったが、吉成は全く興味を示さない。

「お前が四国勢とどう動いていたかは土佐侍従さまからの書状で、その後どうしていたかは、丸目長恵どのから聞いている」

だから話す必要はないと言うのである。

「じゃあ父上は戸次川の後、どうしていたんですか。島津に囚われていたのですか」

「そうだ。殺すよりもいい使い方があったら使う。それだけの賢さがあるのが、島津という連中だ」

で話は終わりである。島津の陣中で何があったのかは一切口にしなかった。太郎兵衛が気になっているのは、吉成の献策で家久は四国勢への手心を加えたか否かであったが、

「それを知ってどうする」

と問われて言葉に詰まる。

「もし、俺が島津に四国勢に情けをかけろと言ったとしても、どうして彼らが俺の言葉を聞き入れる必要がある」

「……後々有利だから」

「それは官兵衛《かんべえ》どのの受け売りだろう」

あっさりばれてしまう。

「太郎兵衛。土佐侍従さまをはじめ、四国勢は決して弱いわけではない。島津の知勇がそれをわずかに上回っていただけだ。戦の機微は俺ごときで左右できるものではない」

父が元親たちを救ったと思いたかった太郎兵衛の願いはあっさり否定された。吉成はそれ以上、島津に囚われている間の話をすることはなく、翌年に控えた秀吉出陣に向けた準備を進め始めた。

天正十五年の年も明けて、吉成は四方に奔走しているが太郎兵衛を連れて行くわけ

ではない。かといって大坂に帰すわけでもなく、要するに太郎兵衛は暇を持て余していた。

「関白さまご出陣となるまで、我が陣でゆるりと過ごしているがいい」

黒田孝高はそう言ったきり、一室にこもって書状作りと謀議の日々だ。激戦を経て体も心も疲れているはずなのに、二日も寝ているとどうにも落ち着かない。使いに出る父に連れて行ってくれとせがんでみるが、

「今は待て」

と言われるばかりだ。暇つぶしの相手は、同じく陣内でぶらぶらしている丸目長恵となった。剣を教えてくれと頼めば相手をしてくれるし、釣りに誘えば隣で糸を垂れてくれる。忙しい陣中で、長恵の周囲だけが時の流れが別であった。

「丸目先生は軍を率いて島津と戦うのですか」

「向いてないから、やめておくよ」

「戦場に立って一番槍ですか？」

「私は己一人の強さを追い求める気持ちが強くてな。いまは誰にも仕えていないし、仕えるつもりもないよ」

そんな男が陣中にいるのが不思議であったが、孝高や吉成だけでなく、九州のあちこちから弟子が来ては話をしていくのでそれなりにありがたみがあるのだろう、と太

郎兵衛は思っている。

「あ、私の剣を疑っているな?」

「滅相もない。丸目先生が強いのはこの目で見ています」

「口惜しいことに、太郎兵衛はあまり私の剣に心惹かれていないんだよな。筋もいいし、このまま剣に専心すればそこそこの腕になるのだが」

と実に惜しそうな顔をする。

「太郎兵衛の剣は、技の剣ではないんだよな」

とぶつぶつと何やら呟き続けていた。

春三月になって、のんびりとさえ感じられた太郎兵衛の周囲は一気に慌ただしくなってきた。前年から準備を進めていた秀吉は三十万の大軍を動員し、中国道を西に下り始めたのである。

宇喜多《うきた》秀家《ひでいえ》を先陣、豊臣秀長《ひでなが》を第二陣、そして秀吉自身は第三陣の主力を率いて九州へと上陸した。この万端の準備で、秀吉の中での勝算はほぼ固まっていた。

「島津のやせ城など、木の葉のように吹き飛ばしてくれる、と関白さまは意気軒高だ」

吉成は孝高に送られた朱印状を見せてもらい、安堵していた。彼がこのところ没頭していたのは、豊後《ぶんご》の後始末である。

鶴賀城を抜かれ、府内を落とされた大友氏側であったが、すんでのところで踏みとどまっていた。大友宗麟は臼杵《うすき》に追い詰められていたものの、臼杵の支城である鶴崎《つるさき》城の妙林尼《みょうりん》、豊後玖珠《くす》の日出生《ひじゅう》城に籠っていた鬼御前など女性たちの活躍など、必死の反撃で島津の猛攻を退けていた。この時秀吉は、毛利輝元《てるもと》と黒田官兵衛の中国軍を豊前まで進めており、島津への圧力を強めてその進撃を止め、ついに豊後平定を諦めさせたのである。

宇喜多の軍勢だけでも小倉の町は膨れ上がったように見えていたのが、秀吉本隊がやってきたことで町の様相は一変した。

「お祭りだ……」

そう太郎兵衛が呟くほどである。

「祭りか。なるほどな」

ここしばらく、息子と口をきく暇も見せなかった吉成が久々にくつろいだ姿を見せている。秀吉の本隊が来た時には、ほぼ全ての務めは終わっている、という算段であった。秀吉が中国道を西に進んでいる時から、吉成は何度も呼び出されていた。

「四国のことは、えらく殿に叱られたな」

そう言いつつ、父は怯えている風でもない。

「叱られるって、どうして？」

「仙石権兵衛《ごんべえ》を止められなかったうえに、千雄丸さまを死なせてしまった。大友の御曹司を動かすこともできなかったうえに、俺は島津に捕まってしまった。いいとこなしだ」

秀吉の怒りは、小倉にも伝わり聞こえていた。仙石秀久は改易《かいえき》に処せられ、十万石を失った。四国勢をまとめる地位にいながら、真っ先に逃げ出したのだから無理もないと太郎兵衛も納得していたが、父がしくじったとは思えなかった。

「豊後は負け戦だったからな。一国全てが島津になびいてもおかしくなかった。大友氏に義理だてする諸将がいてくれなければ、どうなっていたか」

島津の諸将は勇敢で智謀にも長けていたが、薩摩《さつま》の人々は恐れられてもいた。兵が剽悍なだけでなく、その略奪も徹底していたからである。当時の戦場は、略奪と人攫いが横行しており、敗北によって蒙る損害は莫大なものとなっていた。

島津は人買い商人を陣に帯同しており、攫った人々を島原《しまばら》の市に持ち込んでは奴隷として売り飛ばしていた。身代金と引き換えに返すという取引も行っている。これに豊後や豊前の人々が激しく抵抗したのは言うまでもない。

「島津の自業自得でもあった。もし四国勢を率いていたのが殿なら、もっとうまくやったことだろう」

秀吉は行く先々で、ことさら仁政を印象付けようとしていた。兵糧は徴発するのではなく購入し、人を使えば賃金を払った。人買いなどもちろん厳禁である。

これが進軍先の人々の心を随分と和らげたことは間違いない。

「攻め入る先も同じ天下だと思っているから、無茶をしない」

三十万の軍を迎え入れた小倉では、嫌な顔をする者は少なかった。むしろ商売のタネがやって来たと大いに盛り上がったのである。商いをする者だけでなく、遊郭や芝居小屋まで立ち並んでいる。

吉成は久しぶりに自分から太郎兵衛を誘い、町に出ていた。しばらくあった話しかけづらいほどの張り詰めた気配は、なくなっている。

「皆もう飽き飽きしているからな」

「飽きているって、戦に？」

そうだ、と吉成は頷く。

「ここ百年以上、どこかで戦いが起きている。ここ二、三十年は大きな戦いも多かった。総見院《そうけんいん》さまの代で考えても、どれだけの人死にが出たかわからない。疲れてきているのだよ。やる気に満ちた島津でさえそうだ」

九州を制覇するために兵を動かしたのも、結局は秀吉というより大きな相手との戦いを避けるためだと吉成は言う。

「殿は兵や民たちの心を汲み取るのが実に上手い。しかも九州ははるか遠いところにあるからな。兵たちを退屈させない工夫も必要だ。それが、祭りのように賑やかな小倉の町なのだろう」

だがもちろん、秀吉は将兵を遊ばせに九州に来ているわけではなかった。小倉に上陸した秀吉は何度か吉成からも九州の情勢を聞いていたが、三月二十四日の軍議には太郎兵衛も伴って参加するようにとの命が送られてきた。

## 六

大坂でも見たことのないほど多くの武将たちが、一堂に会していた。小倉城の大広間が一杯になるほどの人数である。太郎兵衛もさすがに気押されて、父の陰に隠れるように座っていた。

「陣立てを告げる」

秀吉は一段高いところに座り、諸将は広間に座っている。かつて同輩や上役であった者たちも、ごく自然に秀吉を見上げていた。陣立てを述べているのは石田《いしだ》三成《みつなり》である。戦をさせても強く、九州の諸将の取り次ぎも務めるなど秀吉に重用されている。

彼をはじめ、小西行長《こにしゆきなが》や前野長康《まえのながやす》などの兵站を担当した諸将は、秀吉の新たな側近団であった。

太郎兵衛は父が広間に座っているのが不思議ではあった。秀吉の傍らに侍って、こうして諸将に命を伝えるのが務めだと思っていたからである。

広間に集められた諸将は、三成の口元に注目していた。

「第一陣、森吉成どの、高橋《たかはし》右近大夫《うこんたいふ》元種《もとたね》どの、城井《きい》弥三郎《やさぶろう》朝房《ともふさ》どの、竜造寺《りゅうぞうじ》肥前守《ひぜんのかみ》政家《まさいえ》どの」

そう名が読み上げられて広間はざわめきに包まれる。太郎兵衛も驚いて父を見上げるが、微動だにせず座っている。前に座る父の表情はうかがえないが、肩に力みがあるわけでもなかった。

吉成と共に第一陣を命じられた高橋元種と城井朝房は、共に九州の国衆である。高橋元種は、島津について豊前、筑前を攻略しようとした秋月種実《あきづきたねざね》の次男にあたる。もう一人の城井朝房は大友氏に従っていたが、島津の攻勢を見て寝返り、秀吉の出馬を見て再び寝返った。ここで戦功を挙げなければ信を勝ち得ることはできない。

そんな二人に交じって先鋒を務めるのが黄母衣衆の森吉成であったから、一同のざわめきはなかなか収まらなかった。

「森どのには十分な兵がおらぬゆえ、関白さま直属の近江《おうみ》衆と美濃《みの》衆をつける」

そう三成は告げて二番隊以降の陣立てを発表していった。太郎兵衛は、父がついに一軍の将になるという驚きと嬉しさで、体が震える思いだった。

秀吉は三十万の大軍を西の肥後《ひご》、東の日向《ひゅうが》というふうに二手に分けた。吉成が先鋒を務める肥後表の総大将を秀吉自身が、日向から南へ攻め入る軍の総大将には豊臣秀長が就くこととなっている。

肥後方面軍には福島正則《ふくしままさのり》、木村重茲《きむらしげこれ》、堀秀政《ほりひでまさ》など秀吉子飼いの諸将が従い、日向方面軍にはもはや秀吉の腹心といってよい黒田孝高を一番隊に据え、小早川隆景《こばやかわたかかげ》や毛利、宇喜多、因幡《いなば》の諸将など中国地方で新たに従った者たちが名を連ねている。一度四国へ撤退していた長宗我部元親の名も、日向方面の番外にあった。

やがて出陣の手はずが言い渡され、質疑があって軍議は終わる。三成の戦準備は周到で、質問が挙がることもほとんどなかった。

「小三次どのは官兵衛どのと同じほど信任を受けているのか」

という囁きが聞こえる中を、吉成は立ち上がり、広間を退出した。

「父上、やりましたね！」

黒田孝高が借りている寺の一室を、吉成たちは間借りしていた。帰り着くなり、太郎兵衛は叫ばずにはいられなかった。

「ついに一軍の将だ！」

いくら黄母衣衆といっても、知行は多くとも数千石、配下の兵は五百を超えないのが普通だ。千人、万人を率いて戦場を往来するのとはわけが違う。父の仕事は凄いと思うようになった太郎兵衛も、血の滾りを抑えられなかった。寺に戻って話を聞くと、吉雄や吉隆たちも快哉を上げた。しかし、

「つまらんことだ」

と吉成ははしゃぐこともなく、湯を沸かし始めた。庭に生えている茶の木の枝を何本か折ると、そのまま沸いている湯の中に突っ込む。

「茶の湯もできるかもしれないね」

出世すると、茶の湯ができるという。大坂城を訪れた際に見た茶室は、目も眩《くら》むような豪華さだった。あれこそ、世に出た者の証だ。名物と言われる茶器は千金の値であり、そのやり取りで国の命運が左右されることすらあった。

「俺がいつ茶の湯などやりたいと言った」

父が淹れているのは、出来合いの粗末な焼き物に庭でへし折った茶の枝である。優雅な茶の湯とはかけ離れている。

「お前、まさかそのような贅沢をしたいなどと望んでいるのか」

怖い声で問われて慌てて首を振る。

「茶の湯のために戦うなど、俺には阿呆《あほ》らしくてできないな。そのあたりの茶の木でも十分に味が出る」

一杯先に自分で飲み、次の一杯は太郎兵衛に渡した。

「うまいだろう」

と吉成は言うが、それほどのものではない。微かに茶の香りはするが、そのすぐ後に泥水のような匂いがして太郎兵衛は顔をしかめた。

「白湯《さゆ》の方がいい」

「戦を経験して少しは大人になったと思ったが、まだまだだな」

吉成は苦笑すると、大の字になって寝てしまった。父も嬉しいのだ、と太郎兵衛は感じていた。


秀吉軍がまずやるべきことは、筑前に残った島津方の拠点を一掃することである。島津方について岩屋城など諸方を荒らしまわった秋月種実に対してどう勝利を収めるかによって、戦況は大きく変わる。

「秋月種実が籠る古処山《こしよさん》城を落とせば、決着はすぐにつく」

秀吉は当初、そう考えていた。秋月氏が本拠とする古処山と岩石《がんじやく》の両城は、豊前小倉へと続く山塊の出口に位置する。遠賀川《おんががわ》沿いに広がる平野を制せられては軍を自由に動かすことはできない。この城をそのままにしておけば、小倉に多くの守備兵を残しておかねばならず、徹底して叩かねばならなかった。

「岩石城を先に落とすべきです」

蒲生《がもう》氏郷《うじさと》や前田《まえだ》利長《としなが》は軍議でそう主張した。古処山を落とそうとすれば、東に位置する岩石城から側面を衝かれる恐れがある。それに、古処山城を陥落させたとしても、岩石城が堅く守って落ちなければ結局かかる手間は同じである。

「小三次」

呼ばれた吉成は黄母衣衆の一人として主君のすぐ傍らに控えていた。

「豊前をつぶさに見て、種実の取次をしていたお前はどう思う」

「岩石城を先にすべきです。種実は当初、私を通じて降伏の道を探っていました。心に迷いがあるうちに一気に片をつけるべきです」

とすぐさま答えた。

「では岩石城に寄せる」

秀吉は先鋒の諸将に攻略を命じたが一つだけ条件をつけた。

「一日だ。一日で落としてこい。派手に攻め、派手に討ち取り、派手に燃やしてくるのだ。しかし、降るなら許せ」

秀吉との付き合いの長い氏郷や利長は表情も変えず命を受けたが、九州で新たに従った高橋元種、城井朝房の顔は青ざめた。意気揚々と出陣の準備を始める蒲生勢や前田勢を横目に、城井朝房は吉成に歩み寄った。

「関白さまは我らに死ねと仰るのか」

城井氏は豊前宇都宮《うつのみや》氏とも呼ばれ、祖は鎌倉時代に下野《しもつけ》からやってきた。国衆として長きにわたって豊前に勢力を張り、朝房の父、鎮房《しげふさ》は城井谷《きいだに》城を本拠として周辺の大勢力の間で何とか勢威を保っていた。

鎮房は大友宗麟の妹を娶《めと》ったものの、耳川《みみかわ》で大友軍が大敗すると一転して島津方についている。秀吉の大軍勢を見て敵対は避けたものの、鎮房自身は出陣せず、微妙な立ち位置を崩さなかった。

「そうですな。それくらいのお覚悟があってしかるべきでしょうな」

自陣に戻りながら、吉成はこともなげに答えた。

「城井どのは表裏のないところをこの一戦で諸将にご覧に入れれば、この先に行われるであろう九州国分けにおいてもめでたきことになりましょう。その際には私もきっと、口添えいたします」

と約束した。

「この戦、お父上が出て来られるべきでした」

鎮房は剛力無双にして弓の名手として知られる豪傑だ。

「父にも立場があるのです。ご理解を」

「わかっています。ですからこそ、あなたは殿に見せるべき姿がある。私はしっかりと見ておりますよ」

朝房は青ざめたまま頷き、自陣へと戻る。吉成は秀吉から与えられた一軍を前に、出陣の命を下している。森隊は前田、蒲生の両軍と共に岩石城に攻め込み、一気呵成に落とすこととなった。

太郎兵衛は吉成を支える将領たちを見て目を輝かせた。

「知っている人ばかりだ」

長浜で隣近所だった面々がいる。後に勝永と共に大坂で戦うことになる、速水守《はやみもり》久《ひさ》、真野助宗《まのすけむね》、伊東長実《いとうながざね》は太郎兵衛を見て、若との、若君、とからかった。他にも、木村重成の父である隼人正《はやとのしょう》重兹も陣に加わっていた。

「九州での働きは聞いているぞ。お前の名は俺たちで揚げてやるよ」

木村重兹が言うと一同が気勢を上げた。

石合戦仲間の連中で、近年元服を迎えた者もいる。それぞれが槍や鉄砲をかつぎ、一丁前の武者姿で馳せ参じていた。

「若！」

宮田甚之丞も新しい馬と甲冑を与えられ、輝くような笑顔を見せている。彼らは一隊を率い、吉成と共に進軍することとなっていた。

だが、血の気の多い者が増えれば揉め事も起きる。

「喧嘩だ」

と騒ぎが起きて太郎兵衛がすっ飛んで行くこともままあった。出陣を前にして、若武者たちが村の娘をかどわかしたという訴えがもたらされた。軍令で、地下《じげ》のものへの濫妨狼藉《らんぼうろうぜき》は厳しく禁じられている。

「ことによっては成敗してもよい」

という吉成の命を受けて、太郎兵衛は走った。父の軍を辱める輩《やから》を許す気はない。彼が駆けつけた時には、悪さをした者たちは酒に酔って娘の衣に手をかけ、諌める者にも矢を放つ始末であった。

「戦に勢いをつけるんじゃ。邪魔をするな！」

猛り狂った男たちは五人ほどいて、いずれも腕に覚えがあるらしく、始末に負えない。太郎兵衛は怒りのままに突き進もうとした。だが、

「関白さまの軍は島津と変わらんな」

と凛とした声が飛んだ。武者たちを恐れる気配もなく、六尺槍に似た、長大な鉄砲を担いだ男が一人、立っている。

「何を抜かす。殿を愚弄するのか！」

「お前たちのような奴の姿が主君を愚弄しているんだ」

「やかましい！」

男たちは矢を番《つが》え、娘をなぶろうとしていた男も槍を構え、一気に銃手へと突っ込んだ。太郎兵衛が足元の石を拾い、印地打ちで救おうとした次の瞬間、山が震えるような轟音が響いた。

白煙が銃口から立ち上ったその時には、荒くれ者たちは一列になって倒れていた。娘は悲鳴を上げて村へと帰り、銃手はゆっくりと銃を担ぎ直して太郎兵衛の方を向いた。

「こんな連中がいるようじゃ、島津には勝てないよ」

太郎兵衛は駆け寄った。

「豊前でこんな無礼を働く奴は、俺と父上が決して許さない」

「五人使い物にならなくなった」

銃手は鼻を鳴らし、倒れた足軽たちを見下ろす。

「でも統久が加わってくれたら、それでいい」

「嬉しいこと言うね」

利光統久の手を、太郎兵衛は握りしめた。統久も力強く握り返す。豊後戸次の鶴賀城を守っていた利光一族の跡取りで銃の名手がそこにいた。

「どうしてここに？」

「村は豪永おじに任せて、天下を見て回ることにしたんだ。それに、太郎兵衛には世話になったしな。つくとしたらお前のところだと決めていたんだ」

喜びに言葉が出ず、太郎兵衛はただ統久の手を握って何度も振った。

吉成が一軍を率いるのは初めてではあるものの、その下についた者たちは美濃や近江時代からの古馴染《ふるなじ》みが多い。主だった顔ぶれを集めて細かな打合せをするにも、よどみがなかった。

「戦になったら、真っ先に斬り込んで名を揚げてくれ」

吉成の指示は明快だった。

「銃戦では話にならぬほどこちらが優勢だ。秋月方は岩屋城や鶴賀城の戦訓を得て長く守ろうとするだろうが、そうはさせぬ。射すくめられているところを一気に行くぞ」

物見によって、城の守りは既に明らかとなっていた。山城らしく、峰や尾根に曲輪や出城を設け、要所に銃卒と弓兵が詰めている。大手《おおて》の添田《そえだ》からは長い尾根筋を駆けあがらなければならず、搦《から》め手《て》の赤村《あかむら》からの道は険しい。

「蒲生と俺たちが大手、前田が搦め手と決まった。もちろん、蒲生勢に遅れる理由は何もない。戦が始まれば、我ら一丸となって、城主熊谷久重《くまがいひさしげ》の首を挙げるのみだ」

吉成の言葉に、将兵は力強く頷く。

「出立は深更とする。今のうちにしっかり腹を満たし、休んでおけ」

そう言うと、吉成は陣屋に入った。大将に必要な武具は、黒田孝高がはなむけに全て揃えてくれた。

「さすが官兵衛どのだ。測ったようだな」

秀吉から拝領した水牛の角をかたどった兜は、これまで揃いだった黄母衣衆の無骨なそれとは違う華やかさであった。

「大将の貫禄が出てきたな」

顔なじみの近江衆が覗いてはからかっていく。太郎兵衛から見ても、漆黒の鎧に勇ましい兜は随分と立派に見えた。別人のようですらある。

「重いな」

何度か首を振って、吉成は兜の感触を確かめた。緒を締め終わると振り向き、どうだ、と太郎兵衛に訊ねる。

「随分と男ぶりが上がったように思います」

世辞をいうでもなく太郎兵衛が言うと、吉成はつかつかと近寄ってきて拳骨を振り下ろした。頭を抱えた太郎兵衛が涙目になりつつ父に食ってかかろうとすると、世にも珍しいものを見た。

「そうか、男ぶりが、上がったか」

吉成が片頬を上げて笑っていたのである。

合戦が近づくにつれて、太郎兵衛は落ち着かなくなった。吉成が軍勢を率いて、しかも先陣を切るなど、これほど晴れがましいことはない。体の火照《ほて》りを抑えようと、彼はそっと城を抜け出す。

寅《とら》の刻《こく》には出陣すると言い渡されている将兵の多くは、鼾《いびき》をかいて眠っている。城のすぐ傍らを流れる紫川《むらさきがわ》に沿って、太郎兵衛は南へと馬を走らせた。夜気に当たれば少しは心も静まるだろうと考えたのだ。

紫川をしばらくさかのぼると、各地から送り込まれた軍勢があちこちに陣を張っていた。竜造寺の旗印が見える辺りに、小さな池がある。万葉の歌に詠まれたこともあるという紫池の畔《ほとり》に馬を止め、大きく息を吸う。父にとっての大切な戦が近い。胴震いがなかなか止まらなかった。

## 七

寅の刻となった。

夜明け前の闇がもっとも深くなる瞬間、先に銃火を放ったのは、岩石城の方であった。それを合図に、吉成は鬨の声をあげさせた。攻める側も、守る側も、完全に目覚めていた。

「蒲生勢も動き始めています」

物見の兵が報告すると、吉成は銃卒たちに火縄をかけさせた。

「闇雲に撃つな。柵や門に当たっても弾の無駄だ。向こうがどこから撃っているのか見極めて、よく狙え。そして一度狙いを定めたら、今度は相手の気が萎えるまで撃ちまくれ」

そう命を下す。

双方の激しい銃撃が続く間、槍兵たちは押し黙って折敷いている。功に逸《はや》る蒲生氏郷の部隊が森隊の横を駆け上がっていくのをじっと見守っていた。

「父上、我らも早く行きましょう」

このままでは城攻めの手柄が全て蒲生側に奪われてしまう。太郎兵衛はそれを心配した。氏郷は清洲《きよす》会議の時から秀吉に味方すると旗幟《きし》を鮮明にして寵愛を受け、伊勢《いせ》十二万石を与えられている。動員している兵数も森隊よりずっと多かった。

「まだだ」

吉成は本陣でじっと腕を組んだまま動かない。

部隊の先頭に並べた銃隊は激しく城の守兵と撃ちあっている。蒲生隊から激しい喊声が聞こえ、声の源は徐々に山の上へと上がっている。

「小三次」

他の将領たちも、吉成に迫った。

「四国勢の過ちを繰り返してはならん」

仙石、長宗我部など四国から豊後に攻め入った者たちは、中国勢や筑前を守った者たちに比べて大いに面目を失った。戦機を失っては、一番隊の栄誉もなかったことになる。

だが、周囲がどれほど迫っても、吉成は突撃の命を下さない。

「太郎兵衛、様子を見てこい」

吉成は後ろに控える息子に命じた。そして、

「蒲生勢は勇敢に戦うだろうが、必ず一度は押し戻される。その気配を察したら報告するのだ」

と耳打ちした。

「俺も行こう」

犬甘九左衛門も立ち上がり、吉成は頷く。

太郎兵衛は父の指示に首を傾げながら、銃火が行きかう正面を避け、蒲生隊からも距離を取って城に近づいた。戦は激しさを増しているとはいえ、尾根を一つ越えれば静かな闇が広がっているばかりである。

「落ち着いていますな」

九左衛門は太郎兵衛の武芸の手ほどきをしてくれていたが、太郎兵衛が吉成についていって土佐に行って以降、稽古をつけていない。

「二年ほど見ない間に気配が変わった。強き者たちに会われたのですな」

太郎兵衛はこくりと頷く。石合戦に明け暮れている頃は、周りが弱く見えて仕方なかった。だが、天下には強き者が多くいた。そうなりたい、と思う男たちが綺羅星のごとくいる。真の戦の中で鍛え上げられた男たちには、全く敵わない。

だから太郎兵衛は、戦に何があるのかを知りたかった。

「どうして父上は、蒲生の軍が一度退くと言ったのだろう」

吉成が暗闇の中で、味方の動きを読めるのは何故か、わからなかった。

「殿の凄さは、少ない手掛かりから正しい答えを導き出す力です」

しばらく考え、九左衛門は吉成の力をそう評した。

「黄母衣衆として大名たちと交渉し、使者として敵陣へ乗り込み談判を行えば、過ちは許されない。一つの過ちが何千という命を散らすことになりかねない。敵や味方の機微を読みながら、正しき方へことを進める術を極めているのでしょう」

「まだわからない……」

「俺だってそうです。だが、あなたは殿の子だ。できぬ筈がない」

尾根を登りきると、蒲生隊が城の大手に迫り、激しく撃ち掛けているのが見えた。城からの反撃も激しい。夜襲だけに松明を焚いているわけではなかったが、城のあちこちには篝火が煌々と輝き、寄せ手を照らしていた。

城の銃卒は蒲生隊に砲火を集中させている。多くの兵が柵に取りつく前に倒れ、柵を登りかけた者たちは上から矢で射られるか槍で突かれるかして息絶えていく。

しばしそのような攻防が続き、攻め手の気が挫けたように見えた。

「戻ろう」

太郎兵衛が尾根を下りようと九左衛門を促した。

「波を見ましたか」

「そんな気がする」

木立の中を駆け抜けて父のもとに復命すると、吉成は腕組みを解いて全軍に命じた。

「蒲生勢が一度退いた頃合いに城大手の直下まで足音を潜ませて進め。そして一気に攻め込むぞ」

吉成は激しく続けさせていた銃撃を止めさせ、全員の足もとに藁を巻かせて山を登り始めた。喧騒に包まれていた岩石山に一瞬の静寂が訪れる。

「父上、あれは……」

太郎兵衛は山の下から伝わってくる微かな地響きに気付いて振り返る。巨大な光の塊が添田一面に広がっていた。

「殿が尻を叩きに来ているのだ」

吉成は振り返ることもしない。

「あの光を見れば、蒲生と前田は奮起して再び攻勢に出るだろう。城方もあの本隊が攻めのぼってくるまでに束の間の休息を取ろうとするはずだ。そこを狙う」

城の搦め手からひっきりなしに喊声が聞こえてくる。秀吉本隊の動きに気付いた前田利長が突撃を再開しているらしい。吉成は後方から蒲生隊が再び山を登って来ているのを確かめると、初めて大音声で攻撃を命じる。

搦め手に気をとられていた大手の兵たちが慌てている間に、多くの兵が門にとりついていた。激しい銃火の中を、門が内側から開く。

「先陣は森小三次吉成の隊がいただいた!」

兵たちがそう叫びながら城内へと躍り込む。城方も懸命に防戦する中を、太郎兵衛も吉成も槍をふるって突き崩す。だが、その中を別の大音声が響いて来た。

「岩石城への先陣、蒲生松ヶ島《まつがしま》侍従《じじゅう》氏郷なり!」

太郎兵衛が驚いて振り向くと、鯰尾《なまずお》の銀兜が間近に見えた。蒲生氏郷が大槍を担ぎ部隊の先頭となって城内へ走り込んでいく。

「小三次どの、ご苦労！」

爽やかに声をかけると、近習たちと共に敵兵の群れの中へと雪崩れこむ。それはいいのだが、口々に先陣は蒲生と叫び続けるのが太郎兵衛には不快である。太郎兵衛が氏郷の後を追おうとした刹那、苦笑した吉成の口から出たのは、

「退け」

という命であった。

## 八

岩石城は、一日のうちに落ちた。

島津に味方することで三十万石相当の領土を勝ち得た秋月種実は、天下の力を思い知らされた。彼は反撃の機会をうかがって、古処山城を出て、秀吉の本陣に近い益富《ますとみ》城にまで軍を進めていた。

岩石城が堅く守っているうちに、秀吉の側面を衝くつもりであった。だが、堅城と自負していた城が落ちたことに驚いているうちに、十万を超える兵が益富城に迫っていたのである。その報を聞いた種実は、島津に救援を求めると共に本拠地の古処山に戻った。

当然、益富城には火をかけ、敵に使われないようにすることも忘れない。だが翌日、種実は目を疑った。焼き払ったはずの益富城がそのままの姿で建っていたからである。それははりぼてと松明の灯りによってできた幻の城であったが、種実には真実を確かめる術もなかった。

一夜城だけでなく、その周囲を埋め尽くす大軍勢が彼の心をへし折ったのである。

「何とか一族の命を助けていただけないか」

内々に黒田孝高に問い合わせがあった時、吉成と太郎兵衛もその陣屋にいた。孝高は先陣を切って岩石城の大手を破ったのは吉成だと知っていたが、蒲生氏郷から先陣の功績は我らだとの申し出があったので真偽を確かめるために二人を呼んでいた。

吉成は、先陣の功について何も言わず、太郎兵衛にも余計なことは言わせなかった。ただ、

「蒲生どのには養う者も多いでしょうから。私は殿の兵をお借りして働いたのみだ。我が兵たちの功だけは認めてやって欲しい」

そう孝高に告げた。その言葉を聞いて含むところを悟った孝高は頷く。

「表立っては、蒲生と前田の功とするが、よろしいな」

と念を押す。

「まだまだ先は長いですからな」

孝高は片眉を上げ、そうとは限らん、と言う。

「小三次どのは、関白さまが何故岩石を一日で落とせと仰ったかご存じか」

「もちろん。九州が平らげば東国が残っておりますからな」

満足げに頷いた孝高だったが、太郎兵衛は妙な気分だった。まだ豊前の入り口で一勝を挙げたのみである。だがもう、九州の戦は終わったような話を二人はしている。

「太郎兵衛、これが関白さまの戦いだ。一戦で全てを終わらせる。これほど美しい戦をする方はいない。よく憶えておくがいいよ」

孝高は上機嫌であった。

「さて、秋月からの申し入れをどうするかな」

楽しげに、その書状を吉成に見せた。

確かに、孝高の言った通りになった。

北九州に猛威をふるった秋月種実はわずか数日で降伏し、秀吉が快く許したことも話題となっている。散々な目にあわされた大友宗麟や立花弥七郎の気が済むわけがなかったが、秀吉は二人の膝を抱くようにして宥め、不満を言わせなかった。

秀吉の秋月種実に対する穏健な態度は、島津についた諸将の心を大いに動かした。逆らえば数日で滅ぼされるが、降れば必ず許される。となれば許される方を選ぶのは当然である。

日向や肥後では散発的な戦闘があったものの、秀吉軍は瞬く間に豊後、日向、肥後の諸城を抜いて薩摩へと軍を進めた。島津義久《よしひさ》は本拠地の薩摩で頑強な抵抗を試み、確かにある程度の足止めには成功した。だが、兵力差は圧倒的で敗北は免れない。

秀吉は島津を滅ぼすか、迷っていた。

「追い詰められた島津は厄介だ」

という意見で一致していたが、秀吉の帷幕でも、意見は分かれていた。だが、島津との取次を務めていた石田三成は島津を討ち滅ぼさぬように進言した。島津は信頼するに足ると弁じたのである。

秀吉は一通り意見を聞いたうえで、三成の案を採った。

「ここで島津を滅ぼしてしまえば、確かに九州は静かになるかもしれんが、どれほどの損害が出るかわからん。島津は腹を括れば歯だけになろうと嚙みついてくるぞ。平《ひら》佐《さ》城のような戦いぶりを薩摩全土でやられてはかなわん」

平佐城には桂忠詮《かつらただのり》が籠って最後まで頑強に抵抗し、秀吉を手こずらせた。

秀吉はもちろん、硬軟両面で準備を進めている。根来《ねごろ》攻めの際に仲介の労をとってくれた高僧、木食応其《もくじきおうご》を使者に立て、義久に降伏の打診をしていた。木食応其からは、

「関白さまの慈悲を見て降るかもしれません」

との感触が報じられていた。

島津が求める「慈悲」の内容は、もちろん一族の助命だけでなく、領土の安堵も意味していた。

「図々しい」

と最初は秀吉も怒ったが、

「毛利や長宗我部も我らと激しく遣り合っていましたが、恭順な態度を示せば許すのが殿のやり方ではありませんか」

九州で交渉に当たっていた三成にそう言われて、秀吉も考えを変えた。

「なるほど。義久もそのあたりを見抜いて、したたかに交渉しておるのだろう。こちらの言い分はただ一つだ。反抗を止め、義久が出家すれば、薩摩、大隅《おおすみ》を安堵する。それ以上のことを望むのであれば談判は無用である」

これが秀吉の出した最後の条件であり、島津義久もついには受け入れた。薩摩の各所で抵抗する動きが出たが、義久は自ら説得して回り、双方ほとんど出血することなく、薩摩は平定されたのであった。

秀吉は薩摩の国内を悠々と巡検して力を見せつけた後、国分けを行った。

薩摩、大隅を島津、日向を古処山で降伏した秋月種実、その際に攻城の先鋒を務めた高橋元種、丸目長恵の旧主である相良氏に分け与えた。

それを皮切りに、肥後を佐々成政《さっさなりまさ》、豊後を先だって死去した大友宗麟の子、義統に。小早川隆景に筑前、筑後の二ヵ国を授けた。

黒田孝高に豊前六郡、立花宗茂には筑後柳川《やながわ》、肥前は古くから力のあった大村《おおむら》、竜造寺、松浦《まつうら》の諸氏に分け与えられている。戦で混乱をきたした博多《はかた》の復興は、石田三成らに任された。

そして森吉成には豊前小倉を中心とした二郡、およそ六万石、そして太郎兵衛にも、豊前の一万石が与えられることとなった。

# 九

秋七月になって小倉に入っても、父の馬丁から万石もちの大名になるという大出世の意味が、太郎兵衛には今一つわからなかった。

吉成は秀吉の命に従い、権兵衛《ごんべえ》吉雄《よしかつ》に一万石、犬甘九左衛門を一門に加えて香岳山城を与えるなど足元を固めつつあった。宮田甚之丞は侍大将となり、麗々しい陣羽織を太郎兵衛に見せにきたほどである。吉成は博多から師を招いて茶の湯を始めた。

「お嫌いなのかと思っていました」

太郎兵衛がからかうと、

「付き合う相手の間に流行《はや》っているからな。それに殿のお許しも得た」

苦々しい顔つきながら、見事な手つきで点前《てまえ》をこなしてみせた。

「あとは碁と将棋だな。お前には茶の湯はまだ早いが、盤上では一人前にふるまえるようにしておけ」

と命じた。だが吉成は、茶の湯も碁もする暇がない。秀吉は反抗的だった国衆たちの領地を没収し、吉成に与えた以外は蔵入地《くらいりち》として直轄地にした。検地の備えを行い、そこからもたらされる米などの産品を大坂に送るのも、吉成の仕事である。

だが、いずれも太郎兵衛にはまだ難しすぎる仕事ではある。まさか父親の馬の世話を続けるわけにもいかず、手持無沙汰であった。

「どうすればいいの」

一番身近な城主の跡取り経験者といえば、近侍に加わってくれた利光統久である。

「普段通りにしておけばいいんじゃないか」

太郎兵衛の戸惑いを楽しむかのような顔つきで統久は答えた。

「一万石を与えられた、とはいっても実際は小三次さまが政を行うんだから、あまり気負う必要はないよ」

「そ、そうかな」

秣と馬糞のしみついた馬丁の服は、もはや捨てられている。代わりに着せられたのは、紺地の小袖である。肌触りからしてまるで違い、くすぐったいほどだ。

「でも太郎兵衛はこれから大変だよ」

統久は気の毒そうに言った。

「俺たちは太郎兵衛と小三次さまが豊前でどれほどの働きを見せたか知ってる。でも、多くの国衆や土豪たちは、無名の武者がいきなり万石の大身となって、豊前の、いや九州の要を治めるようになったことに驚いているはずだ。注目を浴びるよ」

人目を気にして暮らすべきだ、と統久は説いた。

「俺も一応城の跡取りだろ？　だから馬鹿にされないように励んだものだよ。鉄砲がこれからくるだろうと思ったから、懸命に鍛えたもんさ」

確かに統久の射撃は誰もが認める腕前である。

「武芸だけがあればいいってもんじゃない。太郎兵衛の印地打ちは大したもんだけど、それよりも四国勢退き陣の時に軍を率いたとか、土佐侍従さまに刀を授けられたとか、そういう経歴の方がものを言うから、言いふらすといい」

「やだよそんなこと」

太郎兵衛は顔をしかめた。自慢するようなことではない。

「だったら、俺たちが言いふらす」

「止めてくれ」

「悪い事じゃない。豊前の国衆たちは、関白さまから送り込まれた森小三次親子がどんな人間か知りたがってるんだ。どうせなら良く知ってもらう方がいい。妙な噂が流れて国が乱れたら、それこそ厄介だ」

ただし、

「これから一気に金回りがよくなるけど、身を持ち崩すなよ」

と統久は付け加えた。

最初は意味がわからなかったが、すぐに理解した。小倉城の前には商人たちが市を成すようになり、周辺から集まる物資や人でごった返すようになった。城には秀吉からの使者や、蔵入地の検地に出張ってきた役人たち、港に入ってきた明国《みんこく》の商船長や、はては南蛮人《なんばんじん》までもが出入りし、吉成はその応対で茶を飲む暇もない。

それに加えて、あらたな大名のもとで一旗揚げようと牢人たちまで集まってくるのだから、喧騒はとどまるところを知らなかった。

しばらくして吉成は、

「街が騒がしい。お前は先頭に立って騒動が起きないよう見て回れ」

と太郎兵衛に命じた。

馬に乗り、小倉の街をゆく少年武将を、人々は眩しげに見上げていた。そんな視線がくすぐったくて仕方がない。新しい町は血の気の多い男たちを呼びよせ、喧嘩騒ぎも後を絶たない。だが、太郎兵衛の姿を見ただけで、多くがこそこそと逃げ出す。

店をかけている者は口々に寄って行けと誘い、茶なり菓子なりをご馳走してくれる。中には金や銀をこっそり袖の下から渡そうとする者もいた。

「受け取っちゃだめだ」

あまりの心地よさにぼうっとしていた太郎兵衛の背中を、統久は叩く。

「くれるって言ってるのに」

「何故くれるんだ。小倉城主の跡取りになるはずのお前がそれを受け取れば、渡した方は当然のように見返りを要求する。一つ賄賂《わいろ》を受け取って応えてしまえば、あの若君は袖の下で動くという評判がたつぞ。よその地から来た者への目は厳しいんだ」

そうだった、と太郎兵衛は慌てて金を返した。袖の下を贈ろうとした商人は苦々しい顔で統久を睨みつけるが、

「太郎兵衛さまを賄賂でたぶらかそうなど、無礼千万。殿は公平無私、関白さまの命によって小倉をお治めなされ、偏りなく政を行われる。勘違いするな」

と一喝した。

その一喝は自分に向けられたものだ、と太郎兵衛は背筋を伸ばしたが、気分がいいことには変わりなかった。

# 第六章　国持ち

一

九州を屈服させた秀吉《ひでよし》は、既に先を見ていた。

小早川隆景《こばやかわたかかげ》に筑前《ちくぜん》、筑後《ちくご》など三十七万石、立花宗茂《たちばなむねしげ》に筑後柳川《ちくごやながわ》を中心とした十三万石、森吉成《もりよしなり》、太郎兵衛《たろべえ》に豊前小倉《ぶぜんこくら》周辺合わせて七万石、黒田孝高《くろだよしたか》に豊前中津《ぶぜんなかつ》など十二万石を与えた。

九州の出入り口を固める一方で、薩摩《さつま》は島津義久《しまづよしひさ》、大隅《おおすみ》は島津義弘《よしひろ》を安堵し、そのすぐ北に位置する肥後《ひご》には、古豪である佐々成政《さっさなりまさ》を送り込んで支配の強化を進める方針を示した。

懸案の東方に対しても秀吉は抜かりなく手を打っている。島津攻めの前に家康《いえやす》を伏見《ふしみ》に招き、彼が応じるという形で天下に関係の改善を喧伝できた。だが、東海から東の関東には北条《ほうじょう》、そして東北には伊達《だて》と、秀吉に服従を誓わない大勢力がまだ存在した。

戦いを進める経済的な基盤は、領土である。秀吉は直轄領である蔵入地《くらいりち》を西日本を中心に広くおき、その石高は二百万石に近づく勢いであった。

九州でも敵対した国衆たちの領土を没収し、さらに味方した者たちにも国替えを命じたり、秀吉が派遣した武将の直接の家臣、給人《きゅうじん》になるよう奨めている。そうして得た蔵入地の管理も、九州に派遣された武将たちの使命であった。

豊前小倉は長州《ちょうしゅう》下関《しものせき》から関門《かんもん》海峡を越えて間もなくのところにある、九州の玄関にあたり、まさに要地中の要地であった。北に九州と本土を隔てる海、東に妙見山《みょうけん》、西に石峰山《いしみね》、南西から南方にかけても山並みが続いて天然の要塞ともなっている。

九州での論功の席で、秀吉は吉成の働きを激賞した。四国勢を導いて最後まで九州に残り、先鋒を務めては岩石城《がんじゃく》の攻略に力を尽くし、肥後表でも先頭に立ち続けた功は、数万石に値すると言って、小倉を与えたのである。

多くの人士が新たに麾下に加わり、自ら売り込んできたり、つてを頼ってくる多くの男たちの中に、太郎兵衛はなじみのある顔を見つけた。

「丸目《まるめ》先生！」

もしかして、陣営に加わってくれるのかと思ったが、そうではないらしい。

「そうがっかりするな。人に仕えるのも使うのも当分やめておくつもりだが、よき主君に仕えたいという者のためには道を開いてやりたい」

そう言って、一人の若者を太郎兵衛に引き合わせた。

「大内の流れをくんだ家の出でな」

「杉五郎兵衛《すぎごろべえ》と申します」

若者は刃のように細い眼を伏せ、朗々とした声で名乗った。

「五郎兵衛は剣の腕にすぐれ、戦場度胸も俺のめがねにかなっている。何より、お前との相性がいいと思ってな。君臣は水魚だ。この大魚、太郎兵衛という水にきっと合うことだろう」

吉成も一目見て杉五郎兵衛を気に入り、彼は太郎兵衛に付けられることになった。

吉成は甚之丞、五郎兵衛を従えた太郎兵衛を、政《まつりごと》の相談相手として扱うようになっていた。

「殿は見ていないようで、見逃すことがない」

岩石城での功第一は、蒲生氏郷《がもううじさと》ということになっていた。秀吉もそう公言していたし、吉成も不平を態度に出していない。

だが、吉成のこれまでの働きを知る者たちは、一躍六万石を得たことを我がことのように喜んだ。真っ先に訪れたのは、黒田孝高で、

「どうだ。あなたの働きはもっと大きいのだが、見えない功績を誉めたたえることは難しくてね」

まるで己が口を利《き》いたおかげとでも言わんばかりの得意顔を見せた。吉成は素直に礼を述べる。一方で、さらに無邪気に喜んでくれたのは後藤又兵衛《ごとうまたべえ》であった。

「もう軽々しく太郎兵衛なんて呼べないな。関白さまから直々に一万石をもらうとは、なんて果報者なんだ」

又兵衛は仙石秀久《せんごくひでひさ》の失脚と共に、黒田家に帰ってきていた。

黒田家も城井《きい》氏ら国衆が治めていた豊前六郡十二万石を与えられて日の出の勢いである。秀吉は自らの手で育て上げた諸将を積極的に登用するようになった。加藤清正《かとうきよまさ》、福島正則《ふくしままさのり》、石田三成《いしだみつなり》、小西行長《こにしゆきなが》、大谷吉継《おおたによしつぐ》など秀吉の小姓《こしょう》上がりが秀吉の名代《みょうだい》となって諸大名の拝跪《はいき》を受けたり、大軍勢を率いるようになっていた。吉成親子が一足飛びに見えるほどの出世を果たしたのも、その流れの一環であった。

「六万石、か」

と吉成は呟く。

「殿もいきなり大きな荷を背負わせるものだ」

首を左右に倒して音を鳴らした父の横顔は、これまでになく疲れていた。

「大きな荷？」

「郎党百人ほどの黄母衣衆《きほろしゅう》がいきなり親子合わせて七万石の城主だ。殿から預けられた蔵入地も含めれば十万石を超える。それだけではない。ここ小倉に俺を置いた理由は、九州全体に目を配れということだ」

「誇らしいことです」

大名となることが決まった後の森家の喜びようは尋常ではなく、祝いの宴が開かれた。吉雄《よしかつ》、吉隆《よしたか》の兄弟も盛大に飲み、笑い、一族となった九左衛門《きゅうざえもん》はいつもの謹厳な顔を崩して酔いつぶれ、三人共に城の濠に落ちたほどである。

「誇らしい？」

吉成は無精ひげをばりばりと掻いた。

「畿内や東海は総見院《そうけんいん》さまや殿のおかげで随分と治めやすくなった。だが九州は無数の国衆がいて、その相手もせねばならん」

吉成が頭を痛めているのは、国中に散在する国衆たちである。

秀吉が目指しているのは、安定した貢租の徴収であり、領国化である。一方で、服属を誓った国衆には本領安堵の朱印状も多く出している。安堵を約束されれば、これまでと変わらず、領主として振舞えると思うのはある意味自然だ。

その両者の思惑《おもわく》のずれが軋轢《あつれき》の種となるのは、吉成にもよくわかっていた。

「検地をどう納得させるか……。名案はあるか？」

吉成が太郎兵衛に訊ねるほどだから、いい案は出ていないようだ。

「我らはこのあたりに馴染《なじ》みがないしな。馴染みがなければ、中々素直に言うことを聞いてはくれん。お前もこのあたりの娘を娶って、地の者の心をほぐしていかねばならん。おい、嫁をもらうのは嫌か」

太郎兵衛はいきなりのことで言葉が出てこなかった。

二

国衆としては、従属はするが臣従はしないというのが本音である。秀吉から本領を安堵されている以上、協力して兵を出し、役務も果たすが、その家臣になった覚えはないのである。

それはもちろん、吉成と太郎兵衛が配された豊前小倉でも状況は同じだった。名が必要だ、と吉成は考えた。

「これから小三次《こさんじ》は毛利《もうり》を名乗れ」

と秀吉が言い渡した時は、さすがの吉成も仰天した。

「森は毛利と似ているからな」

吉成は、豊前の国衆を家臣へと組み込むにあたって、秀吉と慎重に策を練っていた。新しい主と政への激しい拒絶が、九州の国衆たちにはあると彼は見ていた。だから、

「馴染みと重みのある姓をいただきたいのですが」

と吉成が秀吉に願い出てはいた。すると即座にそう答えが返ってきたのだ。

「豊前を島津から救ったのは毛利だ」

　秀吉の言葉に吉成は大いに感服した。

「しかし安芸中納言《あきちゅうなごん》は私のような無名の人間に、姓を貸し与えてくれるものでしょうか」

「小三次よ、お前は己の名を小さく見過ぎている。先だって毛利の家中の供応をさせただろ。中国の雄から不平は出なかったぞ」

　こうして話している間にも、何人もの小姓が出入りしては使者の口上や報告を上げてくる。それにすぐさま答えを与えながら、吉成に対しているのである。

「小さく、ですか……」

　そうは言われても、実際にこれまでほとんど無名だったのである。

「わしの名代として長く働いていたのだから、小倉の城主になってもそれは変わらぬ。お前はわしの代わりとして振舞い、己の言葉をわしの言葉と思って人々に対せばよい」

　傲慢に聞こえる言葉だが、そうではないことを吉成は誰よりも理解していた。秀吉は気遣いの人である。敵であろうと味方であろうと、相対する者が何を求めているかを瞬時に理解する。信長のような主君に尽くした秀吉ならではの技量であった。

「豊前の衆がもっとも敬愛しているのは、島津と勇敢に戦った者だよ。毛利にはわしからよく頼んでおくが、小三次は太郎兵衛を連れて挨拶に行け。あと、息子には竜造《りゅうぞう》寺《じ》の娘を嫁がせるがいい」

そう指示した。竜造寺は武名を馳せた隆信《たかのぶ》が戦死を遂げてから、家運は衰える一方であった。かつて九州北部を席巻した勢いは消え果て、今では家老の鍋島直茂《なべしまなおしげ》に権力を握られていた。

「小倉七万石、九州探題《たんだい》としてわしに信任されている小三次と姻戚になるのは、竜造寺家にとっても悪いことではあるまい」

吉成は黙って頭を下げた。秀吉の許しも出たなら何も言うことはない。

ともかく、吉成は太郎兵衛を伴って吉田郡山《よしだこおりやま》の毛利輝元《てるもと》のもとへと向かった。

吉成は道中でも毛利家の使僧である安国寺恵瓊《あんこくじえけい》と頻繁に書状を取り交わし、手順を詰めていく。恵瓊は、

「何か取っ掛かりがあると話が進めやすいのですがな」

と言ってきたが、吉成が大江《おおえ》氏の末裔《まつえい》と称していると返事をすると大いに喜んだ。毛利氏も大江氏の裔《すえ》であったからである。その後は、万事障《さわ》りのないように、輝元と話を進めてくれていた。しかし、問題が一つ起こった。

「又二郎《またじろう》どのが反対しているのか……」

又二郎とは吉川広家《きっかわひろいえ》のことである。周防《すおう》と安芸の境まで来た辺りで受け取った手紙

を見て、吉成は顔をしかめた。九州征伐において、吉川家は当主の元春、嫡男の元長が陣没したために、三男の広家が跡を継いでいる。

「不都合があるのですか」

「どうにも、御坊《ごぼう》と仲が悪いようだ」

広家は毛利家を支える両川《りようせん》、小早川《こばやかわ》、吉川の一翼を担う武将として重きをなしている。毛利家当主の輝元は従兄にあたる。月山富田《がっさんとだ》城を拠点に十六万石を領している彼は、安国寺恵瓊のような坊主に政を牛耳られているのが面白くない。

「恵瓊師が賛成することには反対したくなるらしい」

「子供のようです」

太郎兵衛は思わずそう評した。

「子供でも力を持てば無視するわけにはいかん。ただ、子供には子供の対し方がある」

吉成は考えた末に、恵瓊に一通の手紙を送った。内容は、吉田郡山を訪れる前に、秘かに月山富田城に広家を訪ねる、というものであった。

「順序が逆では……」

「一人前の男なら道理を尽くせば納得する。安芸中納言も恵瓊師もそうであろう。だが、幼い者は道理よりも目の前の喜びを大事にするものだ。我らがまず挨拶に来たとなれば、満足する」

　という吉成の言葉は見事に的中した。

「ひそかに、ということであれば大したおもてなしもできないが」

　広家は厳《いか》めしい顔に嬉しさを隠しきれない様子で二人を出迎えた。

「まずはこちらに挨拶に出向かれるとは、毛利の家中のことをよくご存じだ。さすがは黄母衣衆にその人ありと言われた毛利小三次どのである。いや、まだ森どのであったな」

　そう誉めたたえた後に、

「恵瓊師はさぞやお怒りではないか」

　と上目遣いに訊ねた。

「いずれ郡山に着くのであるから、道中どこに立ち寄ろうと気にしないと」

「そうか、そうか。あの渋面が目の前に浮かぶようであるな」

　愉快そうに広家は哄笑した。興が乗ってきた広家が、一軍を出して護衛をつけるというのを何とか断って、吉成たちは静かに郡山に入った。

「何度見ても手強そうな城だな」

　と吉成が呟くほどの堅固な城である。江《ごう》の川《かわ》と多治比《たじひ》川の合流点を天然の掘割とし、独立峰一つを二百を超える曲輪で守った一大城塞だ。

「これが中国の覇者の城……」

太郎兵衛も百万石を超える力を大坂《おおさか》以外で初めて目にし、大いに驚いた。

「この力を我々が自由に使えるとなれば、天下も安らかになろうものだ」

先に広家を訪ねたことに対して、輝元も恵瓊も何も言わない。丁重に挨拶をし、姓を使わせてほしいと願った。

もちろん、吉成と輝元たちは初対面ではない。吉成は輝元たちを大坂の屋敷に迎え、能を馳走したこともある。

「あの時の父子鼓《おやこつづみ》。心に残っておる」

輝元は目を細めた。

「関白さま入魂の仰せであり、数ある名家の中から我らを選んでくれたのは喜ばしいことである」

遅れてやってきた広家も含め、反対する者はいなかった。

「小三次のような勇者がわが一門に加わってくれて、我らも誇りに思う」

その輝元の言葉は吉成を感激させた。

いきなり姓を貸せと言われて、愉快なはずはないのだ。だが輝元も一門衆も、吉成に対して決して嫌な顔を見せなかった。中国の覇者の度量を見せつけられた思いで、吉成は丁重に礼を述べる。

「もし安芸中納言さまに事あれば、我ら一族命を賭して駆けつけまする」

との言葉に、輝元は鷹揚に頷いた。

「毛利の名はめでたくいただけた。次は実だ」

吉成が太郎兵衛にまずやらせたのは、新しき小倉城の縄張りであった。

城は羽柴秀長によって修築が始められていたが、まだ緒についたばかりであった。

吉成ははじめからやり直すつもりである。

「そんなのやったことないですよ」

慌てて太郎兵衛は手を振る。これまでとは違う、肌触りのいい絹の小袖にもやっと慣れてきたばかりだ。麻の粗末な服はもう着るな、と父に命じられている。そんな自分が城の縄張りである。

「やったことのないのは知っている。俺だって初めて持つ城だ。だがやれ。お前はもうあちこちで城を見てきただろう。長浜《ながはま》、姫路《ひめじ》、大坂《おおさか》、土佐《とさ》、豊前の鶴賀《つるが》、筑前の岩《いわ》屋《や》、立花と見聞は広まっているはずだ」

父は命じるだけ命じると、小倉を出ていった。九州のことで秀吉と協議せねばならないことは山ほどあるという。

一方の太郎兵衛は城の縄張りをせよと言われて途方にくれた。留守を任されている叔父の次郎九郎吉隆と家老の犬甘九左衛門に泣きついてみるが。

「お前に城の縄張りをしろと兄上は言ったのか」

吉隆も首を傾げた。

「それならまだ嫁を取る方が気楽だろう」

と言ったので太郎兵衛はどきりとした。

「顔が赤いですな」

九左衛門が静かに言ったので、太郎兵衛はかっと顔に血が上るのを止められなくなった。だが吉隆は嫁の話題を出したことを忘れたようにしばらく難しい顔をして考え込み、はたと手を打った。

「命じられたからにはやって見せねばならん。だが、一人でやれとも言われていないはずだ。城のことに詳しい者に訊けばいいではないか。誰か心当たりはないか」

そう言われて太郎兵衛も考え込む。

「父上は長浜から始まって、大坂や鶴賀や立花の名前を出していたけど……」

「小倉は言うなれば、関白さまの出城だ。九州の諸将にその強さを見せつけるものでなければならない。だから大坂みたいな城がいいのではないか」

吉隆はそう言ったが、

「いや、城を守るには山城《やまじろ》が有利だ。立花や岩屋の奮戦ぶりから見ても、山に拠るのがいいと思う」

九左衛門はそう言って反対した。

小倉は周囲を海、山、川と囲まれているが城自体の守りは堅くない。半日考えても結論が出なかった太郎兵衛は、叔父の吉隆と宮田《みやた》甚之丞《じんのじよう》に帯同を頼み、豊前中津《なかつ》へと向かった。

「城とは胸が躍りますな」

最近豪傑ひげをたくわえ始めた宮田甚之丞が楽しげに言った。

「あくまで関白さまにお預かりしたものであることを忘れてはならぬ」

と吉隆がたしなめる。そう叱りつつも嬉しそうではある。

中津は黒田孝高が本拠としているところで、瀬戸内の海岸線に沿って馬を走らせれば半日ほどで着く。中津へ至ると、こちらもちょうど城を築いている真っ最中であった。まだ塀や矢倉は完成していなかったが、その縄張りはわかる。

中津川を背にして本丸があり、その左右を守るように二の丸と三の丸が南北に設けられている。ちょうど広げられた扇のように、攻め手を防ぐ構造となっていた。

「その地にあった城というのがある」

孝高は忙しい手を止めて、城の隅々まで案内してくれた。

「ここ中津は水が豊かに使える。川は天然の要害であるし、本丸と二の丸、三の丸の間に濠を巡らしておき、矢倉に銃卒を置いておけば敵は本丸に至るまでに全て討ち取ることができるだろう」

自らの縄張りに絶対の自信を持っている、という顔である。だが、小倉のことは知らん、とにべもない答えである。

「城はその地を任された者の器量で造る。城を見れば、戦わずして将の力がわかるというものだ。大坂を見よ。関白さまのお人柄が明らかにわかるだろう」

壮大にして周到、そしてきらびやかな秀吉の性分そのままの城といえた。

「小倉は太郎兵衛とその父で造る城なのだから、お前たち自身を城にすればいいのだ」

そう助言した。

「俺たちを城にする……」

「何のために小倉に来て、何を為すかを考えれば、自ずと形は見えてくるはずだ」

「父上は関白さまの名代として小倉にいて、九州で戦が起こらないようにしたいと言ってました」

「だったら、まず諸将にその気を起こさせないような造りにすべきだな」

小姓に帳面を持ってこさせた孝高は、小倉の地形をざっと描いた。筆に慣れている彼らしい、流麗な筆致である。たちまちのうちに小倉の山河が再現されていく様を見て、太郎兵衛たちは感嘆した。

「こんなことで感心されては困る」

と言いつつ孝高はまんざらでもなさそうである。続けて、小倉の城に小さな丸を描いた。城の本丸がある位置にほぼ違わない。

「よく憶えていますね」

「わしは中国勢の仕切りをしながら九州に上陸したんだぞ。小倉は路地の隅々まで頭の中にある」

筆尻で己の頭を指した後、筆先を太郎兵衛に向けた。

「さあ、どう縄張りする。できるかできないかは別だ。太郎兵衛が思う通りに言ってみよ」

父と合わせて七万石の城といっても、どの程度の大きさにすればいいのかわからない。だが、戦となれば百姓たちが右往左往しているのが印象に残っていた。府内では島津が攻め込んでからひどい略奪にあった家々も目にしている。

「攻められた時に、皆が城に籠ることができたらいいです」

「となると、諸籠《もろごも》りか。小倉は大きな町だから、そうとう大きな構えを作らねばならんぞ」

「町ごと囲ってしまうのは？」

筆を止めて驚いた孝高だったが、

「確かに、大坂は町の半ばを囲っているな」

そう言いつつ本丸を中心に大きな円を描いた。だが、ただ円を描いているようで、川や地形などを考えて微妙に形を整えてある。

「となると、やはり水を上手く使った方がよかろう。曲輪を一から盛り上げていくのは人手も時間もかかる」

小倉城の西に流れる紫川《むらさきがわ》から三本の線を引いて見せる。

「こんな感じでどうだ。中津の城と大きさを揃えてみた」

だが太郎兵衛はもっと大きくとせがむ。孝高が何度か描き直したものを見て、太郎兵衛はようやく頷いた。初めの絵からは随分と大きくなり、紫川と市街の西に流れる板櫃《いたびつ》川に至るまでのほぼ全ての地が濠によって囲われた形となった。

「随分と大きくなったな」

孝高は絵図面を持ち上げると、向きを変えたりして何度も何かを確かめていた。

「本当にこれだけの城が築けるかどうかは小三次どのの采配だから置くとして、わしならここに櫓を置いて、狭間はこうやって……」

と孝高の方が城の指図に夢中になり始める。太郎兵衛も横からあれこれ口を挟んでいるうちに、城の見取り図は何枚も床に散らばっていた。外を見れば、日が暮れようとしている。

「輿に乗っているうちに一日を無駄に使ってしまった……こともないな。小倉城の縄張りを手助けしたというのは、十分に務めを果たしたと言えるな、うむ」

誰に言い訳をしているのか、そう口にした孝高は、今日は泊って行くように言った。

「城もまだ造りかけゆえ、城下の寺を宿にしてくれ。おおい、又兵衛」

孝高は後藤又兵衛を呼ぶ。どすどすと廊下を踏み鳴らして、熊のような大男が現れた。

「太郎兵衛、殿について城造りを学ぶとは殊勝《しゅしょう》だな。殿の縄張りは大したもんだぞ」

「城の良し悪しもわからん男が偉そうなことを言うでない。ともかく、太郎兵衛たちを格林寺《かくりんじ》に連れて行ってやってくれ。あそこなら部屋が空いているだろう」

と城下の寺に案内させた。

「法華《ほっけ》の寺だよ。あそこの坊さんはもともと侍だったらしいが、仏門に入って今は辻説法三昧だ。小僧もあまりいないようだから荒れているかもしれんが」

荒れていようが、屋根のあるところで眠れるだけありがたい。太郎兵衛は小倉に来てからの出来事を楽しく話しつつ、中津の城から数町離れたところにある寺に向かった。

だが、薄暗い黄昏時だというのに、寺の前で人だかりができている。

「なんだなんだ、喧嘩か」

又兵衛が嬉しそうに身を乗り出そうとするのを止めながら太郎兵衛が様子をうかがうと、やけに背の高い侍と僧侶が激しく言い争いをしている。

「あれ、明石《あかし》のおっさんじゃないか」

「明石のおっさん……、ああ切支丹《きりしたん》の人だ」

太郎兵衛も一度だけ、京の今井《いまい》邸で伴天連《ばてれん》の神を称える調子はずれな歌を耳にしたことを思い出した。十字架を手に口から泡を飛ばしているのは、明石全登《たけのり》であった。

三

又兵衛はしばらく口論を面白そうに見ていたが、

「何を言っておるのかよくわからん」

とすぐに飽きた。人ごみをかきわけて二人の間に入ると、

「宇喜多のご家老がこんなところで争論とは、お戯れが過ぎますよ」

僧侶を庇うように又兵衛が立った。巨体の二人が向かい合うだけで、やじ馬たちはどよめいた。

「又兵衛か。この坊主、辻に立って邪教を声高に触れまわっておるものだから、我慢できずに争論を持ちかけたら逃げおってな。寺から引きずり出してやり合っておったところだ」

そこから延々と伴天連の教義を説き出したが、又兵衛は耳に指を突っ込んでやり過ごした。

「どれほどありがたい教えかは知らんが、格林寺は客人の宿に使うのだ。そこに立たれていては中に入れぬ」

又兵衛の言葉に、全登はこれは失礼と道をあける。そして太郎兵衛の顔を見ると、ぱっと表情を輝かせて、

「森どののご子息か。九州では父子でいたくお働きになったそうだな。小倉七万石へのご出世、祝 着至極《しゅうちゃくしごく》であります」

と大声で祝いを述べた。太郎兵衛はやじ馬たちの前で大仰に誉められて恥ずかしいやら照れ臭いやらで、思わず顔を伏せてしまった。

「しかも祝言《しゅうげん》間近だそうだな。重ねてお祝い申し上げる」

そう全登が言ったものだから、今度は弾かれたように顔を上げた。

「祝言？　誰のですか」

「知らなかったのか？　太郎兵衛のだよ」

「これはしまった。まだ内密にしておかねばならなかったか」

全登は河童の頭のようなてっぺんを叩いて困った表情を浮かべて見せたが、又兵衛にここまで言ったら全て教えろと迫られ、白状した。

「竜造寺の娘ですか……。島津にやられて、今や肥前《ひぜん》の七郡を領するだけになってしまいましたが、確かに九州中に聞こえた名家ではありますな」

と又兵衛は鬚をしごいて感心した。

この当時は親が決めた相手と結婚することはごく自然なことであり、年若くして妻を娶ることもおかしなことではない。又兵衛もなるほどと頷いている。

「どうした太郎兵衛、具合でも悪いのか」

又兵衛が心配そうに顔を覗きこむ。

「いえ……」

吉成は確かに妻を娶ってはどうかと口にはしていたが、本決まりになっているとは太郎兵衛も思っていなかった。あの娘なのか、ということだけが気になっていた。

「私が祝言だなんだと言ったばかりに、驚かせてしまったな。このような大事は一家の主である小三次どのから直接申し渡されるべきところを、横からなし崩しに教えるようなことになってしまい、まことに申し訳なかった」

「誰と？」

全登は丁重に詫びた。宇喜多家家老に頭を下げられては太郎兵衛も何も言えない。

「だがな太郎兵衛、竜造寺と縁を結ぶことは決して悪いことではない」

謝罪のつもりなのか、今度はその婚姻の意味を滔々と話しだした。

「国衆どものこととも繋がるのだが、九州はやはり彼らの力が強い。かつて信長公が明智光秀《あけちみつひで》や丹羽長秀《にわながひで》などの諸将に九州由来の姓を名乗らせたのも、彼らに気を遣ってのことだった」

太古の昔から、たとえ中央の権力であっても本土の強権で支配されることを嫌うのが、九州諸侯の特徴だった。島津は乱暴ではあったが、それでも「九州の流儀」をよくわかっていると全登は言う。

「彼らが守りたいものは、実に明快だ。土地と一族だよ」

「それなら我らも同じではないですか」

又兵衛が口を挟む。

「一所に命を懸けて戦うのが侍です」

「その通りだ。官兵衛どのは播州《ばんしゅう》から豊前中津に移されてきたし、四国や中国にも美濃《みの》や畿内から移って来た者も多い。そこで与えられた地を守るという天下さまの指図に従うことに慣れている。だが、九州で代々一所を守ってきた者たちは、他所に行くというあたりが理解できない」

「言われてみればそうですな……。だから力のあるこちらの方が辞を低くしてわかってやらなきゃいけないってことですか。図々しいにも程がある」

又兵衛は不愉快そうだが、全登はそれは違うとたしなめた。

「関白さまがお前や官兵衛どのを播州の田舎者と蔑み、兵を送ってきたらどうする」

「それは、死力を尽くして戦ったでしょうな」

「住む地や習わしは違えど、武者である以上己を蔑む者に牙を剝くのは同じだ。毛利が関白さまとあれだけ激しく遣り合ったのに結局は従っているのも、大友《おおとも》どのが最後まで救援を信じ続けて戦ったのも、そこだ。だから九州でも、中国、四国勢に任せず直接手をかけて欲しかった」

だが、秀吉は多忙だった。

「もう御年五十三になる」

既に、主君信長が世を去った年齢を超えた。

「どうも私には、関白さまが焦っておられるように見えるな」

「焦り？　あれほど悠然とした戦をされるお方がですか」

「関白さまの恐ろしさは、あの余裕だ。何があっても、もう一段、二段の構えがあると思わせることだ」

中国攻めの際に本能寺《ほんのうじ》の一件を知った時も、毛利方との交渉では一切そのようなそぶりを見せなかった。清水宗治《しみずむねはる》の切腹を検分した時は涙ぐみさえしてのけたのである。それを見た小早川隆景《たかかげ》は、京都での一件を知った後も追撃をかけることを躊躇した。

「明智どのも余りの速さと手回しのよさに、己の手が全て封じられている恐怖の中で冷静さを失った。柴田《しばた》どのもそうだった。駿府《すんぷ》の大将ですらも、戦場では決して敗れていなかったのに、このまま長い戦に引きずり込まれては不利だと思うほどのゆとりが関白さまにはある」

だが、天下に敵なしの秀吉にも恐ろしいものが一つある。

「それは時の流れだ。九州でも自ら薩摩に入ってゆったりと回られて行ったように思えるが、後の始末は諸将に任せたきりで東国《とうごく》のことに取りかかってしまった。東でも周到に事を進めておられるが、頭の中は唐入《からい》りで占められているように思える。そのようなことでは、必ず過ちが出る」

秀吉は、天正十五年に九州の仕置きを一段落させた後、関東一円を勢力下におく北条氏の対応に追われていた。何とか軍を出すことなく屈服させようと手を尽くしていたが、関東に覇を唱える北条氏側もなかなか従おうとしない。

秀吉の目が東を向いている間に乱が起きるのではという危惧《きぐ》を抱いて、全登は中津へやって来たのである。

「小三次どのは関白さまをよくご存じだ。どうすれば良いか、要点をよく摑んでおられるはず。太郎兵衛に竜造寺の娘をもらい、毛利の姓を頂戴したこともその一環だろう。だが官兵衛どのがあれほど短兵急な方だとは思わなかった。これでは禍根を残すぞ」

　矛先が主に向いて、又兵衛はくちびるをへの字に曲げた。

「殿の悪口を言うのは止めていただきたい」

「悪口ではない。国を誤らぬよう、力を貸して欲しかったのだ。九州の国衆たちを納得させるのに時間をかけなければ必ず暴発するというのに、官兵衛どのは従わぬ者たちは根こそぎにすると言う」

　吉成と官兵衛の方針は随分と違うようであった。

「ああ、関白様を含め、全ての大名がでうすに帰依《きえ》すればこのような憂いもなくなるものを。でうすの前では皆が等しく、どの地、どの立場にいても胸襟を開いてわかりあえるものを」

　全登は大仰に天を仰いだ。

## 四

太郎兵衛の嫁取りには、甚之丞が奔走した。

肥前の村中《むらなか》城は、太郎兵衛の暮らす小倉から五日ほどの距離にある。有明海《ありあけかい》に面した平城《ひらじろ》で、城を高く盛り上げるのではなく、周囲に土塁を築き、樹木を植えて城の姿を隠すという一風変わった姿をしていた。

竜造寺氏の居城であったが、今や鍋島直茂が本丸の主として振舞っている。太郎兵衛が向かったのは、城の二の丸である。竜造寺一族は本丸ではなく、そこで暮らすことを余儀《よぎ》なくされていた。肥前七郡三十二万石を任されているというのに、どこか暗い空気が漂っている。

「おあんを貰ってくれるのか。それはもの好きがいたものだな。ははは。わしは一向に構わんよ。どうせ肥前も鍋島のものになるのだ。家臣に言うことも聞かせられぬわしが、太閤さまの命に逆らえるわけがなかろう。持って行け」

体が弱いのか、青白くむくんだ顔をした当主の政家が力なく言ったので甚之丞は不安に思ったが、おあんは線が細いものの良家の子女らしい品の良さと静けさを湛えた少女であった。

「良きお方に存じます」

甚之丞が復命すると、吉成はすぐさま婚儀の段取りを整えさせた。太郎兵衛が妻になる娘の顔をその日まで知らないままであったが、それ自体は珍しいことではない。

ただ、妻を娶ることに緊張はしていた。

「どうすればいいの」

太郎兵衛は数年前に結婚した甚之丞に訊ねる。

「まずは飢えぬよう、ゆとりがあれば共にいる時を持つようにしておれば諍いも少ないですよ」

「共にいる時は何をするのだ」

「それは、ええと……したいことをすればよろしいのです」

甚之丞は詳しく教えなかった。

「夫婦とはそういうものです」


天正十五年八月吉日、太郎兵衛とおあんの婚礼が執り行われた。十歳と十二歳の、まだあどけなさの残る二人の婚儀だ。

豊前小倉から肥前村中まで、吉成の弟、権兵衛や次郎九郎《じろうくろう》、九左衛門ら一族、そして宮田甚之丞、杉五郎兵衛ら太郎兵衛の側近衆が迎えの使者として赴いた。

そして肥前からおあんを乗せた輿《こし》を守るのは鍋島直茂の軍勢であった。

一行が小倉に着いたのは黄昏時で、そのまま婚儀は始まった。

柔かな秋風が微かに吹く小倉城の大手門前で、鍋島直茂が朗々と挨拶を述べ、吉成はやや緊張した面持ちでそれに応える。太郎兵衛とおあんの新居となる城の二の丸に花嫁道具が運び込まれ、そのまま宴となった。

小倉には吉成父子にゆかりのある武将たちが招かれている。

黒田官兵衛と後藤又兵衛はもちろんのこと、柳川からは立花宗茂、毛利輝元の名代として安国寺恵瓊がやってきている。相良《さがら》家からは丸目《まるめ》長恵《ながよし》も訪れ、楽しげに諸将と言葉を交わしている。九州の国分けと検地の指揮を執っていた石田三成も秀吉の名代としてかけつけた。

他にも、秋月《あきづき》や大友といった北九州の名家から次々に祝いの品が届けられ、宴は盛大なものとなった。

おあんは切れ長の目を大きく見開いて、男たちが笑いさざめく様子を見ていた。

「怖い？」

「いえ、私は竜造寺の娘ですよ」

美しい横顔だ、と太郎兵衛は見惚れていると、

「そこな色男！　花嫁の麗しき顔を己がものとした嬉しさに、客人をないがしろにするか」

と声をかけられた。色男には好色な男、という意味もある。はっとして向き直る。どのような豪の者が相手でも、堂々と返さねば恥となる。だが太郎兵衛は驚いた。端

整な細長い顔を真っ赤に染めて太郎兵衛に絡んだのは、石田三成であったからだ。

九州各国から来た豪の者たちは、三成に対して複雑な気持ちを抱いている。秀吉の名代であり、その意思を左右できるほどの側近だ。秀吉への取次を誠実に務めてくれる恩義を感じる一方で、国分けや検地を容赦なく行っている。招待客の中にも、三成とはあからさまに距離を置いている者もいる。

太郎兵衛はきっと前を向いた。吉成たち一門も、客たちも見つめている。大きく息を吸い口を開いた。

「妻を迎えた喜びも、日頃厚情給《こうじょうたま》わったる、皆さま迎えた喜びと、軽重《けいちょう》問うはでき申さず。妻は遠く肥前より、それがし遠く近江より、まず互いの容貌を、確かめ合ったその先に、いやめでたし九州の、人の和こそありと存ずる」

と腹の底から声を出し、かつ芝居気たっぷりに言い切って見せた。

「天下一の口上《こうじょう》だ！」

後藤又兵衛が大声を上げて誉めると、皆が一斉に喝采した。硬い表情で三成を見ていた国衆たちも、笑顔になっている。再び杯が回り始め、立花宗茂の剣舞や後藤又兵衛の謡なども出て座は大いに盛り上がった。

「おあんどの、愛しい背の君の隣で、ちょっと話してもいいかな」

三成の丁重な態度に、おあんはびっくりしながらも頷いた。腰を浮かせかけたおあ

んに、

「いやいや、お邪魔虫は私の方だ。気にせずにいてもらいたい。私はただ、太郎兵衛どのに礼を言いにきただけだ」

どうぞそのままで、と言うと太郎兵衛の横に座った。

「又兵衛どのも言っていたが、見事な口上だった」

「小倉にきたかぶき者の口上をとっさに真似《まね》ました。場にふさわしかったかどうかは自信がありません」

太郎兵衛は最初、三成が叱りに来たのかと思って身構えた。いつもぴりぴりとして、冷たく近づきがたい印象だと思っていたが、愉快そうに微笑をたたえた横顔は、武人の爽やかさを持っていた。

「さすがは小三次どののご子息だ。あなたは絡んでいった私を上げ、己を上げ、そして招かれている諸将と任地の九州も上げた。私一人を上げるのであれば、それは術だ。取り入ろうとする情でしかない。だが、一事を材料に大事を成すのは略だ。大きな目を持ち、理で動いているということだ。その理で動きながら人の心を無にせぬことは、簡単そうで難しい。私は殿に大きな恩を受け、その戦略を無にせぬよう力を尽くしている。その広い目と心に続こうとしているが、なかなか」

三成は自ら杯に酒を満たすと、豪快にあおった。

「いやぁ、いい若武者に会うと気分がいい」

と広い額を叩いた。

「私は殿が願う惣無事《そうぶじ》をやり通す。そのためなら天下の礎石《そせき》となって永劫の苦しみを味わってもいい」

「俺だってそうです」

「太郎兵衛には私の築いた礎の上に、永久に崩れない城郭を造ってほしいなぁ。そして豊臣家を盛りたてていって欲しい」

夢を語る少年のように、その瞳は澄んでいた。

「いや、見事な口上に釣《つ》られて余計なおしゃべりを。これだから吏僚《りりょう》だ青びょうたんだと陰口を叩かれるのだ。よし、又兵衛どのと相撲でも取ってくるかな」

と三成が立ち上がった。堂々と又兵衛に挑戦すると、九州の諸将も三成に向かって喝采を送った。

# 第七章　翳《かげ》る太陽

国持ちとなった吉成《よしなり》と妻を持つ身となった太郎兵衛の三年間は、決して平穏なものではなかった。新婚早々、肥後《ひご》の国衆一揆、天草《あまくさ》五人衆の蜂起の鎮圧に忙しく、さらには豊前《ぶぜん》の国衆との関係にも心を砕かねばならなかった。

田川の香春岳《かわらだけ》城に犬甘九左衛門《いぬかいきゅうざえもん》、添田の岩石《がんじやく》城には弟の吉雄《よしかつ》を入れて統治に怠りない。

# 一

秀吉《ひでよし》は四国、九州の諸侯に力を尽くさせて九州の波乱を収め、さらには東の大きな懸案を解決しようとしていた。それは、秀吉の真の雄図の始まりといえた。

天正《てんしょう》十八（一五九〇）年に始まった小田原《おだわら》攻めは、かつて明石全登《あかしたけのり》が言っていた通り、あっさりと終わった。もちろん、秀吉は水陸合わせて二十万の大軍を動員し、北条《ほうじょう》氏と友好関係にあった伊達《だて》も屈服させ、北条氏政《うじまさ》、氏直《うじなお》の親子を絶望させた。

もともと、秀吉には海外に対する強い興味があった。信長《のぶなが》の南蛮趣味を受け継ぐ形で、秀吉は南蛮諸国との貿易を推し進めようとしていた。信長の志の中には日本の外まで入っており、秀吉も書状などでは明への征討などに言及していることもある。

ただ、どれほど本気で軍を出そうと考えていたかは、諸将も知らない。

「本気も本気よ」

秀吉は大坂《おおさか》へ来た吉成に、囁《ささや》くように言っていた。

「天下とは天の下だ。日本六十余州、総石高千八百万石をちびちびと分け合ってきたわけだろう」

「ちびちびと、ですか」

今回の使いは、吉成にとってあまり気乗りのするものではなかった。豊前の一揆を鎮圧したのは喜ばしいことではあったが、徐々に国衆たちを納得させて臣下にしていこうという吉成の方針は、国衆たちの蜂起と大軍勢での鎮圧によって崩れ去った。

そのことについては、

「そうか。大儀」

としか秀吉は答えなかった。それはないだろう、と色をなしかけたところに、いきなりそのような大風呂敷を広げ出したのだ。

「それが海の外に目を転じればどうだ。朝鮮《ちようせん》には一千万石、大明《だいみん》には何億万石の土地があると聞く。我が国にどれほどの勇士がいて、どれほどの手柄を立てようと恩賞は思いのままだ」

吉成は呆気にとられるほかない。国衆たちへの性急で過酷な対し方といいこのとてつもない話といい、主君はどこか耄碌してきたのではないかと秘かに恐ろしくなってきたほどである。

「そんな顔をしおって。わしの頭、まだ冴えておるよ」

きゃきゃ、と秀吉は笑った。

「もしわしが、朝鮮と明に大きな蔵入り地を持てば、関東の誰かを気にかける必要はあるまい」

「しかし、軍を渡らせる大義がございませんぞ」

「元寇《げんこう》の仇を討つと称していけばよい」

と言い放ったものだから、吉成はあっと声を上げた。

「それにな、我が日本も戦乱の世だが、海の外もそうじゃ。南蛮の連中は何も遊びに来ているわけではない。呂宋《ルソン》や天竺《てんじく》を手中に収め、国を広げておるのだ。いすぱにあ、ぽるとがる、えげれすといった国々の本国は、大明のように大きくはないと聞く」

秀吉は大きく腕を広げながら続けた。

「南蛮との交易は莫大な利を生む。ということは、奴らはより大きな利を得ているのだ。南蛮人どもにばかり好きにさせているのは、つまらんことだ」

秀吉は当初、明とは外交関係を結び、天下一統となった後は貿易によって利を挙げるべきだと考えていた。しかし、貿易を進めるほど諸国の評判も聞こえてくる。スペインやポルトガルが天竺や呂宋などで何をしているかを知った秀吉は、徐々に興味と警戒心を抱くようになった。

元々、スペインやポルトガルを海の外へと駆り立てたのは、宗教的な熱情と経済的な欲望であった。イスラムの支配下にあった両国は、かえってその知識と文化、そして富を目の当たりにした。奪われた聖地と隠された富を手に入れるため、彼らは丸い地球を信じて東西の海に船を出したのである。

そんな南蛮諸国と競って勝ってこそ、初めて天下の主と言えるのではないか。

「これは容易ならざることだぞ。今度の相手は大海の彼方だ」

と言いつつ、秀吉の表情は輝いていた。

「だが南蛮の王にできて、日本の天下人にできぬことはあるまい。やつらのやり口は、実に理にかなっておる」

彼らが貿易をする際につけた条件は、キリスト教の布教である。初めのうちは仏教の一宗派程度にしか考えていなかった秀吉も、彼らが神社仏閣を壊して徒党を組むようになったことには眉をひそめた。

「本願寺《ほんがんじ》の連中にやり口が似ている」

そう言われてみれば、吉成もそんな気がしていた。彼自身は、切支丹にさほど敵意は抱いていない。明石《あかし》全登《たけのり》のような知人もいる。

秀吉は信長時代から寺社勢力には痛い目にあってきた。だが、彼らは古くから馴染みのある集団でもある。何を考え、何を求めているかはすぐに理解できた。切支丹たちの求める「神の国」も、「百姓の持ちたる国」なのだろうと秀吉は考えていた。

「だったらわしが神になればいい。天下を一統して万民に平穏と幸せをもたらすのが神なのであれば、わしは神にも仏にもなる」

魅入られるような瞳の煌《きら》めきは、若い頃と変わらない。

「それに、わしが海の外へ打って出るとなれば、南蛮人どもは戦う相手よ。その先ぶれのような連中も、我が指図に従ってもらわねばならぬ。小三次、わしは天下を一統するだけではない。天下を広げるぞ。大にして広き国よ」

「大にして、広き国……」

「そうだ！　わしにしかできぬことだ。違うか」

「ぎ、御意にございます」

圧倒されつつ、吉成は感服するしかなかった。

秀吉は、ついに伴天連《ばてれん》の追放を命令したのであった。もちろん秀吉は、いきなり切支丹を全て罰するというようなことはしない。

大名たちの信仰は届け出させ、地下《じげ》の者についてはお構いなしとしたのである。これによって、切支丹たちが平穏に暮らせばそれ以上の弾圧は行わないつもりであった。

「ところでお前のところの太郎兵衛だが、そろそろ年頃であろう？」

ふいに秀吉は気軽な口調に戻った。

「元服《げんぷく》させようと思っております」

「華々しくいこう」

秀吉はにこりと輝くような笑みを浮かべた。

小田原攻めの翌年の天正十九（一五九一）年、太郎兵衛は元服し、毛利勝永《かつなが》（吉《よし》政《まさ》）と名乗りを改めた。烏帽子親《えぼしおや》は、吉成たっての希望で石田《いしだ》三成《みつなり》が務めることになった。

「我が名誉だ」

と三成も大いに喜んでくれた。勝永も、秀吉だけでなく、父をはじめ九州の諸将の信を得ている敬すべき人を烏帽子親に迎えて鼻高々であった。三成は秀吉の取次として強面《こわもて》な一方で、任地を領国化しようとする君主に対しては協力を惜しまなかった。宇喜多《うきた》秀家《ひでいえ》や島津《しまづ》義弘《よしひろ》、上杉景勝《うえすぎかげかつ》の側近である直江《なおえ》兼続《かねつぐ》や、常陸《ひたち》の佐竹《さたけ》義宣《よしのぶ》などと肝《かん》胆相照《たんあいて》らす仲となっている。

父の吉成が壱岐守《いきのかみ》を授けられるのに併せて、勝永には豊前守《ぶぜんのかみ》の受領名が秀吉から与えられた。齢《よわい》十五にしては大した出世である。

# 二

後に文禄《ぶんろく》・慶長《けいちょう》の役と呼ばれる朝鮮半島への出征は、天下の西半分を総動員して海を渡らせ、東半分の諸侯を九州に集めるという未曾有《みぞう》のものであった。戦に臨む前に、敵も味方も圧倒するような大軍を集めるのは、もはや秀吉の戦いの常道となっている。

だが、これまでの秀吉の戦と決定的に違うことが一つだけあった。何のために海を渡るか、ほとんどの者は理解していなかったのだ。

「関白さまは天下だけでは満足されないのですか」

出陣の準備を進めながら、勝永は何度も首を傾げた。

「櫓櫂《ろかい》の及ぶ限り、という言葉はありますが……」

秀吉が奥州の検地を命じた際に、その決意を表した言葉だ。船で行ける場所までは版図として組み込むというが、それが朝鮮や明とは……。驚いている勝永に、吉成は初めて主君の意図を話した。

「大にして広き国……」

あまりに大きな話に、勝永は圧倒されるばかりであった。

「天の下にある限り天下だ、というのが殿のお考えだ。朝鮮や明が殿に従っても何の不思議もない」

そう吉成は言う。中国、四国、と制圧し、最大の敵であった家康に膝を屈させた後に九州の雄である島津を降伏させ、小田原の北条氏を滅ぼした。残る東北の諸侯もみな臣従を誓っている。天下の一統は成った、と勝永も思っていた。

「殿が仰るには、海の向こう側では国盗《くにと》りの世が続いているのだそうだ。小さき国が大きな国を取り込んで大いなる国となり、覇を競っている。うかうかしていては、いすぱにあやえげれすに後れをとる。だからこそ、我らも討って出なければならぬ」

「海の向こう側で……」

「殿と我らでどこまで天が下を統べることができるか、それに賭けるのも一興ではないか」

その時は間もなくやってきた。大軍の出陣は華々しく、人々の心を揺さぶるものだ。

名護屋《なごや》の城から勢ぞろいを見届けた秀吉の顔は、若やいでいる。彼が命じた陣立ては以下の通りである。

一番隊は南肥後の小西行長《こにしゆきなが》、対馬《つしま》の宗義智《そうよしとし》をはじめ、一万八千。先陣の名誉を与えられた小西隊の面々は兜の前立《まえだて》を光らせて、華やかさと誇らしさをあたりにふりまいている。

二番隊は北肥後の加藤清正《かとうきよまさ》、肥前唐津《からつ》の鍋島直茂《なべしまなおしげ》ら二万二千。清正は秀吉の志を遂げるのは自分だと気負っていた。北肥後を領したのも、そのためである。なのに、二番隊に属させられて心に期するものがあった。

「虎と仁王が行きよるわ！」

と戦意溢《あふ》れる行進を見せる両隊を見て秀吉もあっぱれの声を上げる。相良《さがら》頼房《よりふさ》の軍勢もここに加わっており、丸目《まるめ》長恵《ながよし》の姿もその中にあった。

三番隊が豊前の黒田《くろだ》長政《ながまさ》、豊後の大友義統《おおともよしむね》の一万一千。ここに後藤又兵衛《ごとうまたべえ》もいる。長政は豊前の国衆に敗れて落ちた評価を上げたいと願っていた。父に諸々の策を授かり、普段不仲の又兵衛などにも入魂の戦いを頼みこんだ上での出陣である。

そして四番隊吉成は二千の手勢を率い、薩摩《さつま》の島津義弘ら一万二千と共に海を渡る。

「小《こ》三次《さんじ》どのと同じ隊とは嬉しい」

義弘は穏やかな表情でそう呼びかけたものだ。薩摩の侍みなに共通しているのは、この穏やかさと戦場での強悍ぶりである。九州で残酷なまでの略奪を繰り返してきたために、人々の島津を見る目は恐れを含んでいる。だが、丸に十字の旗を押し立てた彼らは、路傍の石仏のように静かな表情で進んでいった。

以下、五番隊に伊予《いよ》の福島正則《ふくしままさのり》、土佐の長宗我部元親《ちょうそかべもとちか》ら四国勢。元親はわざわざ小倉に立ち寄り、吉成と健闘を誓い合っていった。

六番隊に小早川隆景《こばやかわたかかげ》、小早川秀包《ひでかね》、立花宗茂《たちばなむねしげ》ら筑後《ちくご》勢だ。岩屋《いわや》城の英雄を父に持ち、西国無双と称えられる武勇を誇る宗茂の勇姿は、一際人々の注目を集めた。

七番隊に毛利輝元《てるもと》の三万、八番隊に明石全登の仕える宇喜多秀家《うきたひでいえ》の一万、九番隊に羽柴秀勝《はしばひでかつ》と細川忠興《ほそかわただおき》の一万一千が続く。宗茂が華々しい武者振りで人々の目を集めたのだとすれば、輝元の部隊はその軍勢の多さと、粛々とした軍容に喝采が送られていた。

石田三成ら奉行衆が集めた大船団に乗り、合計十六万余りの大遠征軍は天正二十年三月、朝鮮半島へと出征していった。勝永は小倉の留守を任されたのである。

軍勢を見送ってしばらくして、領内の検地のことで奉行衆に相談があって名護屋に出た勝永は、喧嘩騒ぎを目にした。市では珍しいことではないが、見逃すわけにはいかない。

「俺が行ってきましょう」

痩身の若者が前に出た。

「五郎兵衛、腹を立てても穏やかにいけよ」

宮田《みやた》甚之丞が声をかける。吉隆《よしたか》、吉雄といった一門衆や犬甘九左衛門たち家中の主だった者を朝鮮へと帯同したため、小倉に残る勝永を支えるのは、幼い頃から傍らに仕えている宮田甚之丞に加え、勝永の弟である五郎兵衛《ごろべえ》、鶴賀《つるが》城の攻防戦の後に家臣となった利光統久《としみつむねひさ》、杉《すぎ》五郎兵衛の三人である。

「怖気《おじけ》づいたか?」

という甚之丞の言葉に、五郎兵衛は首を振った。

「もう終わっています」

土埃の舞い立つ喧嘩場の中から、小柄な侍が軽やかな足取りで出てきた。その後には、どこをどうされたのか人相の悪いかぶき者が数人、倒れ伏して呻《うめ》いていた。

「よお、毛利豊前」

喧嘩の勝者らしき侍がいきなり無作法に声をかけてきたので勝永は驚いたが、甚之丞は怒りを露わにして前に出た。

「非礼な奴、何者か」

「真田《さなだ》源次郎《げんじろう》。無宿者ということにしてある」

ぶっきらぼうに若者は答え、

「らしくなったじゃねえか」

勝永の小袖を指してにやりと笑った。野次馬たちは源次郎がさらに面白いことをしないかと注視していたが、やがて散っていく。勝永は源次郎と面識がない。だが、昔からよく知っているかのように話しかけてくる。

「どこかでお会いしましたか」

「会ってないよ、でも豊前毛利の父子のことはよく知ってる。目立ってるからな」

体は小さいが、その厚みは巌《いわお》のようである。目は細く眉尻が下がっているが、優しそうでは決してない。触れれば切れそうな強者の気配である。甚之丞も押されたように黙り込んでしまった。

「俺は太閤さまのご命令で山から出てきた、親父殿のお供で来たのさ。折角《せっかく》だから寄っていけよ。少しくらいいいだろう」

勝永の返事も聞かずに先に歩き出した。山で鍛えている者独特の、力強い歩調である。

名護屋城のある東松浦半島の東の岬へと、源次郎は歩を進める。赤松《あかまつ》という小さな集落の先にある、深い森に囲まれた小山の上に、六文銭《ろくもんせん》の旗が翻っていた。それでようやく、勝永もこの若者が何者かを理解した。

「真田の陣はこっちにあるんだ」

「無宿って言ってましたよね」

「嘘だ。町で遊ぶ時には牢人と名乗ってるんだ。どこぞの家中だと、喧嘩するにも面倒だろ？」

源次郎はくく、と笑った。彼は本名を真田源次郎信繁《のぶしげ》といった。武田《たけだ》氏の滅亡後も上野《こうづけ》、信濃《しなの》に根を張り、秀吉や家康《いえやす》とも五分に渡り合って天下に名高い、真田安房《あわの》守昌幸《かみまさゆき》の次男である。

「しばらくは海を渡ることはなさそうなんだが、とにかく退屈でな。ああやって町に出ては、同じく暇な連中と遊んでいる。まあゆっくりしていってくれ」

と源次郎はいうものの、陣屋は小さく、勝永が見る限り三百ほどの人数しか認められなかった。真田昌幸は上州沼田《じょうしゅうぬまた》と信州上田《しんしゅううえだ》に合わせて七万石ほどを領していると勝永は聞いていたが、それにしては兵が少なかった。

「安房守どのの軍勢じゃないんですね」

「ここは兄貴の陣さ。俺などどこにいたって同じなのだ」

と源次郎はどこから持ってきたのか、勝手に酒を飲んでいる。源次郎の兄は、真田伊《い》豆守信之《ずのかみのぶゆき》である。天正十三（一五八五）年、真田家が沼田を巡って徳川家康と戦った際に名を上げた。家康は真田の武勇を恐れると共に高く評価し、本多《ほんだ》忠勝《ただかつ》の娘を信之に嫁がせた程である。

「安房守どのの陣は？」

「名護屋の城のずっと北だ。行くのも面倒くさい」

「上州から来ているのに？」

「万里の道が近いことも、一間《いっけん》隣が遠いこともあるのさ」

源次郎は分厚い肩をそびやかして呟いた。先ほどかぶき者の群れを向こうに回して啖呵《たんか》を切っていた時とは打って変わって心細い物言いである。

「いてもいなくてもいい者は、どこにいたっていい」

そして彼は勝永に、海の向こうはどんな具合なのだ、と訊ねてきた。

「よくわからないのです」

出陣した吉成から使いが来ることはほとんどない。小倉の商人も、朝鮮に渡るのは難しいと往来を止めている状態だった。当然、朝鮮から来る者の数も激減している。

「勝っている、という話ですが」

それでも、おぼろげな戦況は名護屋から漏れ伝わってきてはいた。

三

この年、天正二十年の四月十三日に、先鋒の小西行長が釜山《プサン》城を囲んだところから、戦は始まった。備えが十分でなかった朝鮮軍は瞬く間に崩れ、日本軍は半月ほどで漢城《かんじょう》（現在のソウル）までの中間地点である忠州《ちゅうしゅう》まで進撃した。

二番隊の加藤清正と鍋島直茂の軍は東の慶州《けいしゅう》へと軍を進めて陥落させると、一番隊と合流して一路漢城を目指した。毛利吉成は準備が整わず渡海が遅れた島津義弘とではなく、黒田長政ら豊前勢と共に西へと攻め込み、忠清道《ちゅうせいどう》を攻略して、やはり北へと軍を進めていた。

五月に入って国王の逃げ去った漢城を陥落させた日本方の諸将は、秀吉にとりあえずの勝利と課題を報告していた。そこまでは勝永も知っている。

「漢城は日本の京みたいなものか。だとしたらまだ先は長いな」

源次郎はため息をついた。

「都を落とせば戦が終わる、城を落とせば国が手に入ると思ったら大間違いだからな」

「東国勢も海を渡るのでしょうか」

「それぱかりは太閤さまの胸一つだろう。しかし朝鮮のその先の明まで兵を送られるとは、壮図だな。この前絵図を改めて見て驚いた。何が驚いたって、奉行衆の手なみだよ」

意外なところを、源次郎は誉めた。

「奉行衆ですか」

「そうだよ。十六万もの大軍を海の向こうに送って、さらに食わせて、刀槍、弓に銃、果ては褌まで不自由しないよう手当してやらなければならない。その成算があるからこその、唐入りだろう」

朝鮮半島の面積は、本州と同じほどの広さがあるが、そのことを実感として持っている者は皆無といってよかった。

「思った以上に広大だと父からの書状にも書いてありました」

「しかも何代も続いた王家があるのだろう？　このままあっさり引き下がるものかな。我らが将なら、手痛く働いて見せるのだが」

「攻め手側でですか？」

「いや、守り手側だ」

と言ったものだから勝永はさらに驚いた。

「俺たちは攻め入ってるんですよ」

「ああ、そうだった。少し前に大軍と遣り合っていてな」

事もなげに言う。真田昌幸は天正十三年、北条氏と領地を争って、その同盟者である徳川家康の攻撃を受けた。七千の敵に対して千程度の兵力で戦いを挑み、見事に打ち破っている。

「大軍相手にただ逃げ回るのはみっともないではないか。絵図を見る限り、山谷《さんこく》も多そうだ。出城を築き、うまく兵を伏せて戦えば数年は支えられるぞ」

「ですが、戦う者がいないみたいですよ。釜山に上陸して一月で漢城を落としたのですから、戦は存外早く終わるのかもしれません。きっと弱い国なんですよ」

「それはいかん」

源次郎はきっと眉を上げ、勝永を見据えた。

「相手を弱いと侮る者に勝ちはないぞ。先ほどのかぶき者を見ろ。俺がこのように貧弱で一人だから弱いと侮った。だから俺の体術に浮足立ったろう？」

「それは源次郎さんが強いからでしょ」

「いくら強くても三十人の荒くれを倒すことなどできないよ。やつらが隊列を組んで俺を取り囲んで槍衾を組んだら、今頃酒など飲めていない。俺は死地《しち》にいたんだ」

こともなげに源次郎は言う。

「そうは見えませんでしたが……」

「見えなかったのなら、俺の策は当たったというわけだ。それ、命を拾った祝いだ」

勧められるままに飲んでいるうちに、はっと用件を思い出した。

「城に顔を出さねばならないのです。城普請に出した人数を引き取りに来たのでした。奉行の寺沢どのには今日名護屋に着くと申し送っていたのでした」

「もう日が暮れるぞ。明日でいいじゃないか」

「一応顔を出しておきます」

という勝永に、源次郎もついてきた。

「俺は小倉から来た従者、ということにしておいてくれ」

「尋常に名乗って入ればいいじゃないですか」

「真田の次男坊が城に何の用があるんだよ。俺はまだ名護屋城の本丸には入ったことないから一度見ておきたいんだ。ともかく、暇だから連れて行ってくれ」

子供のようにせがむ源次郎をむげにもできず、勝永は真田信之の陣を出た。名護屋の裏でもっとも奥まった所にある港が、信之の陣から見下ろせる。その港を横切るように渡し船があり、勝永たちもそれに乗った。

浦は波も静かで、小さな漁船があちこちで泊っている。ここまでくると巨大な軍船も見えず、半島を埋め尽くしている軍兵《ぐんぴょう》の姿もない。

「海はいいな」

そう言った直後、源次郎は吐いた。

「下関《しものせき》から海を渡る時は波が荒いから酔ったと思っていたが、どうも水の上がだめなようだ」

青ざめた顔でしゃっくりを繰り返しながら源次郎は頭をかく。

「やはり唐入りはしたくないな。海に殺されてしまう。荒くれ男も美しい女も何でも相手になってやるが、海だけはだめだ」

と再び吐いた。船頭は笑いを必死でこらえながら船を浜につけ、源次郎は転げ落ちるように船を下りたのであった。

## 四

名護屋城はあちこちに急ごしらえの粗末さが残るものの、巨大な平山城であることに違いはない。五層七階の天守に、本丸、二の丸、三の丸、七つの曲輪を持つ城塞であった。

天下の諸侯がいかに力を持とうと、やはり秀吉には敵わないと思わせるだけの威容がそこにはあった。ほんの数年前まで、秀吉を同僚や下郎《げろう》と見ていた将が、今や唯々《いい》諾々《だくだく》と参陣し、海を渡っている。

「天下を取るとこんなふうになるんだな」

両手を広げて源次郎は感嘆した。城の大手を出ると、半島の北に散在する各大名の陣が望める。木立や山間にのぞく白い幔幕を数えるだけでも、三十は見てとれた。

「駿府の大将ですらも、あんなに小さく見えるんだな」

徳川家康は二万の軍勢を率いて、半島の東側に陣を敷いている。

「沼田であの大軍を迎えた時は肝が縮んだが、実際に戦うとそんなに怖くなくなったもんだ。だが、やっぱり味方に兵が多いってのは心強いもんだ」

「真田家は兵が少ないほどいいのかと思ってました」

勝永の言葉に、ばかを言うなと目を剝く。

「多ければ多いなりの采配を振るう。でも少ないから仕方なく、できるだけの手を打っているだけさ」

すごい自信だ、と勝永は素直に感心する。

「それで、これからどうする」

「真田の陣が見てみたいです。殿ですら勝てなかった三河の大将をどうやって破ったのか、教えて欲しい」

と勝永が言うと、源次郎は嫌な顔をした。

「真田の陣ならさっき見ただろ」

「あれは信之さまの陣じゃないですか。俺が見たいのは安房守昌幸さまの陣です」

「大して変わりはしないよ」

源次郎はあくまでも気乗りしない様子であったが、勝永が歩きだすと首を振り振り後に続き、やがて先に立って歩き始めた。

東松浦半島は決して大きなものではないが、山襞のうねりは激しく歩くにも陣を敷くにも適した場所ではない。限られた水場には足軽たちが桶を持って並び、苛立ちから口論をしている者もいる。

「名護屋って名前だけで決めるのだから、たまったもんじゃないよな。兄の陣は外れで助かっているけど、父は水にも難渋している」

「場所を替えてもらっては？」

「太閤さまから命じられた地を守るのが義、なんだそうだ。我らの本領が安堵されているのは、確かに太閤さまの力だからそう力むのもわかるが、力を入れるのはそこじゃないよなぁ」

と源次郎はあきれ顔である。道は一度海岸沿いに出て、二人は北上を続ける。海を見れば外海が近いのか波頭の白が目立ち始めている。数隻の三十石船が帆を上げて、北へと向かっているのが見えた。

「船ってのは外から見ているのが一番だ」

渡し船程度で吐く源次郎は、無邪気に手をかざして波を越えていく船に見とれていた。道は浜に近づくと思えば離れ、北へ向かう船列もずっと右側に見えている。

「おや」

源次郎が指す方を見ると、一隻が向きを変えつつある。北に向かっていたものが、南へ向かって回頭していた。

「忘れものでもしたのでしょうか」

「かもしれん。珍しい場を目にした。たまには出歩いてみるものだ」

源次郎は嬉しそうだが、やがてすぐに表情を改めた。船から視線を外しかけていた勝永も異変に気付いている。船の上で騒動が持ち上がっていた。水夫《かこ》たちが櫂や竿を持って、何かを追い回している。

「賊でも紛れこんだか」

名護屋には膨大な量の兵糧や武具、そして銭が集まる。商人だけでなく、盗人の類も全国から集まっており、各将はその対処に頭を悩ませていた。

「賊、なのかな」

遠目を利かせて眺めていた勝永は首を傾げる。盗賊にしてはやけに小さく見えた。

「子供みたいだ」

「賊に大人も子供もないからな」

軍の資財を奪う者には厳罰が待っている。特に、朝鮮へ送り込む物資については秀吉は一銭切りを命じていた。たとえ一銭であっても、盗む者は斬罪である。

「見つかったのなら仕方ない。もう少し辛抱して、足軽にでもなればよかったものを」

だがその子供は奮戦した。どこから奪ったのか、一尺ほどの短刀を太刀のようにふるい、櫂を持って追い回す水夫たちを翻弄している。

「あの童、なかなかやるぞ」

舷側《げんそく》を軽やかに跳びながら、足元を薙《な》ごうとする櫂を受け、鋭い太刀筋で切り飛ばしてもいる。そうでありながら、水夫たちに斬りつけようとはしていなかった。

「本当に賊かな。やけに品がいい童だ」

軍に盗みに入る者は、一銭切りの掟《おきて》を知っているから必死である。見つかれば何人殺してでも逃げようと暴れ回る。だがその子供は何やら叫びながら、ただ防ぐのみである。

「様子がおかしいな。見に行こう」

源次郎と勝永は船が近づく浜へと急ぐ。船上の子供が大いに暴れているため、港へ帰ることを諦めたその船は勝永たちのいる磯へと近づいてきていた。すると、船の舳先のあたりに小さな水柱が立った。

「落ちた！」

と二人が同時に叫んだ。

波間から小さな頭が浮かんでは消えている。次第に消えている時間が長くなったのを見て、源次郎は小袖を脱ぎ捨てると褌一つとなって海へと走り込んだ。

「源次郎どの、水は苦手ではないのですか！」

「苦手なのは船の上だけだ！」

水練《すいれん》は得意なのか、波間を縫うようにしてするすると近づくと、子供の背後から手を回して水の上に頭を出させる。溺れたことで慌てふためいた子供はしゃにむに源次郎にしがみつこうとするが、片手でその動きを制しつつ浜に泳ぎついた。

「おい、もう立てるぞ」

膝までしか水のないところでまだ暴れている子供は、源次郎の言葉にようやく正気を取り戻した。二人を見て、かっと顔を赤らめる。

「命は助けてやったが、朝鮮へ兵糧を運ぶ船で盗みを働こうとしたことは見逃せない。城に来てもらうぞ」

源次郎が厳しい口調で言い渡すと、子供はいきなり駆けだした。だが疲れと砂に足を取られてすぐに転ぶ。難なく追いついた二人を見上げ、

「われは木村常陸介《きむらひたちのすけ》の子、十兵衛《じゅうべえ》である。無礼は許さぬ！」

と叩きつけるように名乗った。口調は勇ましいが、まだ四、五歳の幼子の言うことである。源次郎は困ったように勝永を見た。

「常陸介どののご子息だと。盗賊じゃないのか」

木村常陸介重茲《しげこれ》は、近江の国衆の出である。重茲は秀吉の側近として働き、今は秀次の重臣として務めている。彼は奉行衆の一人として渡海し、朝鮮の戦いのただなか

にいた。

「そのご子息がどこに行くつもりだったんだ」

源次郎がやや口調を和らげて訊ねると、海の方を指す。

「海に行きたいのはお前が船に乗っていたことでわかったよ。海の向こうのどこに行きたかったのだ」

「釜山。父上がいる」

「釜山？　ああ、朝鮮の城のことか。十兵衛、お前の父上は太閤さまのために朝鮮の非礼を罰し、大明を新たに天下に加えるべく戦っておられるのだ。寂しいからといって、勝手に船に乗り込んではいかん」

「違う！」

木村十兵衛は激しく頭を振った。

「われは父が恋しくて船に乗ったのではない。うそうを見たかったのだ」

「うそう、とは何だ」

「本多平八郎《へいはちろう》どのと立花左近《さこん》どののようになりたいのだ」

と十兵衛は手足を振り回す。戦場で縦横に活躍している様を表しているらしい。それで源次郎もはたと手を打った。

「うそう、本多、立花……ああ、無双か！　東国と西国の無双に憧れるとはあっぱれな童だな」

本多忠勝は小牧《こまき》・長湫《ながくて》においての、立花宗茂は九州での戦いぶりを秀吉に高く評価されて東西での無双と称えられている。武者として羨まない者はいなかったが、天下を納得させるだけの武勇を、その二人は確かに持っていた。

「だがな、十兵衛。まだ早いのだ」

勝永は膝をつき、十兵衛の細い肩に手を置いた。男であるのが信じられないほどの、美しい顔である。潮にまみれ、砂に汚れて疲れ果てているはずなのに、正面から見ると勝永の胸が思わず高鳴るほどに可憐な顔立ちであった。

「早い？」

小首を傾げる仕草が放つ色気は幼子とは思えぬ妖しさがあった。

「戦に赴いて無双を目指すという思いは、武門の男として立派なことだ。だが、戦場に立つには槍も弓も使えねばならん。馬も操らなければならん。鉄砲の扱いも知っておくべきだ。もちろん、兵法も自在でなければ敗北する。そのためには、学びの時も必要なのだ」

「じゃあうそうはやめる。でも戦には行きたい」

とそこだけは譲らなかった。

「わかった」

勝永は頷き、次に天下を争うような大戦になったら、共に戦おう、と約束した。褌を絞り、小袖を着て戻ってきた源次郎は勝永の言葉に驚いた。

「でかい事言うじゃないか」

「俺は幼い頃、黒田家中の後藤又兵衛どのに誘われて、はじめて戦を見た。そこで知ったことや考えたことが、後になっても随分と役に立った。もしこれある十兵衛が人に先んじて名を上げるために、誰よりも早く戦を見たいのなら、その願いを聞き入れてやろうと思う」

「大丈夫なのかよ」

「父と木村常陸介どのは長浜以来親しいですから、何とかなるでしょう」

「そこじゃないって。こんな幼子を戦に連れて行く気か」

「俺も行ってましたよ」

源次郎は肩をすくめてそれ以上は何も言わなかった。だが、勝永と十兵衛の約束は果たされなかった。十兵衛は、豊臣政権内部の矛盾が引き起こす事件に巻き込まれることになるのだが、この時は知る由もなかった。

「おい」

源次郎が浜の向こうにある林を指した。数十人の男たちが、こちらをじっと見つめていた。甲冑を着ているわけではないが、誰もが地味な小袖と頑丈そうな太刀を身に付けていた。林の向こうにある山の上には、大きな三つ葉葵の旗印が風になびいている。

「三河の御大将のお膝元で騒いでしまったようだな」

と苦笑した源次郎は男たちに向かい、

「水に溺れそうになっていた童を助けていた。手助けはご無用でござる」

飄々とした口調で告げた。男たちはすっと林の中へと消えていく。源次郎は勝永を見て、ちょっと肩をすくめた。

## 五

吉成が小倉に帰って来たのは、文禄三（一五九四）年に入ってからのことであった。町は沸いていた。

「これまでにないお顔をしていらっしゃいます」

おあんが勝永の顔を見てくすりと笑った。

「いつもと同じだよ」

「嬉しそうです」

勝永はつるりと自分の顔を撫でた。おあんはその真似をして軽やかな足取りで部屋を出ていく。その後ろ姿に胸が高鳴るが、今度は己の頰を引っぱたいて気合を入れる。朝鮮での戦いは決して楽なものでも実り多きものでもないことは、父からの手紙で知らされている。

天正二十年に吉成が朝鮮半島に渡ってから、約三年の月日が経っていた。将兵は少しずつ交代で帰っていた。だが、吉成は在番を命じられていた林浪浦《りんろうほ》城を守りつつ、周囲から不意に襲いかかってくる義軍と戦い続けていたという。

「無事のご帰還と大勝利、おめでとうございます」

城で父を迎えた勝永は十八歳になっていた。

太陽に焦がされたように黒い顔は変わらないが、

「随分としっかりした顔つきになった」

という父の言葉に、勝永は黙って頭を下げた。近江衆や豊前衆の支えを受けているとはいえ、既に父よりも長く小倉を治めている。一層精悍になり、国持ちとしての風格のようなものが漂い出していた。

「小倉は静かだったようだな。よく後ろを守ってくれた。礼を言う」

こうもはっきりと吉成が誉めるのは珍しかった。勝永は躍り上がって喜びたいのを抑えて次の言葉を待つ。

「戦は負けであった」

と吉成は静かな声で言った。

「負け、とはどういうことですか。大明からは講和を求めて勅使が来るという話ではありませんか」

「そういうことになっている」

吉成は詳しいことは話さなかった。この当時の慣例として、降伏する方が使いを送ってくるのは当然のことであった。名護屋から使いが行ったわけではなく、北京《ペキン》から来ているはずだ。

「俺はこの戦、気に入らん」

ただ、そう重く厳しい声で言った。吉成が戦について好悪を露わにするのは珍しい。

「厳しい戦なのですか」

「此度の戦、これまでとあまりにも違う」

「一揆勢とも？」

「俺も初めはそう考えていた。朝鮮王の軍が退いた後群がり起こった者たちは、いずれ我らに従うと考えていた。一向一揆も法華一揆も、徒党を組んで暴れたところで、最後は折り合って命に服す」

百姓たちの一揆に対し、大名は厳しく接する一方で懐柔にも努める。それは彼らが地つきの民であるからに他ならない。彼らを撫で斬りにしていては土地を耕す者がいなくなる。百姓たちもそれを重々承知で、駆け引きを挑んでくるのである。

「朝鮮の義軍と称する連中は、そうではない。はなから駆け引きなど望んではいない。ただ、我らを殺しにかかってくる。だから、我らも殺さざるを得ない」

ふう、と吉成は一つため息をつく。

「再度海を渡ることになりそうだ。そして、お前もな」

久かたぶりに城に帰って来たというのに、吉成はまったく安らいだ表情を浮かべることはなかった。

# 六

後の秀頼《ひでより》となる拾丸《ひろいまる》が文禄二（一五九三）年に生まれてから、秀吉には大きな変化が生まれていた。これまで天下に向いていた心が、一気に愛息《あいそく》へと注ぎ込まれることになったのである。苦労して手に入れた天下を、いかに拾丸に受け継がせるか。それのみを考えるようになっていった。

初めの目的であった大明の征服が困難であることは、秀吉も理解していた。だが「大にして広き国」への戦略を、理解できると見込んだ者にしか話していなかったせいで、この遠征は暴挙であると憤《いきどお》る者も多い。

そして、肥後で起きた渡海に反対する梅北衆の一揆、そして関白を譲った秀次との軋轢が、彼を焦りへと追いこんでいた。

「殿がおかしい」

吉成は初めて、主君への疑いの心を漏らした。それだけで、ただごとではないと勝永は身構えた。勝永が朝鮮に渡っているわずかな間に、父の髪にはめっきり白いものが増えた。異国の地での激しい戦いと、帰国してからも休まらぬ心が、老いを加速させている。

「遠く、大きくものを見ている殿のことだ。何かお考えがあるのだ。しかし、俺にはもうついていけないのかもしれぬ。そう思わねばやってられん」

ふう、と吉成は一つ大きなため息をついた。

「古い仲間も危うい目に遭っている。奴らを助けるために帰ってきたようなものなのに……」

一度海を渡った勝永が呼び戻されたのも、同じ理由であった。吉成は豊臣家の内訌《ないこう》を抑えるために、全力を尽くすつもりである。長浜時代の同僚である、木村重茲や一柳可遊《ひとつやなぎかゆう》ら秀吉からの信も厚い者たちが秀次にはつけられていたが、秀吉と秀次、二人の主君の間で苦しんでいる。

豊臣秀次は秀吉の甥である。戦と政両面で秀吉を長年支え続けてきた。幼い頃には宮部継潤《みやべけいじゅん》、三好康長《みよしやすなが》といったもとは敵対していた武将の養子とされ、戻っては武将として各地を転戦した。

長じては黒田官兵衛の築城術や徳川家康の用兵を学ぶよう薫陶《くんとう》の命を受け、秀次もその期待に応えてよく学び、そして働いた。

伊勢に百万石を与えられ、唐入りで忙しい秀吉に代わって国政を切りまわしていたのである。家臣からの人望も厚く、茶や連歌を通じて畿内《きない》の文化人との交流も深い。文武の評価の高い一流の人物となっていた。子の鶴松《つるまつ》を早くに亡くした秀吉からすれば、もっとも頼りになる血縁の者と言ってよかった。

「篤実な長者」

というのが吉成の秀次評である。

「殿の作り上げられた惣無事を保つのは、あのお方しかおるまい」

そう勝永にも話していた。

唐入りに際しても、明を征服した後は秀次に日本を任せると秀吉は明言していたほどだ。秀次自身も、それをよくわかっていた。住居として与えられた聚楽第《じゅらくだい》はまさに、書を聚《あつ》めて楽しむ第（邸宅）、であった。

平穏となった世で、朝廷を頂点として静かに国を治めていこう、と彼は考えていた。だがその姿勢に、石田三成《いしだみつなり》は秘かに不満を抱いていた。

「殿と同じ志を持っていてもらわなければ困る」

と勝永にこぼしたことがあった。

「二代目が内を固める、というのは悪いことではないように思いますが」

「今回の出兵で、朝鮮も明も一筋縄でいかぬことがわかった。大にして広き国にするには力押しだけではだめだ。彼らがこちらに服するだけの、南蛮人における伴天連の教えに伍する何かも考えねばならんだろう」

それは敬意だ、と三成は考えていた。

「明人が和歌や茶の名人の言うことを聞くとはとても思えん」

と半ば冗談交じりに言ったものだ。だがそのうち、冗談交じりではなくなってきた。

「関白さまは何を焦っておられるのか」

文禄四年二月に蒲生氏郷《がもううじさと》が世を去り、その跡目相続をめぐって騒動が起きた。後嗣の鶴千代《つるちよ》はまだ十三歳と若く、家康の息女を妻に迎えて家を存続するはこびとなっていたが、新参で氏郷に重用されていた蒲生郷安《さとやす》と譜代家臣団との対立が激しくなり、刃傷沙汰《にんじょうざた》にまで発展した。

さらに、知行高を巡る不正まで発覚して、ほぼ取り潰すことが奉行たちの間で話がついていた。秀吉もその処置に同意し、太閤の朱印状を押している。だが、これに秀次が同意しなかった。太閤は摂政《せっしょう》関白から引退した者への尊称で、あくまでも政の最高位は関白である。

太閤が同意しても、関白の命がなければ実行されないのが建前であった。だが秀吉は政から退いたわけではなく、秀次は太閤の意には無条件に従うもの、という暗黙の了解があった。それを破ったのである。

「何か望んでいるのであれば、まず我らに相談してくれればいいものを。お拾《ひろい》さまがお生まれになって、己の地位が危ういと思われたのだろうか」

三成は困惑していた。

「小三次どの、木村常陸介どのから何か聞いていませんか」

秀次の側近である木村重茲は吉成の古い同僚である。

「いや、特には」

「誰か後ろでそそのかしているのでは……」

三成は秀次自身よりも、その不安を煽っている者に激しい怒りを示した。

「証がなければ口にしてはならんぞ」

吉成は先に制した。だが吉成自身も、戸惑っていた。秀次が自らの威を見せつけるようなよからぬ言動を取り始めている。吉成は、

「わからんでもない」

と理解を示してもいた。

「あのお方は殿の期待以上のことをせねば、と焦っておられるのかもしれん」

事あるごとに褒められ、そして叱責されてきたのを吉成は知っている。

「ではなおさら、よく考えて動いてもらいませんと」

三成は顔をしかめた。

七

やがて秀次の思わぬ主張は、半ば諦めていた子をその腕に抱いた秀吉の疑念を、大いに掻き立てることになってしまったのである。三成は迅速に動いた。蒲生家年寄衆の不正と、家内の騒動は明らかであるとして、ごくわずかな所領を残して処分し、直《なお》江《え》兼続《かねつぐ》と談判の上で上杉《うえすぎ》家を会津《あいづ》百二十万石に転封することで合意を取り付けていた。

「関白さまを守らねばなりません」

「治部少輔《じぶしょう》は孫七郎《まごしちろう》さま（秀次）を嫌っているのかと思っていた」

「好き嫌いを政に入れたら終わりです」

憤然と三成は言い返した。

「しかし、守るとはどういうことだ。まさか、殿が……」

「はい。怒りが収まりません」

「わかった。俺からも常陸介からも言って、謹慎していただくよう願ってみる」

だが、秀吉の怒りは収まらなかった。秀次もここに至ってようやく身の危険を悟り、ついには高野山《こうやさん》で謹慎することとなった。

「これで落ち着けばよいが」

そう三成たちも願っていた。これまで高野山に謹慎して、命を奪われた者はほとんどいない。一時の軋轢があったとはいえ、秀次は拾丸が育つまでの間、豊臣家を守る柱石となるべき人物である。

「今一度、殿と関白さまで胸襟を開いてよくよく話せばよい。二人で直接話せないのであれば、我ら父子を存分に使えばよいのだ」

吉成は楽観的であった。秀次の側近である木村重茲からは、秀次の最近の態度についての丁寧な説明があった。だが、吉成が秀吉の祐筆《ゆうひつ》である竹田永翁《たけだえいおう》を秘かに呼んで話を聞いたあたりから、そうとも言っていられなくなってきた。

「殿は関白さまを見限られようとしています」

永翁はもともと信濃の国衆の出であるが、信玄《しんげん》の侵攻と共に遠江《とおとうみ》に移り住んでいた。だが、今川家の没落と共に遠江が家康に侵攻された際に力戦し、一族の多くを失っている。家康の戦い方をよく知る者として秀吉に召し抱えられ、その豪気さを愛されていた。

「見限る？」

吉成は思わず聞き返したが、永翁はぐっとくちびるを結んで黙っている。

「そうだな、二度は言いたくないほどのことだな」

永翁は顔を真っ赤にし、

「関白さまに殿のお心は通じませんでした」

と告げて戻っていった。吉成は内心焦りを感じつつ、何とか事態を収めようと奔走した。木村重茲を説いて、秀吉の怒りが本物であることを秀次に伝えさせ、理解させることには成功した。その上で、再度三成と話しあった。

「やはり、地位が危うくなるという焦りがあったようだ。孫七郎さまは深く反省し、この後は一将として、殿とお拾さまを支えていく所存だと誓書の準備もしている」

吉成の言葉を聞いても、三成の表情は晴れなかった。

「殿は……」

そこで一度言葉を詰まらせた。

「殿は、許そうとされました。しかし、関白さまは悲憤と共にご自害……」

「何だと」

吉成は板の間に拳を叩きつけた。

「どうして早まられたのか……。治部少輔、お前は殿の傍にいながら！」

だが吉成は、三成がくちびるを嚙み、その端から血を滴らせるのを見て、それ以上責めるのを止めた。

「手は尽くしたのだな」

吉成の言葉に、三成ははっと顔を上げた。

「どうしてそれを？」

「わからんようでは殿の傍では働けぬ」

「市松《いちまつ》どのが関白さまに速やかに腹を召されるよう進言したのも、大きかったようです」

吉成は苛立たしげに膝を叩いた。三成は秀次に忍んで命を保つよう進言し、福島正則は自害を勧めていた。

「天下を見ているか、殿一人しか見ていないか、その差だ。ともかく、それほどの怒りであれば、関白さまと親交の深かった諸将もただでは済むまい」

「そのことです」

三成はくちびるから垂れる血を袖で拭い、背筋を伸ばした。

「細川《ほそかわ》どのや伊達《だて》どのは、関白さまと金の貸し借りがあったらしい」

「それはまた」

吉成は顔をしかめた。

「おそらくは、聚楽第の金蔵《かねぐら》の中身や次の天下さまに手をつけておきたかった、海千山千の者たちの先回りだと考えています」

「普段の殿であれば、即座に見抜けるだろうな。そして、孫七郎さまが間違いなく殿の跡を継ぐのであれば、何の障りもない」

「殿のお心はお拾さまで定まり、それに少しでも反対する気配を漂わせた者は、敵だと決めつけられるようになっています」

「大軍を動かす前に、諸将の心が割れるようなことがあってはならない」

吉成は呻いたが、三成はどこか思いつめた表情になっていた。

「私が全てを引き受けます。要は、総大将たる殿への心が揺らがなければいい」

「しかし、奉行の筆頭たる治部少輔が皆に憎まれては後々が怖いぞ」

「後々の恨みなら、いずれ晴らせます」

「俺も出来るだけのことをしてみる。もちろん、殿を諫めてもみる」

吉成もそう言って、頷くほかなかった。

「壱岐どのにお願いがございます」

三成は膝を進めてきた。

「秘かにお拾さまを護っていただきたい」

この時、後に秀頼となる幼子は京の伏見城にいた。

「もちろんそれは構わぬが、伏見の城は殿の肝入りで十分堅固なものになっているだろう。我らが殿にも内密に行く必要があるか」

「関白さまに万が一のことがあれば、人心が揺れるやもしれません。悪しきことを考える者であれば、真っ先にお拾さまにその爪牙を伸ばすでしょう。もし変事があれば、お拾さまと淀《よど》の方さまを連れて城から落ちて欲しい。伏見《ふしみ》には私から申し伝えておきます」

三成の真剣な表情におされ、吉成は勝永を伴って伏見へと赴いた。

## 八

伏見の城に吉成たちが入ったのは、日も暮れかけた頃であった。城はものものしい空気に包まれ、多くの兵が戦支度で城の周囲を固めている。

「壱岐守ですか」

普段は男子の入れない奥へと秘かに通された二人を見て、淀の方はほっと安心した表情を浮かべた。その胸に、顔立ちのふっくらした赤子が抱かれている。

「あなたたちの忠義は殿からうかがっています。頼みにしています」

勝永が淀の方を見るのは、これが初めてであった。卵のように白く、そしてすべらかそうな頬が青ざめている。目を伏せ、奥へと下がろうとした淀の方がふと足を止めた。

しんと静まり返った奥の庭先に、無邪気な笑い声が響いた。勝永が思わず顔を上げると、拾が彼の方を見て笑っている。

「おお……」

淀の方につき従う女房たちが、珍しいこと、と囁き合っている。

「なるほど、この子は士を見る目があるようです」

淀の方はわずかに微笑んで、城の奥へと戻る。それから数日、吉成父子は眠れぬ夜を過ごしたが、変事は起こらずにすんだ。

結局、秀吉の怒りは秀次自身と、その妻子と側近ら三十数名の命と引き換えに、ようやく鎮まった。だが鎮まった秀吉の心には、虚しさと寂しさと、恐怖だけが残った。

頼るべき甥を殺したことで、さらに拾丸への溺愛は深まるばかりであった。三成は秀吉の怒りが緩んだところを見計らって、関わった諸将への処罰を出来る限り軽く抑えるよう進言して承諾を得、結果的に滅んだ蒲生家の旧臣を多く召し抱えて救った。

そして、木村重茲の子の十兵衛、後の重成は勝永のもとに預けられた。まだ十歳にも満たない幼子を、勝永は名護屋の海で助けたことがある。

「二度も助けていただき、かたじけのうございます」

美しい所作で手をつく少年の肩は震えていた。

「助けたのは俺じゃない。治部少輔どのだ」

「治部少輔は」

十兵衛は呼び捨てにした。

「父を殺したのです。仇《かたき》を取ります」

燃えるような眼差しで、勝永を睨みつける。

「そのように狭い目でしか物事を見ていなければ心も狭くなり、ついには身を滅ぼす」

勝永は静かに応じた。

「滅んでも構いません。治部少輔を道連れにできるのなら！」

「お前がそうして元気に咆《ほ》えることができるのは、治部少輔どのが殿に取りなし、そしてお許しいただいたからだ」

「しかし皆が言っています。治部少輔……どのが関白さまを陥れ、己が嫌っている者を皆殺しにし、家を滅ぼそうとしている。蒲生家もそうだと」

「お前は人の噂話が、目の前にいて命を預けられている者の言葉よりも信じられると申すのか」

さすがに十兵衛は俯いた。そして、拾丸の小姓として抜擢されるに至って、ついにその認識を改めたのであった。だが、秀次事件に連座した諸将は処分が軽くなったことに喜んでも、その事件そのものが三成の陰謀ではという疑念を晴らすには至らなかった。三成は、正しき政にくだくだしい口説は必要ない、と胸を張っていたからであった。

この一件は、吉成にも大きな衝撃を与えた。

古き臣下の一人として、吉成は敢然と秀吉を諫めた。だがその時に秀吉が見せた表情は、吉成が見たこともない、酷く、醜いものであった。

「殿は俺に告げた。誰が、何を言おうと秀次は殺す、と震える声でな。あんな姿は見たことがない……。あれ以上諫め続ければ、俺すらも殺されそうな勢いであった」

戦傷だらけの手で顔を覆った。三成からも、秀次を助けられなかったことを無念に思うという口惜しげな書状が届いていた。秀吉に忠誠を誓っている者たちですら、落胆するこの度の一件であった。

「だがそれだけ、殿の志は堅固だということだ」

吉成は勝永に向けて言いつつ、自らに言い聞かせているようでもあった。

「世人はどう思おうと、我らは殿に従うのみ」

殿もまた、人ということだ。

だが秀次を切腹させ、その腹心たちや秀次と親しかった諸大名に疑いの目を向けることは、秀吉をさらに孤独にした。

## 九

もはや明は頭を下げてさえくれればいい、というのが秀吉の本音であった。

朝鮮に大軍を送った見返りは、朝鮮半島南部四道の割譲と明の降伏で我慢しよう。そう明には持ち掛けている。何せ戦いではほとんど勝っている。これで諸将に与える褒美を用意できれば、豊臣の威勢はいっそう高まるのである。大にして広き国は理想通りとはいかなかったが、数百万石なら前進といえる。

だが朝鮮からしてみると、兵を送ってきて、矛を収めてやるから国の半分を寄こせと言われて到底承服できるわけがなかった。

一方明の朝廷の多くの者は、内心では朝鮮の南半分を秀吉にくれてやっても、それ以上攻めてこないと確約するなら構わないとさえ考えていた。だが、天下の主たる大明皇帝が東夷《とうい》に敗北を認めることなどできない。

戦が長引くことを恐れた右副都御史《ゆうふくとぎょし》の郭杰《かくけつ》などは、朝鮮ではなく官位を与えて満足させるべきだと皇帝、神宗万暦帝に勧めていた。

だが明自体は、日本に追い詰められているわけでもない。万暦帝の周囲には張居正《ちょうきょせい》など優秀な宰相がいて、国政を引き締めていた。外交的にも北虜を懐柔して従属させるなど、自信が漲っている。万暦帝は沈惟敬《しんいけい》が送ってよこした秀吉の偽の謝罪文にあった、朝貢貿易の願いすら蹴ったのである。

秀吉は朝鮮人の頑迷さと明朝廷の煮え切らない態度に苛立ちながら、再び出兵の準備を進めさせていた。そして、両国の間を往来している使者の欺瞞《ぎまん》に気付いた時、その苛立ちは怒りとなって爆発した。

こうなればもはや、志の戦ではない。意地と感情の出陣であると周囲は受け取った。吉成や三成ですら、怒りの渦の中にいる主君をもはや止めることはできないと考えていた。一方、諸将にとっては一度目より二度目がよりきついことは言うまでもない。不平と不満が将兵の間で膨らんでいくのを見ながら、戦の準備を進めていた。

「そんなに頭に来てるわけじゃないぞ」

秀吉がそう言ったので、吉成と勝永は驚いて顔を見合わせた。

「お前たち、あんまり似ていないな。いや、父と子などあまり似ないのかもしれぬ。

わしとお拾も似ておらぬぞ。あんまり似ておらぬから、別の種だという噂もあるほどだ」

「そのようなばかなことを……」

「それほど、拾の顔が猿や鼠から遠いということだ」

愉快そうに秀吉は笑った。

秀吉は、ひと回り小さくなったように勝永には見えた。相変わらず、近くで話を聞けば太陽のように明るい。だが、秀次事件の惨い仕置きが、表情の片隅に暗い影を作りだしていた。

「己が一番、と思っている者は始末に負えぬな」

「大明のことでございますか」

三成が言葉を挟むと、

「わしのことよ」

と言って哄笑した。

「相手が強ければ強いほど、膝を屈させなければ気が済まぬ。家康もそうであったが、策を尽くしすぎて、気付くと膝をつかせていた自分が地に伏していることがあるわ」

笑いを収めた秀吉は、

「相手にこちらの言葉を聞かせるためには、敬させねばならん。敬させるには、力を見せねばならん。こちらを蛮人と思っているなら、ひれ伏さねば許してもらえぬと思わせるほどに強くなければならん。徳だの何だのは、その後で見せてやればよい。南蛮の連中もそうなのだろう？」

そう言って三成に訊ねた。

「洋の東西で伴天連の教えを掲げ、好き放題やっております」

「わしらより先に、明や朝鮮を押さえられてみよ。ぼやぼやしていると、我らが南蛮人の靴を舐めることになるわい。いつまでもおらが村の心配だけをしていていいわけではないわい」

秀吉は勝永を見て再び笑みを見せた。

「我らは強くなければならぬ。強き心を忘れてはならぬ。強き心とは何か。敗れようとする者、滅びようとする者への心遣いを忘れぬことだ。滅びさせず、己の力にしてこそ、大にして広き国が建てられるのだ」

そう朗らかに言った。

「唐入りでも、この心を忘れるでないぞ。よいな、しかと伝えたぞ。この戦が上首尾に終われば、太郎兵衛は佐吉についてさらに政を学ぶがよい。小三次、よいか」

秀吉の言葉に、吉成は平伏した。やがて、秀吉は立ち上がり、奥へと下がる。

「関白さまへの仕置き、いまだに信じられぬ……」

しばらくして、呻くように吉成は言った。

「あの時と、まるで違う殿のようだ」

三成は自室に二人を招くと、茶を点てて振る舞った。

「紛れもなく殿ですよ。しかし、太陽は時折翳《かげ》るようになりました」

「そうか……」

吉成は瞼《まぶた》を閉じ、不吉な予感を振り払おうとしているようであった。

「だが、日はまた昇る。一度沈んでも、その志が生きている限り、また昇るのだ。それは若い奴らの仕事だな」

吉成は茶を啜り、呟いた。

「殿があそこまで熱く言葉をおかけになるとはな……」

どこか優しい眼差しで、三成は勝永を見つめていた。だがすぐに表情をあらためる。

「我らはまず目の前の戦に勝たねばならぬ。壱岐守どの、太郎兵衛、ご苦労だがすぐさま朝鮮へ戻ってくれ」

# 第八章　義と志《こころざし》

一

二度目の渡海は、一度目を上回る苦戦の連続となっていた。

豊前毛利《ぶぜんもうり》勢は総勢二千。黒田長政《くろだながまさ》の軍、五千を主力とする三番隊に配されていた。吉成《よしなり》率いる主力には勝永《かつなが》、甚之丞《じんのじょう》、統久《むねひさ》たちがおり、九左衛門《きゅうざえもん》も一軍を伴って従っている。

先手は加藤清正《かとうきよまさ》、二番隊は小西行長《こにしゆきなが》、宗義智《そうよしとし》、四番隊は鍋島《なべしま》勢、五番隊は薩摩島津《さつましまづ》、六番隊、七番隊は長宗我部元親《ちょうそかべもとちか》をはじめとする四国勢で、全軍およそ十二万人の大軍が海を渡り豊前毛利勢を含む第三陣は釜山《プサン》に上陸後、加藤清正を先鋒、毛利秀元《ひでもと》を総大将とする右軍に組み入れられた。その他、朝鮮に築かれた各城に九州の諸将が詰めている。

釜山から北上して慶尚道《けいしょうどう》を制圧しつつ、やがて進路を西に変えて全羅道《ぜんらどう》の要衝、南原《なんげん》を目指す。宇喜多秀家《うきたひでいえ》を主将とする左軍は、小西行長を先鋒として海路西へと進み、順天城《じゅんてん》から南原を目指す。

この南原城は、朝鮮南部の交通の要衝で、首府である漢城を落とすうえで欠くことのできない城である。南の順天や羅州《らしゅう》、西の興徳《こうとく》などの沿岸都市、北の全州《ぜんしゅう》、漢城からの街道がここで交差している。

南原を越え、当初の目標である全羅道、忠清道《ちゅうせいどう》を越えて首都の漢城手前まで制圧したものの、朝鮮、明連合軍や民間人たちで組織された義軍の激しい抵抗に遭っていた。

さらに北に進めば犠牲が大きくなることや、全羅、忠清二道を抑えたことで一度足場を固めようと、日本軍も北上を止めたのである。

その時、数万の敵軍が朝鮮半島南東部の要衝、蔚山《ウルサン》を襲うとの報が勝永たちにもたらされた。その時、豊前毛利勢は蔚山から三十里ほど西に離れた同福《どうふく》城にいた。蔚山襲撃に合わせ、同福も敵からの襲撃を受けていたのである。

「相手は是が非でも同福を落とすつもりであるようだ。蔚山の戦況も関係あるのかもしれんな」

吉成は激しく応戦する味方を鼓舞しながら、そこまで読んでいた。敵の主力は義軍であったが、猛烈な攻めは正規軍をはるかに上回る勢いであった。

「援軍が来ぬうちに蔚山を落としたいのだろう」

勝永たちはまだ知らなかったが、蔚山には明軍提督、麻貴率いる四万八千の大軍が城を包囲していた。膨大な量の火器を伴った、攻城の軍である。

蔚山は慶尚道攻防の最前線である。ここを落とされると日本軍は慶尚道北部への足掛かりを失い、四道確保はますますおぼつかなくなる。

「次に敵が退けば、こちらが出るぞ」

城壁をよじ登ってくる朝鮮兵を撃ち落とし続けること二刻、疲れは見えてきたが、なかなか諦めてはくれない。吉成は静かに前を見ているだけで、ほとんど下知も出さなかった。そしてついに、敵が攻め疲れを見せた。城壁の上に顔を出すまでに迫っていた義軍が、搦め手門から退いたのである。

その瞬間を吉成は見逃さなかった。

「大手を守っている者たちを呼んでこい。旗はそのままで、大手門も開け放て。これだけ激しく応戦していきなり門を開けば、相手は策を疑うはずだ。その隙に出るぞ」

大手を守っていた兵たちが集まると床几から立ちあがり、搦め手門を大きく開かせる。銃隊を先頭に、一息ついている敵の中に突き込んで散々にかき乱すと、そのまま街道へと駆け下りた。

吉成の考えていた通り、義軍は城の周囲に集まっていたために道沿いに伏せられていることはなかった。しかも、城正面にいた義軍は策を恐れてたのか動かなかったため、豊前毛利軍は何とか同福を脱することができた。

己の国を守るために、何の報酬も約束されずに戦っている。義のためだけに戦えるのだろうか。

戦場には、万石の禄があった。太閤秀吉の志に従っていけば、栄達があった。海の向こうには、豊かな、無限とも思える地が広がっている。だがやはりそこには、命を懸けて抗おうとする人たちがいる。

敗れるとわかっていても、圧倒されるほどの大きな敵に対しても、人は戦いを挑むのだ。それでもやはり、と勝永は考える。父が一生を捧げた秀吉の壮図のために戦うのだ。

勝永たちが蔚山に程近い西生浦城にたどり着いたのは、慶長二年十二月二十六日のことであった。

二

蔚山城は慶尚道を流れる太和江《たいわこう》の河口近くに築かれていた。

城自体が小高い丘にあり、南、東には太和江があって天然の濠となっている。加藤清正が縄張りを行い、清正配下の諸将と毛利秀元から派遣された者たちで築城が進められている。石垣は七百六十六間、惣構えを囲む塀は千四百三十間、柵は千八百六十四間という、まさに要塞ともいうべき堅城である。

これを十一月の上旬から建て始め、明、朝鮮軍が攻め寄せてきた十二月下旬には惣構えまで完成させていたというから、かなりの突貫工事ではあった。だが突貫工事であるだけに、勝永たちの同福と同じく、塀や柵などが未完成のままである。

慶長二年十二月二十二日未明、五万七千もの明、朝鮮の大軍が蔚山城への攻撃を開始した。この時清正は、西生浦の築城を指揮するために出ており城にいなかったが、明軍来襲の報を得ると四方に救援を求める使者を走らせ、自身はすぐさま蔚山に戻った。

清正は大軍が取り囲んでいる中、奇襲にあって命からがら逃げかえった浅野幸長《ゆきなが》から城を受け渡されると、自ら陣頭に立った。

この時の蔚山城には、まだ長期の籠城に耐えうるだけの兵糧が運び込まれていない。三日分ほどの兵糧しか蓄えられていなかった城は、すぐに飢え始めた。五日目には従軍僧が、

「さてかくのごとくしてハ、こく水にかつへて死せん事ハ必定《ひつじよう》なり」

と書き記しているほどである。

明軍は日本側の兵糧不足に気付いていたが、城を包囲して落城を待つようなことはしなかった。救援要請を受けた日本の諸軍が蔚山に急行していることを知っていたからである。

二十二日に城攻めが開始されるやいなや、明軍の提督麻貴は全軍をあげて突撃を命

じ、翌日には惣構えを破っている。対する清正率いる数千の日本軍は銃口を並べて迎え撃ち、三の丸より内側には入らせない。

　だが空腹は強敵よりも恐ろしい。清正の目を逃れて投降、逃亡する者が相次ぐありさまだった。

　清正も蔚山城に戻るなり、近習の一人を自分の船に乗せて西生浦に送り、窮状を訴えさせていた。だが、二十六日の時点で西生浦で戦えるのは豊前毛利と小早川勢の一部だけである。

「軍はすぐには向けられぬ。太郎兵衛ならどうする」

「兵を送れないのであれば、まずは心を送ります」

「心は見えぬぞ」

「いえ、見えます」

　ではやってみよと命じられた勝永は、本陣からひそかに抜け出して甚之丞を伴うと、蔚山へと走った。西生浦から蔚山まではわずか五里ほどに過ぎない。人々は戦を避けて山に入ったのか、村落にもほとんど人はいない。

　街道を走った勝永は、蔚山から太和江を隔てて南に数里の所にある丘陵の上に達した。十数人の明兵が烽火台《のろしだい》を組んで守っている。蔚山の城内までは見えず、銃弾も届かない距離にあるが、構えの全体を見下ろせる位置にあるので、異変があればすぐに本陣に知らせることができる。

だが、明軍は城を何重にも取り囲んで激しく火砲を撃ち込み、いまにも城を落とす勢いである。兵たちも落城の瞬間を期待して城を見つめ、勝永たちが近づくのには気付いていない。

「久々にやってみるか」

勝永は手ごろな石を三つほど拾い上げる。

「あの櫓の上」

勝永が指した先には小さな櫓があり、二人の兵が登って戦況を見つめている。

「一息で落とす」

「落とすって、石を投げてですか」

甚之丞が呆れたように言った。

「あいつらが倒れると同時に逃げようとする奴を統久が撃ってくれ」

「大丈夫なのか」

統久は首を振り振り鉄砲を構える。

勝永は大きく息をつき、腕を振りかぶると立てつづけに石を投げ放つ。一発目は兵の頭を弾き飛ばしたが、もう一発は狙いが外れ、その背中に当たる。苦悶の叫びを上げかけた兵を、鉛玉が貫いた。

「やっぱり鈍ってるじゃないか」

統久は舌打ちしつつも、次の弾を放ってさらに一人を倒す。残りの兵たちは悲鳴を上げて逃げ出すが、勝永は追わせなかった。

「甚之丞、烽火を上げろ。そして旗を振るのだ」

櫓の上で勝永は力一杯、一文字三ツ星の毛利の旗を振った。城は寄せ手に向かってひっきりなしに銃を放っていたが、ふいにそれが止まる。

まだ小屋でしかない本丸から、勇壮な太鼓の音が聞こえてきた。そして清正の象徴である、白地に朱色で南無妙法蓮華経《なむみようほうれんげきよう》と大書された旗印が激しく打ち振られた。

「よし、まだ主計頭《かずえのかみ》どのには戦意があるぞ。今なら間に合う」

勝永たちに気付いた明軍が激しく火砲を撃ち掛けてくるのをしり目に、彼らは山を下って西生浦に戻った。だが、勝永がせっかく城を励ましたというのに、すぐに蔚山に救援が向かうことはなかった。

三

年が明けて慶長三（一五九八）年正月二日になって、ようやく毛利秀元のもとで救援部隊の陣割が成った。

「遅すぎる」

と勝永は憤慨していたが、それを見咎めたのが救援部隊の総大将を任された秀元であった。彼は輝元の従弟でその養子となっており、この時齢二十。その若さで毛利三万の軍勢を率いていた。二十二歳の勝永より年若いが、輝元に似た重厚さを持った男であった。

「遅すぎるとは何事か」

「味方が窮地に陥って直ちに動かねば、一軍を失うだけでなく戦全体に響きます」

「戦には段取りがござる。敵に押され、窮地に陥る味方を確実に救うために、我らは段を踏まねばならん。俺は太郎兵衛どのが見せた黄石山城攻めを見て、これは端倪すべからざる将とお見受けした。そのような御短慮こそ、戦に響きましょう」

秀元は罵るでもなく、静かにたしなめた。勝永はその大きさに打たれてはっと俯く。

確かに、救援の要請から十日ほどで、朝鮮に散っていた数万の軍勢が西生浦に集まり、秀元の指示で陣立てが組まれていくその動きは速いといえた。そして即日、吉成を先頭として、鍋島、黒田、蜂須賀《はちすか》勢を第一陣として蔚山へと出立した。

吉成は勝永に対し、

「蔚山城へ赴き、救援まで何とか持ちこたえるようもう一度励ましてこい」

と命じた。というのも、明軍は清正の抵抗が激しいことに加えて、日本の救援が態勢を整えつつあるのを見て交渉によって城を開かせようとしていた。勝永の後、毛利秀元も近習を率いて蔚山近くまで達し、城方に救援の到着を知らせている。

これによって城内の士気は鼓舞されたものの、水や兵糧が増えるわけではない。城兵は奮戦しているものの、絶望して投降する者も後を絶たない。明軍提督の麻貴が使ったのは、そのような降兵だった。

惣構えを破られて間もなく水場も押さえられ、馬も草も食い尽したことで、城内には「ひだるさ」が満ちていた。飢えは兵から戦意を奪い、さすがの清正も降伏を考えるほどとなった。

麻貴は散々自分たちを苦しめた清正を許す気はない。降将を使者に立てて、城を開けば将兵の命を助けると言葉巧みに持ち掛けたのである。だが、清正には味方の援軍が間に合うのではないか、という希望があった。

勝永が蔚山城にたどり着いたのは二日の深更であった。彼が連れていたのは、統久と宮田甚之丞など、わずか数名である。

「よく来たな」

清正の頬はこけていたが、ひだるさを微塵も感じさせず勝永たちを迎えた。

「援軍がこれだけとは安芸宰相（秀元）も随分と吝いじゃないか」

哄笑すると城じゅうに響き渡るような声である。だが、他の者たちはぐったりと座り込んで、勝永たちに目を向ける者もいない。

「歓迎の宴もない無礼は許してくれよ。みな腹が減っているのでな。お前たちも己の口は自分で満たしてくれ」

寄せ手からの銃声はほとんどない。

「相手は兵糧攻めに変えたのですか」

「いや、降伏しろと言ってきた」

清正はあっさり明かす。

「助けが来なければ、降るしかない。ここまで戦ってきた兵たちを無駄に死なせるわけにはいかんからな」

勝永は焦った。清正ほどの武将が降ることを考えるほどに、城内は惨憺たる状況になっている。

「で、太郎兵衛よ、西生浦の連中は来てくれるのか」

「明後日に来ます」

と勝永は請け合った。

「では向こうの大将と会うこともないな。もしもう一日遅ければ、俺は向こうの楊鎬《ようこう》という男と話すつもりだった。……いや、待てよ」

清正は額を叩いて何か思案をしていた。

「おい、救援が来るなら、なおさら話くらい聞いてやってもいいよな。その方が目も耳も逸れるだろう……。太郎兵衛、援軍は誰が率いるんだ」

「宰相秀元さまです」

「ならば大丈夫だ」

すぐさま使者を明将の楊鎬に送った。

楊鎬は明軍の副将にあたる経理である。蔚山城を開かせるために様々な手を打っているのはこの男だった。使者に立つ者に知恵を授けたり、礼を尽くした手紙を清正に送ったりとその策は時宜を得ている。

だが清正も凡庸な男ではない。明軍へと使者を立て、楊鎬との会談を受けると言い送ったのである。

「後詰めが来てくれるのなら、華々しくやってみせようじゃないか」

清正の使者の効果か、翌日の未明になって敵軍の包囲はやや緩んだ。

# 四

蔚山城は丘陵上にある本城と、一段低いところにある出丸を惣構えで囲み、守りを固めている。包囲が少し緩んだものの、出丸は落ちて三の丸も崩壊寸前となっている。

「帰れるか」

清正は勝永に訊ねるが、本丸から見える敵軍は城の周囲をびっしりと埋め尽くし、いかに身をやつそうと脱け出ることは無理のようだった。

「どうも相手は不審に思っているようだ」

清正の奮戦ぶりが、降伏の条件を話し合いたいという使者の口上を疑わせていた。

「行けます」

「明日の朝飯は腹いっぱい食えるといいな」

そう呟いた清正は、南無妙法蓮華経と唱えた。

清正が勝永を見送ったのは、深更のことである。

勝永が西生浦に着いたあたりで、地響きが聞こえてきた。五万七千の軍勢が放つ人いきれが濛々と立ち込めている。銅鑼《どら》と太鼓が激しく打ち鳴らされ、肝を冷やすような喊声が四方から響いてくる。

「父上！」

吉成は既に手勢を揃えて待ちかまえていた。勝永から経緯を聞くと、

「さすがは虎之助。だが敵もさるもの、城に攻めかかっているようだ。だが、策と気付いて城を落とすことを焦っているなら、必ず隙がある。宰相さまには俺から言っておく。まずは行け！」

勝永は二千の兵を率いて蔚山城にとって返す。東の空が白々と明け始め、濛々たる霧が太和江から立ち上って明、朝鮮軍の姿を隠している。

「このまま突っ込むのは危ない」

そう統久は進言したが、

「いや、見えないのはあちらも同じだ。大きく回って敵の背後に出て、そこから一気に城まで行くぞ」

と勝永は先頭に立って走る。霧の中、戦場の喧騒だけを頼りに進んでいると不意に風が吹いて霧が晴れた。

「今だ！」

もともと奇襲をかけるつもりだった勝永たちの方が先手を取った。城に向いていた敵軍は背後から散々に突き崩されて道を開ける。蔚山城壁の上からは歓声が上がり、

勝永は意気揚々と城に入った。

だが、後の軍勢の姿がまだない。

太和江を埋め尽くすように明軍の艦隊が並び、火砲を打ち掛けてくる。清正は自ら三の丸まで出て、銃隊を励ます。

「今日を先途と戦え！　これある毛利豊前守が援軍を約してくれた。間もなくだぞ！」

すでに空腹も覚えなくなった兵たちが獣の咆哮を上げてそれに応える。

「これで援軍が来なかったら、太郎兵衛は食われちまうぞ」

統久が横から囁く。

「食われるのも悪くはないが、助けが来なければ一戦して死ぬのみだ」

「なかなかの心構えじゃないか。さすが壱岐守どのの子だけはある」

清正は感心した。

「父は必ず来ます」

「そう願ってるよ」

明軍は持てる力の全てを城にぶつけてきた。大砲の発射音は、遠雷のように響く。そのあと、風を切って着弾すると近くにいた兵たちの体が四散する。

そんな中、清正は恐れる様子もなく指揮を続けていた。兵たちは自らの心が挫けそうになると、振り向いて清正の姿を確かめている。一人の兵が駆け寄って来て膝をつく。

「三の丸が破られました！」

「慌てるな。二の丸へ退け。これまでは何日も本城の全てを支えてきた。だが今日は本丸までさがっていいのだ。決して死に急いではならんと皆に伝えよ」

清正の声は乱戦の中とは思えぬほどに穏やかだった。

「主計頭どのはもっと激しく戦われるのかと思っていました」

「いつもはな」

清正は槍をついて立っている。虎を突き伏せたと噂の大槍だが、勝永は清正が雄姿を兵たちに見せたくて槍をついているのではなく、そうしないと立てないからであることに気付いた。

「戦も極まると、鞭で叩こうが怠慢な者の首を斬ろうがもはや関係なくなる。俺はこれまで殿について勝ち続け、真の負け戦を知らぬと思い知らされたよ」

三の丸から兵たちが戻ってくる。多くが痩せ細り、銃を担ぐだけでよろめいている。だが、それほどまでに弱った兵たちが五万七千の敵を防ぎ続けているのだ。

「初めは朝鮮の兵は弱いと思っていた。戦になると話にならぬほど弱かった。だが、勝ったと思ったあたりから息を吹き返し、我らは十数万の兵を率いて朝鮮をくまなく蹂躙しているというのに、気付けば海べりの城に押し詰められている」

だが、と清正は声を励ました。

「我らにも、同じことができるはずだ。明と朝鮮の大軍を引き受けて死地に身を置いても、負けぬ戦ぶりがあると気付いたのよ。それを知ったのは、朝鮮の者たちの戦いぶりを見たおかげだ」

敵をかき乱し、苛立たせ、進退を巧みに使い分けて大敵に対する。

「もちろん、戦の最後は力と力のぶつかり合いだ。攻めきった方が、守りきった方が勝利する。だがその前にできることが無数にある。これまでは、それは殿か謀臣の仕事だと割り切っていたところがあったが、意外とやれるものだ」

清正の顔にはやりきった満足感すら漂っていた。

「これほどの戦をしてのけていることを殿に知っていただきたいものだ」

秀吉は大いに喜ぶだろう、と勝永は思った。だがまだ絶望的な戦が続いていることに変わりはない。太陽が傾きかけて、二の丸にも無数の敵兵が取りついて、ついに城柵の一部が破れかけていた。

兵たちは既に気力だけで戦っている。誰も声を発することなく、ただ黙々と銃を敵に向け、柵に取りついた者を槍にかけている。

「援軍はどうした。来るのか」

我慢しきれず勝永に訊ねたのは、統久だった。

「わからないよ」

「そうか……」

統久は身につけている大量の弾丸や硝薬を扇のように広げて検分し、気合いを入れるように己の頬を叩く。

「鶴賀城の勇士もあの敵には臆するか」

「島津の方が怖かったですよ」

ふっと清正は鼻で笑う。

「島津は攻めるために城を取り囲んでいたが、奴らは守るために来ているんだ。強さの質が違うのかもしれんな」

清正は、本陣を前に出すように命じた。

「打って出られるのですか」

勝永が訊ねると、自信満々の表情で頷く。

「敵は疲れてきたようだ。火砲の音ばかりで軍勢の足音が弱々しくなっている。しかも、太郎兵衛の言っていた通りに援軍が近づいてきているようだ」

「そこまでわかるのですか」

「敵の足音は多くのことを教えてくれるから、耳の穴は綺麗にしておくといい」

清正は手勢を率いて門を開かせる。危ういことを、と勝永はひやりとするが門の向こうの風景を見て驚いた。寸前まで壁や門に取りついていた無数の敵は、波が退くように去ろうとしている。

「逃さんよ」

清正が虎の咆哮を上げると、空腹で倒れそうであったはずの肥後勢が喊声で応じる。

「根絶やしにしてこい！」

大きく開かれた門に気付いた明軍将兵の表情が恐怖に歪むのが、勝永にも見えた。こうなれば、味方が無勢であろうと飢えていようと関係ない。兎を狩る獅子のように清正の兵は猛り狂い、その日の夕刻のうちには明、朝鮮の連合軍は壊滅して蔚山城から遠く北へと逃げ去っていた。

夕刻になって西生浦から到着した援軍が目にしたものは、城の周囲に山となった明軍の死体と、幽鬼のようになって勝鬨をあげる清正の兵たちであった。

## 五

翌日、清正が城の周囲の死体を数えさせたところ、それだけで一万三百余りあった。追撃戦も合わせると二万近くの敵を葬り去ったことになる。だが、蔚山の城内には戦勝気分とはほど遠い、険悪な空気が流れていた。

福原長堯《ふくはらながたか》、という男がその軍議を仕切っていた。

秀吉の小姓頭であり、北野大茶会《きたのおおちゃかい》の奉行を任されるほどに信が厚い。妻は石田三成の妹でもあり、秀吉や奉行衆の意向を誰よりも理解していると強く自負している。

「何故軍を進めないのか」

諸将を難詰する。

「敵は万を超える犠牲を出して退き、その戦意は地に落ちている。退く敵を討つのは戦の常識ではないか。ここで追わずしてどうするのだ」

「そう言うがな、あんたは我らがどれほど急いで蔚山まで来たか見ていないわけではあるまい」

藤堂高虎が顔をしかめて言い返した。

「主計頭の危急を救うために、みな腰兵糧だけで駆けつけてきたのだ。追うのはよいが、その兵站《へいたん》はどうしてくれるのだ」

「兵糧はそれぞれの責と決まっている。太閤殿下は四道を確たるものにするため、敵を北へと押し戻すことを望まれている。その好機を逃すとなれば、罪は重いですぞ。臆する者はその名を記し、太閤殿下に裁いていただく」

長堯は居丈高《いたけだか》にそう言い放つ。

「殿がそんなことを許すはずがなかろう！」

と一喝したのは、清正であった。

「兵は疲れ、兵糧もない。このような時に深追いし、伏兵にでもあって手ひどく敗ればその責は誰が負うのだ」

「それも諸将の責だ」

「文句だけつけて戦いの責は負わぬ、では指揮などできぬ。もうお前は黙っておれ」

言葉は静かであったが、激戦を戦い抜いた清正からは異様な圧力が放たれ、長堯の口を封じた。

「小西弥九郎や立花侍従《じじゅう》がまだ来ておらんが、今後のことを考えなければならん。蔚山を一度は守ることに成功した。だが、明軍が再びやって来れば、守りきれるかどうかわからない」

実際に戦い、敵を退けた上での言葉には重みがあった。

「西生浦を前線として、蔚山は捨てた方がいい。それに、戦線が東西に広がりすぎていて互いに救援することもままならない。もし敵が兵を分けて一時に攻めてくれば、孤立して滅ぼされてしまう」

多くの将がそれに賛同した。

「蔚山、順天、梁山の城を捨てて、西生浦、釜山、泗川の線を守ろう」

「それではまるで負けているみたいではないか！」

長堯が再び異を唱える。

「右馬助《うまのすけ》よ。お前、朝鮮で何を見てきたのだ。一戦での勝ちが、全ての勝ちに繋がらんのがこの朝鮮という地での戦だ」

「主計頭どのは敵を恐れているのか。敵はあなたの前で潰え去ったのだぞ」

「またすぐに、数万の大軍を連れて戻ってくるだろう。我らが北京の城を落とさない限り、それは永遠に続く」

「では北京を落とす策を考えるのだ。殿のお望みはそこにある」

「本気でそのような戯言《ざれごと》を口にしているのなら……」

斬る、という前に長堯は蔚山城から逃げ出していた。清正は吉成と勝永の方を向いて、西生浦を任せたい、と頼んだ。

「何故治部少輔たちは殿を止めてくれないのだ。我ら十万を超える軍勢をこうして海の向こうに送り込み、存分に戦わせている手並み、ただの武辺者ではない。それだけの才があるなら、殿にこちらの姿を正しく伝えられるはずだ」

勝永は父から、秀吉の雄図を聞いていた。三成も同じく、大にして広き国を創ろうとする気概があった。だが、戦の前線は既に崩れている。勝永は言うべき言葉を探したが、見つからない。

「殿は朝鮮の実情を知れば、必ず俺の策を承知してくれるだろう。奉行衆がどう考えているかは知らんが、戦の実際は殿が一番よくわかって下さる」

吉成はしばらく黙っていたが、

「心得た。では俺が豊前衆を率いて西生浦に入るから、虎之助は釜山に戻って軍を休めてくれ」

秀吉の心を口には出さずに承知し、清正は高橋元種《もとたね》や秋月種長《たねなが》らの諸将と共に西生浦に残った。蔚山の救援に来た諸将も、清正らと決めた手はずに従って各地に散っていったのだが、三月になって秀吉から送られてきた書状に記されていたのは、激しい叱責であった。

六

秀吉からの命によって釜山の守りに移された勝永は、郊外の甑山《そうざん》山頂に設けられた山城から港を出入りする船を眺めている。

「殿は正気なのか」

統久は呆れている。

「来年になったら東国衆を率いて朝鮮に渡ってくるだと？」

蔚山で諸将が決めた、前線を南に下げる方針は秀吉を激怒させた。それは福原長堯が口をきわめて清正以下諸将の怠慢を罵ったからでもある。秀吉は蔚山、順天を捨てることは許さず、逆に置兵糧を増やして攻勢への準備を進めよと命じていた。

「病を得て耄碌されているのではあるまいな」

と統久が無礼なことを言うので、さすがに勝永もたしなめた。

だが、慶長三年の秋に入ってから秀吉の体調が思わしくないとの噂が広がっているのは釜山だけではない。各地で秀吉の病が篤い、もしくは既に死んでいるという者すらいた。義軍の執拗な襲撃にただでさえ参っている日本軍の士気は下がる一方であった。

実際には八月に秀吉は世を去っているのだが、将兵の動揺を抑えるためもあってその死は秘されていた。

だが、勝永は父と共に本土からの使者を受け、秀吉が世を去ったことを知っていた。吉成が嘆くよりも先にまず気にしたことは、秀吉の遺志であった。主君が最期にどう命じていたかで、今後の動きが決まる。大にして広き国を求める方針を続けるのか、そうでないのか、である。

だが、使者としてやってきた徳永寿昌《とくながながまさ》と宮木《みやぎ》豊盛《とよもり》の答えに、吉成は落胆していた。

「秀頼さまのことだけをご心配なさっていました」

「それはわかった。朝鮮の将兵はどうせよと仰っていたのだ」

二人は吉成の問いに答えられない。死の床に就いた秀吉は、老い衰えた父親でしかなかった。全てはたった一人残された息子のために、家康をはじめとした有力大名が忠誠を誓ってくれることだけを願っていた。

朝鮮にもその誓約状が回ってきている。その時に勝永は奇妙に思った。これだけ長く秀吉のために働いている吉成にすら、改めて忠誠を誓わせるのだ。

「唐入りの軍勢については、五大老・五奉行の面々から和平に向けて働くよう命じられております」

「交渉には、徳永どのと宮木どののお二人があたられるのか」

「主計頭どのが行うべきとの命ですが、戦況によっては他の者があたっても構わない、とのことでした。博多では可能な限り多くの船を集め、皆さんを帰らせるべく準備を進めております」

「そうは言うが、簡単にはいかんぞ……」

釜山にいれば、明軍の動きもつぶさに入ってくる。蔚山で大敗を喫した明、朝鮮軍は互いを救援する前に、複数の軍を同時に進めて城を落とすという方針に変えていた。

清正が危惧していたように、前線となっている蔚山、順天、泗川が敵の標的となっている。徳永寿昌たちが各地を巡って釜山への撤退を伝えている間に、吉成は船団の集結を急がせていた。

「とりあえず船の算段はついた」

とは言うものの、吉成の表情は厳しい。

「蔚山の戦いを見る限り、順天も泗川も落ちない。弥九郎も薩摩侍従も力を尽くして守れば敵を退けるだろう。だが、李舜臣《りしゅんしん》の動きも読めないし、義軍も鳴りを潜めているのが気になる」

と敵のことばかりを気にしていた。

全軍の帰還に備えるために吉成と勝永が奔走しているころ、蔚山、順天、泗川に明、朝鮮軍が襲いかかった。だが、吉成は釜山の諸軍に救援を求めることもなく、三城からも助けを求める使者は来なかった。

救援よりも、釜山への撤退を優先させたからである。日本式の城郭と、各軍が持つ多数の銃があれば、寄せ手を跳ね返すことができる。そして明軍の城攻めは性急で、数日攻めかけて落ちなければ戦意を失って退くというのが定説となっていた。

順天を守っていた小西行長も、泗川にいた島津義弘も、火砲を多用する明軍に苦しみながらも敵に大損害を与えて退けた。

「さすがの御両人、といったところだな」

吉成はさして感心することもせず、釜山に集結した大船団を城から見下ろしている。明軍の指揮官たちは、内心では日本軍が撤退することを歓迎していた。何せ戦では敗れているのだから、これで日本軍が帰国すれば勝利として皇帝に報告できる。

順天の小西行長と明の劉綎《りゅうてい》との交渉は順調に進んだ。百二十斤の大刀を振り回す猛将であった劉綎だが、小西行長をおびき出して謀殺しようとするなど知恵も働く。行長も慎重に話を進め、ついに劉綎から撤退の邪魔をしないという確約と、人質としてその弟を得ることに成功した。

十一月に入ると泗川の島津軍をはじめ、全羅道と慶尚道に展開していた日本軍の主力はほとんど巨済島に集結していた。各軍の帰還を取り仕切るための奉行には寺沢広《てらさわひろ》高《たか》が向かい、勝永もその補助として釜山からさし向けられている。

朝鮮本土にいる日本の大部隊は、順天の小西行長を残すのみとなっていた。彼は劉綎との交渉の末、十一月十日をもって城を後にすることになっている。

「やっと終わる」

安堵が巨済島に集まった将兵を覆っていた。だが、勝永は、

「これで終わるわけがない」

と皆に言い続けていた。

「朝鮮の民は、日本の奴らに復讐していないんだ。恨みを一つも晴らさずに、無事に帰すわけがない」

もはや和議はなった。だが、その和議は誰と誰が結んだのだ。朝鮮の将士が一人でも承知したのか。李舜臣が大人しく引き下がると思っているのか。義軍だってそうだ。朝鮮人の鼻を削いだ連中全員の頭を砕かぬ限り、帰す気はないはずだ。

勝永は港を見つめていた。そこに、立花宗茂が通りかかった。柳川勢も数日のうちに巨済島を後にすることになっている。だが宗茂は、

「李舜臣と義軍の動きが見えないのは俺も気になっている。たとえ談判が成ったとしても、奴は本当に来ると思うか」

と勝永に訊ねた。

「来ると思います。我らは朝鮮人を侮りすぎているように思います」

「侮ってなどいない。明軍はどこか割りきって戦っているようなところがあったが、朝鮮の将兵は、いや、民も含めて、たとえ装備が劣っていようと、粘りついてくるような強さがあった。これまで戦った者たちの中でも、屈指の強さだった」

真摯な表情で、宗茂は言った。

「だが我らも生きて帰らねばならん。そのためには力を尽くす。お前の同胞を何万殺すことになっても、我らは帰る」

朝鮮兵の強さを称えたのと同じ口調できっぱりと宣言した。勝永もその言葉に頷く。

この頃になると、秀吉の死の報は朝鮮全土に広まっていた。戦が終わる予感とともに、朝鮮の人々の怒りは頂点に達していた。日本の諸将が巨済島に軍を集めているのは、義軍の襲撃を恐れているためでもあった。

日本軍にすでに戦意はなかった。ただ、皆で日本へ帰ることだけを考えよと、宗茂などは兵たちに命じている。その邪魔をする者こそが敵なのだ。

そして、最大の敵はついに順天城の沖合に現れたのである。

## 七

小西行長が順天から撤退するまさにその前日、南への退路を敵の水軍が埋め尽くしていることに気付いた。

彼は慌てて全軍を陸に揚げると、順天の城に立て籠った。曲輪と櫓、そして掘割を組み合わせた日本式の城郭は明、朝鮮軍の苦手とするところだ。

だが、帰国の宴まで開いていた小西軍の士気は地に落ちていた。

「このまま異国の土になりたいのか。助けが来るまで持ちこたえろ！」

行長は絶望に押しつぶされそうになりながら助けを求め、明軍の劉綎や水軍提督の陳璘《ちんりん》に使いを送って道を開けるよう懇願した。李舜臣にも多額の賄賂を贈って懐柔しようとしたが、

「金はいらん。首を置いていけ」

と一蹴される始末である。

順天での異変を知った巨済島の面々は、すぐさま五百の軍船を仕立てて助けに向かった。李舜臣の来襲を予期して備えを固めていたのは、立花宗茂だけではなかった。いちはやく船を出したのは島津義弘の水軍である。

もちろん、勝永も戦いに出るつもりではあったが、豊前毛利の主力は釜山にいる。敵を前に何もできないのか、と落ち込む勝永に日に焼けた男たち数十人が膝をついた。

「来島《くるしま》の……」

「はい。我が主、節巌院通総《せつげんいんみちふさ》さまと共に船手を務めておりました船手衆です。我ら塩飽《し わく》伝八郎《でんぱちろう》以下、豊前守さまの船手衆となって働きます」

潮錆びた声が心強かった。

来島通総は勝永と旧知の仲である。九州攻めの際に勝永らを含む四国勢を乗せ、海の難所である速吸瀬戸《はやすいのせと》を渡してくれた。だが、慶長二（一五九七）年の九月、鳴梁《めいりよう》で

の海戦で李舜臣率いる朝鮮水軍と戦って戦死している。

「来島家は長親《ながちか》さまが継がれましたが、我らの心は収まりません」

「仇をとりたいと申すのだな」

「あなたは若き日の通総さまによく似ていらっしゃる。他の大名の下で働くのであれば、あなたの指揮のもとで戦いたい」

塩飽伝八郎の言葉は、まさに勝永の望むところであった。

「狙うは李舜臣の首ただ一つ」

戦意に燃える来島水軍はおたけびを上げ、盾板を周囲に張り巡らした二十四丁櫓の小早船に乗り込む。その数はわずか十隻に満たないが、海を知り尽くした男たちに導かれてたちまち立花宗茂、島津義弘の旗印が見えるところまでたどり着く。

「おい、あの味方の船！」

島津の旗を掲げた一隻に、敵兵が小船から乗り移ろうとしていた。身なりは粗末で、義軍のものと見えた。勝永は周囲に助けよと命じる。小早船が近づくと、船に乗り込もうとしていた男たちは慌てて小船に戻り、漕ぎ去っていく。

「どうした」

舷側から顔を出したのは、島津義弘である。既に数発の矢と弾を受けているらしく、顔は血まみれであった。

「敵兵が乗り込もうとしておりました」

「そうか！」

戦場とは思えぬような、爽やかな笑顔を浮かべて薩摩の将は礼を言った。

「一つ命を助けられた。こりゃあ何としても摂津守《せっつのかみ》どのを助けねばならんな。お前らはどうする」

「相手の主将を狙います」

「それはよか考えじゃ。わしらもそうしよう。どちらが首を挙げるか、勝負といこう」

順天《じゅんてん》沖では既に、炮録《ほうろく》と火砲の炸裂する音が轟いている。島津の水軍はそのただ中に突き入ったが、勝永はあえて船を止めた。

「どうしたのです」

来島の水軍衆は苛立って叫ぶ。

「俺たちが狙っているのは、総大将の船だけだ。だったら、やみくもに突っ込むのはうまくない」

勝永の言葉に、水軍衆は落ち着きを取り戻す。

「だったら俺たちが探りをいれてくるよ」

と一隻が船団から離れて乱戦の中を走っていく。

速い船足を生かして戦場を見てきた一隻の盾板は、激しい銃撃にあってぼろぼろになっている。数人の死者も出たが、誰も嘆かない。

「李舜臣の御座船《ござぶね》、見つけたぜ」

その言葉に皆が快哉を上げる。

「ちょうど島津の連中が突撃をかけている」

「まさに好機だ。他の誰にも目もくれず、李舜臣の船のみを目指して進め！」

小早の群れは銃弾の嵐の中を進み、一隻、また一隻と炎に包まれても止まらない。船内で炮録が破裂し、爆煙が立ち上る。断末魔の叫びの中を、来島衆が指示を仰ぐ。

「狙うは総大将のみだ！　援護してくれ！」

勝永は叫ぶ。残った小早は三隻。さらに乱戦の中をぐり抜けると、ひときわ大きな朝鮮側の板屋船《いたやぶね》が悠然と浮かんでいた。砲火を八方に放ち、群がる日本軍船を蹴散らしている。島津の船手衆が大きな損害を受けたものの、小西行長をはじめとする日本軍は順天を何とか脱出した。李舜臣が戦死したらしい、と勝永が知ったのは釜山に帰ってからのことであった。

この海戦の後、本格的な交戦はなくなり、日本軍も順に朝鮮を後にした。吉成と勝永が釜山を後にしたのは十一月二十四日。小西行長たちが十二月十一日に帰国したのを迎えて軍務の整理を行った後に、ようやく小倉へと戻ることができたのであった。

八

慶長三（一五九八）年八月、豊臣秀吉が世を去った。

朝鮮にいた勝永は、加藤清正、黒田長政、そして加藤嘉明がいかに力戦苦闘して朝鮮を退いてきたかを目にしてきた。

帰国してもおあんとの再会を喜ぶ暇もなく立ち働き、ようやく残務が一段落した。その時を見計らったように京の三成から招きがあった。

何とか帰国した諸将の間で、争論が巻き起こった。小西行長が、前述の三人に吉成を加え右四人を、奉行衆、大老たちに向けて告発したのである。その内容は、釜山から撤退する際に、自分を見殺しにしようとした、というものであった。

これに加藤清正は激怒した。主君のために懸命に北へと攻め上ったのである。秀吉が朝鮮や明を征討する志があるのなら、そのために力を尽くすのが武将の役目である。実際の戦では進退はつきものであり、彼は秀吉に代わって明側の将と交渉も行っていた。

清正には、戦の頃合いを見抜く眼力があった。三成たち奉行衆の見事な支援があったとしても、平壌から北の線に進むのは無謀なのである。だが、それを何度言っても秀吉は承知してくれない。撤退すれば秀吉から激しい叱責を喰らったほどである。

その戸惑いと怒りは、まず秀吉の命を伝える奉行衆に向かった。

「三成が讒言しているようだ」

と清正の耳に入れる者がいた。

「そんなことはあるまい。奉行衆も前線の事情はよくわかっているはずだ。彼らは全ての数字を握っているのだぞ」

戸惑ってはいても、はじめはそう言って信じなかったが、秀吉があまりに頑な姿勢を崩さないので、清正も疑いを抱き始めた。そして三成も弁解することなく、両者の溝は深まっていったのである。溝はその人の行動に出る。

秀吉が死んでも、清正たちと奉行衆の軋轢は解消されなかった。三成と親しい行長とは領国が近く、境界をめぐって争ったこともある。朝鮮から帰国する際も、行長が釜山に帰り着く前に清正が城を焼き払ったものだから、今度は行長が清正に恨みを抱いていた。

撤退ということで明とは話がついていたものの、順天城では退路を断たれて死にかけた記憶がまだ新しい。釜山を焼かれた後で襲われれば、我が身を守ることもできず異国の土になるところであった。

一方、清正からすると行長は先陣争いを繰り広げた相手だ。文禄の時に詐術がばれて誅殺されそうになったところを、三成らのとりなしで何とか許された。慶長の戦役で軍功を立てて罪を償うと誓ったはずなのに、やはり朝鮮でしていたことは体裁のとりつくろいのためなら偽りも辞さない明との交渉である。

三成が一貫して行長寄りの立場をとったため、さらに距離は広がっていたのであった。

「置いてけぼりにされそうになったから逆恨みか。尋常に戦えば虎之助（清正）と並ぶほどの将であるのに、小知恵が働いて一言多いばかりに敵ばかり作る」

吉成は渋い顔である。勝永も、行長の訴えの内容を聞いて、愉快ではなかった。

「父上が味方である小西摂津守の軍勢を焼き殺そうとしていた、とはひどすぎる」

蔚山から撤退する際に、敵の奇計に遭って危うく全滅するところを、島津義弘らの奮戦によって何とか脱出できたのだ。その一戦には勝永も参加しているし、諸将もその援護に回って必死に戦っていたことを誰よりも知っている。

「摂津守は、一度目の出兵の時から、いや、その前から虎之助に含むところがあるのだろう。二人は肥後を分け合ってその境を巡って争いもある」

三成は吉成と勝永の顔を見るや、ほっとした顔をして見せた。

「朝鮮での戦が終わってからが、私の戦の始まりですよ」

「いや、治部少輔の手まわしが良かったおかげで海の向こうでのことながら、存分に戦えたよ」

「皆が壱岐守どののように考えて下さればいいのですが」

「だが、摂津守の難癖は受けて立つぞ。虎之助も吉兵衛（黒田長政）も言いたいことはいくらでもあるだろうからな」

「もちろん、訴えには存分に論を返して下さい」

「治部少輔は摂津守と親しいのだったな。肩を持つか」

「どちらの肩を持つことも致しません」

「それだけ聞けば十分だ。それより治部少輔、殿の最期の様子を教えてくれぬか」

「そのことです」

そこでようやく、吉成と勝永は主君の死にざまを聞くことができた。三成によれば、秀吉の死にざまは決して美しくなかった。聡明な頭脳と太陽の子と称されたほどの明るさは、徐々に消えていったという。

「殿の志はこれで終わるのか……」

吉成は無念そうにため息をついた。

「何故です？」

さも意外そうに、三成は言った。

「病の中でも、かつての殿が戻って来られることはありました。大にして広き国を築こうという志が揺らいだことはありません。我らにその志を諦めろと命じられたこともありません」

主君の死の衝撃は、既に三成の表情からはうかがえなかった。大軍を海の向こうに送り、そして迎えるという大仕事を成し遂げ、この先どう政を運営していくか、という難事に心を砕いていた。

「もちろん、我らもそのつもりだ。殿の恩に報いるのは、まさにこれより後のことである」

そう毅然と言った吉成には、三成も安堵した表情を浮かべた。立ち上がりかけた三成は、吉成たちの前で居住まいを正した。

「殿は最後まで、壱岐守どののことを気にかけておいででした。我が家を守ってくれるのは、小三次である、といつも仰っていました」

そう言って去って行った。吉成はしばらく黙然と座っていたが、やがて涙を流し始めた。嗚咽が慟哭に変わり、そして端然とした瞑目に変わるまで、勝永は父を見つめていた。

三成に諭された小西行長が、吉成たちのもとを訪れて互いの思いを話し合ったのは、それから間もなくのことであった。

だが年が明けた慶長四年の正月早々、騒動が巻き起こって吉成と勝永は十数人の郎党を連れて前田利家《まえだとしいえ》の屋敷に駆けつけることとなった。

「内府《だいふ》にも困ったものだ」

三成は勝永にこぼした。

「大老の筆頭として、勝手なことばかりなさる」

豊臣家を支えるべき立場にありながら家康は、秀吉の死後素早く動いた。毛利や島津を訪れては贈り物をしてみたり、伊達政宗《まさむね》や福島正則、蜂須賀至鎮《よししげ》らと通婚しようとしていた。三成はその動きを察知すると、他の大老や奉行たちと共に堂々と糾弾した。

「掟を知らなかったとか、媒酌人に許しを得させたはずだとか、言い訳にしても見苦しい。天下を盗もうとする魂胆なのか。そうだとすれば残念なことだ」

三成はため息をついた。

家康は言い訳だけではなく、自分に濡《ぬ》れ衣《ぎぬ》を着せる不届き者を糾弾しろと逆に詰問したのである。これによって、伏見は一気に不穏な空気に包まれた。

伏見城下、治部少丸から見下ろせる徳川屋敷には、加藤清正、黒田官兵衛父子、福島正則、藤堂高虎《とうどうたかとら》、細川幽斎《ほそかわゆうさい》父子が入り、前田利家のもとには病に臥《ふ》せっていた大谷吉継を除く石田三成ら奉行衆、宇喜多秀家の家臣と吉成父子が集まっていた。

「五大老は殿がつくられた惣無事の天下を静かに守り、その志を遂げる手助けをしてくれれば、それでいいのだ。実際の政《まつりごと》は我ら殿の心を継いだ者が行うから、悠々とふんぞり返っていてくれればいいものを」

「そうは言うが、内府は殿に負けなかった唯一の戦国の男だ。好機があれば動く。それは決して汚らわしいことではない」

吉成はそう諭した。

「志と忠だけで動かぬ古つわものも動かしてこその政だ」

「わかっています」

「虎之助たちは何と言っている。彼らこそ治部少輔と手を携えて殿の遺志を守り継いでいくべきものだろう」

「それが……」

珍しく、三成が口ごもった。

「私に不満があるようですね」

「不満？　唐入りであれだけ世話になっておいて何が不満なのだ」

「己は矢玉の飛んでこない場所にいながら、加増を受けるのは何事だ、と思っているのでしょう」

「それは違う。お前も朝鮮に渡り、奉行衆をたばねて立派に働いた。それに、殿がご健在であれば、三度目の出兵では治部少輔が総大将となって軍を率いることになったはずだ。その準備のための加増であろう」

「そうは受け取ってくれないのですよ。私が殿の近くにいることを利用して、前線の将たちのことを悪しざまに言っていることになっています。確かに、右馬助（福原長堯）の物言いも足りなかったかも知れませんが」

三成は苦笑した。彼は常に言っている通り、小西行長の訴えも退けたが、反対に清正らが出してきた、朝鮮での戦いへの評価が低すぎる、という訴えも却下した。

「手柄を立てればその都度殿から感状が発せられていたし、戦の功績に対して加増などがないのは殿のご判断であり、目付や奉行に責めがあるとするのは誤りだ」

と正論で押しとおしたのである。

「彼らを集めて語り合えばいいではないか」

という吉成の勧めには、三成は首を縦に振らなかった。

「弁解は誤りを認めた者がすることです。内府と私は違う」

そうして三成がそっぽを向いている間に、家康は清正ら諸将の懐に入り込んで、その心を摑んでしまっていたのであった。

## 九

　文禄五（一五九六）年の大地震で崩れ落ちた伏見城は、琵琶湖から出る宇治《うじ》川と大和《やまと》から流れ込む木津《きづ》川の合流する京の南端にある巨大な遊水池、巨椋《おぐらいけ》池のほとりの木幡山に再建された。京の町を見下ろすように聳えている優美な城は太閤秀吉終焉の地であり、今も天下中心の地と目されている。

だが、闇の中に浮かび上がる伏見城天守は無数の松明《たいまつ》の灯りに下から照らされ、不気味な姿にすら見えていた。

「豊前どの」

　心細げに勝永の袖を摑むのは、隣の家から遊びに来ていた少年、国松《くにまつ》である。毛利壱岐守吉成と豊前守勝永の屋敷は、伏見城下の京街道に面した一画にある。隣は山内《やまうち》対馬守《つしまのかみ》猪右衛門《いえもん》一豊《かずとよ》の屋敷である。一豊も吉成と同じく、古くから秀吉に仕えており、家族ぐるみの付き合いをするほどに親しい。

　国松は一豊の弟、康豊の子で、後の土佐藩第二代藩主忠義《ただよし》である。この当時の大名屋敷の多くは伏見に集められていた。

「心配いらないよ。ここにいれば俺たちもいる。猪右衛門さんもいるじゃないか」

勝永は少年の手をぐっと握って励ました。国松はほっとしたように城から目を背ける。だが勝永の視線は、影を揺らして聳える巨大な城郭から外れることはなかった。

慶長四（一五九九）年閏《うるう》三月四日、伏見城の一角、通称治部少丸に石田三成が立て籠り、その周囲を加藤清正、福島正則、黒田長政、細川忠興、浅野幸長、蜂須賀家《いえ》政《まさ》、藤堂高虎の七将が包囲する、という事件が起こった。

前田利家が死去したことを契機としているが、これまでの経緯に加えて家康が焚きつけていると勝永は感じていた。

「どうして戦をしてるの？　お味方どうしなんでしょ」

国松はまだ八歳だ。泰平の象徴である伏見の城下が騒然としていることが、どうにも理解できないらしい。勝永はもちろん、何故こうなったかを説明できる。二十三歳となり、数多の戦を経てきた。囲まれている石田治部少輔三成とも、囲んでいる七将全てとも面識がある。

秀吉の跡は秀頼《ひでより》が継ぎ、豊臣家の天下は受け継いでいかなければならないという思いは、清正も三成も同じであった。だが、志が同じでも行いを共にするには、すでに双方の隔たりは大きすぎた。

「豊前どのはどちらにつくの」

国松は無邪気にそう訊ねる。

「それは……」

難しい問いだった。

吉成は豊前小倉から兵を率いて、文禄の戦役も慶長の戦役も朝鮮の最前線で働いた。従って、清正たちがいかに力を尽くして戦ったかをよく知っている。だが、三成は烏帽子親であるし、その志も理解している。なにより、奉行衆が兵站を支えてくれたからこそ、戦い抜けたことも理解している。

吉成たちが朝鮮に渡った時期は、飢饉が続いた。十万を超える将兵の腹を満たすだけの兵糧を、朝鮮水軍や義軍などの襲撃を避けながら釜山へ運び続けるのは並大抵のことではない。

「やっぱり加藤主計頭《かずえのかみ》さまの味方？」

首を振る。では、治部少輔につくのかと問われ、

「そうだ」

と力強く頷いた。理は三成にある。秀吉の遺志を受けて奉行たちを束ね、家康以外の大老の支持を得て政を行っているのは三成だ。

「内府さまと戦うと謀反人って言われない？」

と国松が言ったものだから、勝永は息が止まりそうになった。

「どうしてそう思うのだ？」

「だ、だって、太閤さまがお亡くなりになって一番偉いのは内府さまだって、父上も伯父上も言っていたし……」

顔色を変えた勝永に怯んだように、国松は口ごもった。

「確かに、この騒ぎを収められるのは内府さまだけかもしれない」

口調を和らげ、勝永は言う。政の頂点に立つ三成が窮地にある以上、それを救えるのは武人の中でもっとも大身で力のある家康だけだ。

「じゃあ内府さまが天下さまなの」

「天下さまは、秀頼さまだ」

国松は納得がいかないようだった。勝永も、幼い彼の心が手に取るようにわかる。天下人は秀吉からその地位を引き継いだ秀頼だ。だが、秀頼は七歳で、とても天下を導くことなどできない。

天下は秀頼が成人するまで、家康や前田利家を中心とする五大老が預かり、三成ら奉行衆が政を行うことになっている。この時、利家は世を去ったばかりで前田家は慌ただしかったし、他の大老たちも国元へと戻っており、自然と畿内のことは家康の指示を仰ぐ形となっていた。

事情を知らない者が家康を天下人と思うのは無理もなかった。

「太郎兵衛はいるか」

屋敷の外で城を見上げていた勝永に、吉成が声をかけてきた。見ると、黄母衣衆の甲冑を身につけている。国持ち大名となってからは、蔵にしまわれていたものだ。

「そのお支度は……」

「殿があの醜態を見たら何と思われるか。俺が言って止めてくる」

と鼻息が荒い。

「供をせよ」

命じられれば仕方ない。勝永は慌てて父の後を追った。

十

吉成がまず訪ねたのは、加藤清正であった。七将を率いる形となっている彼は城攻めでもしているように、次々に指示を飛ばしている。

「太郎兵衛、俺がひと騒ぎ起こすからその隙に城へと入れ。そして治部と談判して頭を下げるように言うのだ」

そう命じると吉成は荒々しく清正の前に馬を止め、

「恥ずかしくないのか」

と一喝した。

「このまま黙っている方が恥です」

と清正は言い返した。清正からすると、吉成は初陣前から付き合いのある大先輩である。今や共に国持ち大名となって肩を並べているが、清正はあくまでも丁重な言葉を使った。

「治部を生かしておいては、必ずや禍根を残します。秀頼さまの御為にも、除き去らねばなりません」

「では訊ねるが、治部に何の罪がある」

「殿をたばかり、偽りによって明との交渉を進めた罪が一つ。そして、朝鮮での働きについて殿に讒言《ざんげん》し、我らを陥れようとしたことが二つであります」

「誰にそのようなことを吹き込まれた。治部がそのような男と見くびっているのか」

吉成に見つめられて、清正はわずかに目を逸らせた。華々しい戦功こそ少ないとはいえ、長年黄母衣衆として秀吉に仕えてきた吉成は、清正より遥かに序列が上である。

「弥九郎との先陣争いに逸り、北へと戦線を上げて明の大軍を引っ張り出してしまったという過ちもお前にはある。勇ましきことながら、これで我らは苦戦を強いられたのだぞ」

俯く清正を吉成は叱りつける。

「それに誰のおかげで朝鮮で戦い抜けたと思っているのだ。治部が必死に物資を掻き集めて送ってくれたからであろう。このような騒ぎを起こす前に、諸将の評定の中で話をつければよかろう」

「それができるならとっくにしています」

清正も苛立っていた。

「奴らは何かと言えば奉行、奉行と居丈高に振舞い、戦の実も知らずに殿の威を借りて己の意を通そうとする狐どもです」

「僚友を狐と蔑むのはやめろ」

「わかり合ってこその友です。奴は友などではない」

先輩の難詰に清正も閉口のていであった。

「お前にはお前の理があるだろう。だが、殿が残されたこの伏見の城でこのような騒ぎを起こすこと、黄母衣衆の名に懸けても許さんぞ」

そう吠えて槍の鞘を払ったものだから場は騒然となった。

「来い虎之助、その性根を叩き直してくれる」

小僧扱いされては清正も黙っていられない。虎殺しの大槍を近侍に持ってこさせると、

「お相手つかまつる」

と応戦する構えを見せた。これに驚いたのは、他の六将たちである。騒ぎを聞きつけて将兵が見物にやってくるわ、黒田長政が慌てて割って入るわの大騒ぎになる中を、勝永はこっそり治部少丸へと潜り込んだ。

勝永がため息をつきながら大手門を乗り越えると、すぐに取り囲まれた。だが、見つからないことが目的ではないので、これでいい。槍をつきつけられたまま、

「治部少輔どのにお話があってまいった。毛利豊前守である」

と名乗ると兵たちは驚いて引きさがる。その進退が鮮やかで、勝永は感心した。もともと、兵を率いても勇敢に戦える優れた武将である上に、今の三成には島左近清興《しまさこんきよおき》という優れた人物が傍らにいる。

数人の兵たちが治部少丸の奥へと駆けこんでしばらくすると、見知った顔が出てきた。

「太郎兵衛、同心してくれるか」

嬉しそうに出てきたのは、三成本人であった。

「同心もなにもありませんよ。父から騒動を収めるよう言いつかってまいりました」

「私は騒ぎを起こすつもりなどないぞ」

三成の声は落ち着いていた。その脇で紅の甲冑を身につけ、泰然としている島左近

の立ち姿には盤石の静けさがあった。

三成はくちびるをへの字に曲げ、

「主計頭たちが悪い」

と断言した。

「殿の残された伏見城で、共に働いた者を殺そうとは何事か。これは秀頼さまへの謀反に等しい」

「確かにそうですが……殿の遺志を通すためだからこそ、腰を屈めて談判して欲しいのです」

勝永は懇願するように言った。

「太郎兵衛もそのように了見違いのことを申すか」

「互いの了見が違えば談判してすり合わせていくことが肝要でしょう」

「それでは政道が曲がる」

「治部少輔どのの志は誰よりも正しい。ですが、政の正しさは押しつけるだけでは理解されないのです。九州の国衆たちを相手に、我らは学んだはずです」

「殿の志と天下を守ることに、妥協があってはならない」

これでは清正たちに憎まれて殺されかけるのも当然だ。だが三成の瞳は、闇の中でも奇妙な清らかさを伴って輝いていた。

「殿と我が道を妨げる者は、何人たりとも許さぬ」

「それが伏見に籠って戦うことですか」

勝永のいつにない強い言葉に三成は額に青筋を立てたが、すぐに冷静な表情へと戻った。

「頭を下げることもまた政です。内府も謝ると決めたらさっさと頭を下げるではありませんか」

「騒ぎを収めたいのは私とて同じだが、頭を下げることは決してできぬ」

とそこだけは承知しない。

「どなたかに仲介を頼まれてもいいのではないですか」

「それはいいが、常陸《ひたち》どのの手を煩わせるのは、もういやだぞ」

三成は先廻りをして言った。七将ははじめ、大坂にいた三成を囲んだが、これを救ったのが佐竹義宣《さたけよしのぶ》であった。かつて一族の宇都宮国綱《うつのみやくにつな》が改易された際に、義宣は三成の尽力によって連座を免れている。

義宣は一隊を率いて三成の大坂屋敷を訪れ、女輿に三成を乗せて脱出させた。七将の兵たちは常陸の者たちが放つ殺気に押されて手を出せなかったという。

「これ以上甘えるわけにはいかん」

三成は妙な律儀さを発揮して言った。彼の不思議なところは、清正のように徹底的に嫌う者もいれば、一方で佐竹義宣や直江兼続《なおえかねつぐ》、そして腹心となった島左近など、命を捨てても守ろうとする人々もいることであった。

このいびつにすら見えるまっすぐさが人を遠ざけ、また惹きつけているのだと勝永は考えている。

「では誰を頼られるおつもりですか」

勝永が問うと、

「内府だ」

とすぐさま答えた。

三成は家康を嫌っていると誰もが思っていた。秀吉の遺志を受け継ぎ、それを実行するという建前は、奉行衆である三成も大老である家康も変わりがない。だが、三成は家康には別の魂胆があると見抜いていた。

「私は内府その人が嫌いなわけではない。彼ほど多くの将に慕われ、政も要を得ている男はいない。あの方が揺らがず拾丸さまを支えてくれれば、なんの障りもない。だが、殿の後を狙ってこそこそ蠢いている様が許せないのだ。その野望を持つ者は、全て敵である」

三成は家康に誓いを守らせる策を模索していた。

「その内府に、ですか」

「あの荒くれどもに言うことを聞かせられるのは、内府か秀頼さましかおらんだろう」

このような計がひらめくのも、三成の特技といえた。

「そんなわけだから太郎兵衛、ちょっと内府のところへ使いをしてくれんか」

「頼みを聞いてくれるでしょうか」

「私が佐和山《さわやま》に退くと言えば、飛びついてくるだろう」

勝永は驚き、心配になった。五奉行筆頭の三成が京を退くことは、家康への譲歩と見えてしまうはずだ。

「太郎兵衛はよく見ているな。でも、心配には及ばない。ちゃんと策はある。まずはお前に、内府の心底を探ってきて欲しいのだ」

## 十一

勝永が城の大手から出ようとすると、島左近に止められた。

「こちらからどうぞ」

治部少丸から大手門へと続く道ではなく、本丸の方に導かれた。分厚い白壁の下に、小さな隠し穴が掘ってある。

「用意のいいことですね。俺に見せてもよいのですか」

「他にもありますから」

平然と答えてみせる。左近は大和の出身で、筒井氏《つつい》に仕えた後、三成の熱心な願いを受けてその家臣となった。知行の半ばを与えようとしたほどであるから、その惚れこみようは尋常ではない。左近は何度も断ったものの、一度仕えてからは主君を立て、決して驕った態度をとることはなかった。

「それがしが内府の屋敷まで護衛につきます」

そう申し出てくれたほどである。

「ありがたいことですが、お断りいたします」

勝永は左近の引きしまった体から微かに危うい気配が流れ出ていることに気付いた。

「豊前守どのは我が主の意を受けて内府へと使いして下さる方。万が一のことがあれば、我らの面目が立ちません」

「もし俺が左近どのを伴って内府に謁見すれば、治部少輔どのの意向を受けた使者と思われるでしょう。俺はあくまでも、豊前小倉城の毛利壱岐守吉成から使わされた者として、中立でありたいのです」

左近はしばらく勝永を見つめていたが、

「承りました。では、お気をつけて」

と隠し扉を開けて勝永を送り出した。

治部少丸の西側には掘割があるが、その石垣の陰になるように、人ひとりがやっと歩ける細い道が設けてあった。勝永は七将と吉成が騒いでいる横を通り抜けて、向島《むこうじま》へと向かう。

日は暮れて暗くなり、巨椋池を渡す船もない。池に沿って西に歩くと、秀吉が城を建てる際に架けた豊後橋が見えてくる。観月の宴が盛大に行われたというが、今は人の気配もなく静まりかえっている。

橋の上に何者かが立っている。

「源次郎《げんじろう》さん……」

真田信繁《さなだのぶしげ》が気楽な着流し姿で立っていた。

「物騒な夜だ。どこに行くんだい」

「向島です。源次郎さんは？」

「化かし合いの見物だよ。向島ってことは、狸穴《たぬきあな》に行くんだな」

と源次郎が言ったものだから勝永は苦笑した。

「今や天下人と言われるお人を狸呼ばわりはひどい」

「これは敬ってるんだぜ。ありゃあ大したもんだ」

勝永は伏見城の騒動を話した。三成と七将が睨み合って今にも戦が始まりそうな騒ぎとなっている。

「放っておけばいいのだ」

信繁は面倒くさそうに手を振った。

「それこそ狸に餌をやるようなものだぞ。豊臣恩顧の武将がつまらんことでいがみ合いおって。これで内府が出てきて丸く収まったら、大きな借りができるのに、そんなこともわからないのか」

「ですがここで収めておかないと、伏見城が戦場になりますよ」

「太郎兵衛よ、お前どっちの陣営も見てきたんだろ。清正たちは大将が七人いるが、率いているのは近習のみでいいところ数百人だ。治部少輔だって主力を敢えて佐和山において、伏見で大戦をやろうなんて考えちゃいない」

「つまり？」

「要は子供の喧嘩なんだよ」

と信繁は吐き捨てるように言った。

「親父に逝《い》かれちまった子供が、自分たちじゃ悲しみをどうにもできなくて摑みあいをしているだけなんだ。家の遺産を狙っている隣の狸親父を巻き込んじゃならないのさ」

確かにそうとも言える。だが、全てが信繁の言葉で説明できるとも思えなかった。清正たちは朝鮮に行き、三成は兵站を担っていたという違いがある。場所は違えど、同じ戦いでそれぞれに苦難があったが、戦友とは思えなくなっている。

これほどこじれた心は、誰よりも力があり、苦難を知った者でなければ解きほぐせない。そう勝永が言うと、

「その役目はお前たち親子で十分なんだ」

信繁はぴしりと決め付けた。

「俺たちではどうにもならないから、内府の力を借りようとしているんですよ。我らはあくまでも同格でしかないのですから」

「格がどうか、じゃないんだよな。だって、伏見城で騒いでいる連中の本意はみな同じだろう？」

本意、と勝永は首を傾げる。

「主計頭は治部少輔憎しで騒いでいるが、心中で本当に考えているのは秀頼公を何とか盛り立てようという一点のみだ。それは治部少輔だって同じだろう。そこをうまくすり合わせてやってくれよ」

「源次郎どのは朝鮮に行ってないから、そんな気楽なことを言えるんですよ」

ふむ、と信繁は腕組みをして考え込んだ。

「それはそうかも知れないな。豊臣家中のことは、正直俺のようなよそ者にはよくわからねえ。あれだけの切れ者と武者が集まっているのに、もったいないと思うばかりだ」

そう言うと、宇治川の川面に溶けるように姿を消した。勝永は伏見城に取って返そうかとしばし迷ったが、城から銃声が数発響いたのに驚き、向島へと急いだ。

十二

もともと巨椋池に浮かぶ島の一つであった向島であるが、秀吉が伏見と宇治を結ぶ堤防、槇島堤《まきしまづつみ》を建設する際にできた一角と巨椋池の岸辺の一角を合わせて向島村と名付けられた。

漁を生業《なりわい》とする者たちが住む小さな集落があるのみであったが、伏見の町が発展するにつれて、人家が増えてきた。家康は伏見城の大手門前に屋敷を構えているが、向島にも別邸を設け、三成たちの難詰を受けてからはこちらに移ってきている。

さながら、伏見の城下がもう一つ生まれているような光景だった。家康の別邸は、伏見の曲輪一つ分にも満たない。だが、その周囲には東国衆の屋敷がびっしりと立ち並び、それを当て込んだ商人たちの建てかけの邸宅が無数にある。

道は入り組んで、虎口《こぐち》のように細工されている。町のようでも、城郭のようでもあった。知らぬ間に、伏見城の近くにこのような一角を作り上げる家康の力量に、勝永は恐怖を覚えた。もし、これだけの町を作ったことを責めたとしても、伏見の城を出て行けと追いたてたのは三成たちなのである。苦境すら逆手にとって己の力にするのは、家康の特技といえた。

新しい向島の町の入り口には、簡素な番所がある。そこを守っているのは、足軽の類ではなく家康の旗本衆である三河衆であった。概して小柄で無口だが、命じられれば決して退かない頑固さと強さを秘めているのが三河衆の恐ろしさである。

「毛利豊前守と申す」

と名乗っても、その番所にいる旗本衆は表情一つ変えなかった。

「本多内記《ほんだないき》でござる」

名乗りを返したのみで、ご用向きは、とすら訊ねない。本多内記忠朝《ただとも》は、勇将、忠《ただ》勝《かつ》の次男である。その豪勇は父にも劣らぬともっぱらの噂である。

「伏見城での騒擾《そうじょう》につき、徳川内府のお知恵を拝借したく、壱岐守の命をうけて参りました。お取次を願いたい」

「左様か」

だが、番所の者は誰一人動こうとせず、取次に行く気配もない。

「重ねてお願い申し上げる」

「殿より、伏見より来た者は誰も通すなと命じられている」

「何故ですか」

「故は知らぬ。我らは命じられたことを守るのみ」

本多忠朝はこの時、十八歳である。若いが、万石の大名である勝永に対しても臆せず堂々としている。

「長湫《ながくて》で父ぎみに粥を振舞っていただいたのが、懐かしゅうござる」

そう勝永が言うと、忠朝は初めて表情を動かした。

「怪しき者を通すな、と父に命じられております」

「俺も父の命を受け、何も得るところがないまま帰ることはできません」

忠朝は鼻を鳴らし、

「丸目《まるめ》蔵人《くらんど》直伝の剣を使うらしいですな。槍は如何」

と槍を手にした。

「あなたも私も父の命を受けている。どちらも捨てることはできない。そういう時は、喧嘩で話をつけることにしている」

戯《たわむ》れではなく、本気で言っている。勝永は困惑したが、この喧嘩を買わないと先へは進めないと腹をくくった。伏見城から時折聞こえてくる銃声は絶えることがないが、まだ本格的な合戦にはなっていない気配だった。

まだ間に合う、と勝永は槍を一本借りる。小柄な勝永だが、一丈五尺の長槍を自在に扱える。だが忠朝の得物は、柄が二丈近く、穂先の笹穂《ささほ》で三尺はありそうな大槍である。

「父ぎみの槍に似ていますね」

勝永は臆することはなかったが、その槍を持つ姿を見ただけで、忠朝の武勇がわかった。戦うには相当な難敵である。

「いずれは父の槍も操って見せる」

蜻蛉切《とんぼきり》の名槍は天下に名が轟いている。幸いなことに、手に合う槍はあった。忠朝は無造作に立っているだけで、特に構えることはない。戦場には構えはなく、突きの速さと踏み込みの鋭さが全てを決める。

だが、勝永は丸目長恵から「型」の力を学んでいる。槍を腰のところでまっすぐに構えた姿を見て、

「足軽の槍だな」

と忠朝は笑った。だがその笑みを消すように踏み込んだ勝永の穂先が、その鼻先を掠める。その次の瞬間には、腿《もも》を狙って穂先が繰り出されていた。

「やるな」

忠朝は軽々と大槍を振り回し、勝永が立て続けに放つ突きを払う。何度か槍先がぶつかり、鈍い金属音が響き渡った。槍先は激しく交錯するが、優劣はつかない。そのうちに、勝永は焦りを覚え始めた。

どうやっても勝てないことがわかってきた。それは、こちらの腕が劣っているからではない。忠朝が最初から勝ちに来ていないからである。

ただの武辺者《ぶへんもの》ではない。さすがは家康の旗本衆ともいえる狸ぶりだった。

「喧嘩を売ってきたのはそちらの方なのに、姑息《こそく》だな」

勝永は挑発する。

「三河の槍は時を稼ぐためだけにあるのか！」

忠朝は槍のこじりを地面に突き立てると、天を仰いで哄笑した。

「殿の旗本衆にそのような口を叩く者もなかなかいないぞ」

「喧嘩は腕だけでやるものではない」

「罵《ののし》るのも喧嘩のうちか。それは口べたの三河者にはつらいところだな」

「では通していただけるか」

首をわずかに傾け、通れと身振りで示す。

「だが、豊前どのとは本気の喧嘩をしたくなった。また、いずれ」

「そうならないことを願っております」

勝永は満身汗みずくだというのに、忠朝は涼しい顔だ。相手は防ぐことだけを考えていたとはいえ、つけ込む隙のない恐ろしい相手だった。

忠朝のいた番所から先は、勝永を呼び止める者もおらず、それどころか客として丁重に迎えられた。槍を合わせている間に、家康に注進がいったのだろうと勝永は考えた。手回しよく屋敷の奥へと招き入れられ、本多正信《まさのぶ》が応対に出てきた。

「お急ぎで参られたのですな。随分と汗をかいておられる」

しらじらしく正信が言う。

「内記どのが遊んでくれましたので」

「それはそれは。やつは遊ぶにも相手を選ぶ。さすがは豊前守どの、大したものです」

と大仰に誉めたたえた。だが、中々家康に会わせてくれようとはしない。何らかの時間稼ぎを、家康の陣営全体でしていることは間違いなかった。

「佐渡守《さどのかみ》どのは、伏見の騒ぎをご存じですか」

そう訊ねてみても、

「おや、そのようなことが」

と驚いて見せるばかりだ。芝居はあまりうまくないのか、うまくないふりをしているのか定かでない。

「すぐにでも殿に会っていただきたいのだが、殿はいまお休み中でしてな」

家康の別邸は大きいといえども、人の出入りがわからぬほど巨大ではない。勝永は正信が語る忠朝の武勇話を聞き流しながら、周囲の気配を探っていた。

一刻ほども待たされた後、ようやく家康が目覚めたと小姓が呼びに来た。

## 十三

家康に会うのは二度目だ。最初は父と共に捕虜となった長湫だった。奥から出てきた家康は、

「おお、太郎兵衛か」

そう懐かしげに言った。この年五十八歳となっていた家康は、髪も白くなって随分と老けたように見えた。よっこら、と声をかけつつ腰を下ろす。

「戦陣の疲れがそろそろ腰にきていてな」

もともと堅太りで丸みを帯びた家康の体は、随分と横に大きくなってきた。

「昔は乾飯《かれいい》くらいしか口にしなかったが、内大臣《ないだいじん》ともなると柔らかいものばかり食うようになった。柔らかい飯は武者には合わんぞ。無駄な肉ばかりつきおる」

そのような無駄口を叩きながら、栗でも持ってこいと左右に命じる。

「太郎兵衛は随分と男ぶりがあがったな。いくつになった」

「二十三になりました」

「竜造寺《りゅうぞうじ》の娘とは仲良くやっておるようだな。めでたく身ごもったようだが、子は多いほどよい。どうじゃ、もう一人妻を娶るつもりがあるなら、わしが世話をしてもよいぞ。黄母衣衆として名高い豊前毛利と一門になるなら、これほど嬉しいことはない」

と本題にはなかなか入らせない上に、まだ外には言っていないおあんの妊娠まで言い当てられた。勝永は背筋が寒くなったが、動揺した方が負けだと自らに言い聞かせ、問いが一通り終わるまで辛抱強く答え続けた。

「で、どうしたのだ」

ようやく訊ねられた時には四半刻は経っていた。

「伏見城で騒ぎが起こっておりまして」

「ああ、主計頭どもが治部少輔にちょっかいを出しているのだろう」

「殿が大切にされてきた将たちをもてあそぶのはやめていただきたい」

勝永の凜とした言葉に、三河の者たちはどよめいた。

「もてあそぶとは聞き捨てならないな」

家康は初めて、表情を引き締めた。

「政を壟断する者に対する義憤は、よくわかる。太郎兵衛は治部少輔と親しいようだから面白くないだろうが、朝鮮で共に苦しんだのはお前も同じだろう？」

「それも政です」

すうっ、と家康が目を細めた。幼い頃に抱いた恐怖を思い出す。何もかも見透かされているような気配が人を恐れさせ、そして心服させるのだろう。そう勝永は思った。

「大にして広き国、など老いた太閤さまの妄執に過ぎないのだよ」

ゆっくりと諭すように、家康は言った。

「大きく広げて、どこまで行けば止まるのだ？」

「海に出て天下を広げている国々と等しい力を持つまでです」

はっは、とくぐもった声で家康は笑った。

「その連中はどこから来ているか知っているのか。大明や天竺のそのさらに何万里も先から来ているのだそうだ。わざわざ海の外に出て行って、そういった者たちの相手をする必要がどこにある？　今の我らがせねばならんのは、長く続いた戦乱の世を収め、目の届く田畑を生き返らせ、疲れ果てた民と士をいたわることではないのか」

「国を広く大きく持ち、正しき政を行えば豊かさはついてきます」

家康は違うな、と首を振った。

「海を越える、などという馬鹿な考えを捨てるのだ。我らは十万の兵を二度送って失敗している。そして唐の連中も、かつて何万もの軍勢を二度日本に送ってきて、失敗している。やるべきではないことは、明らかだ」

「どちらも紙一重でした」

「その紙一重のところに政がある」

ゆるゆるとした気配であった。目は細められ、楽しげにすら見える表情を浮かべている。だが、お前の言うことなど、夢想に過ぎないと表情でたしなめているようでもあった。

「朝鮮も明も、弱く、そして強かった。我らは彼らの弱き所を突いたものの、強き所に敗れました。もし、南蛮の者どもが彼らを膝下《しっか》に組敷けば、次に狙われるのは我が国です」

「そのような雲を摑むような話のために、何万という将兵を海の向こうに送ることこそ、亡国の論だ」

「こちらが先手を打たねば、やがて異国の牙にさらされますぞ」

だが、勝永の言葉に家康は最後まで頷くことはなかった。

「その前に人々は滅びるであろうよ。大にして広し、ではない。我らは小といえども厚みのある国を建てねばならんのだ。年若くして万石に取り立てられるほどの太郎兵衛なら、わしの言うことがわかるはずだ。わしに任せてくれぬか。悪いようにはせん。わしとて、太閤さまの病床に呼ばれて天下を託された者だ。共に惣無事の天下を守ろう」

声は優しく、そして重みを伴っていた。だが、それは秀吉の志と相容れるものではない。

「そのために率先して殿の遺命を違えても構わないと仰るのですか」

「それは誤解だ。もう弁明もしてある」

「では、伏見城を囲んでいる者たちを諭していただきたい」

「物を頼まれるのは苦手でな」

「天下の一半を託された者が、政を託された者を救うのは道理であります」

「政を託された者が手足となって働くべき将たちにここまで責められるのは、失政とは言わんか」

「治部少輔どのは、佐和山にて謹慎するとのことです」

家康は、ははは、と愉快そうに笑った。

「なるほど、太閤さまが遺された伏見の城で干戈《かんか》騒ぎなど許されることではない。秀頼さまが成人されるまでは政を見るというのが、太閤さまとの約束だ」

微かに笑みを含んでいるようにも見える、深い皺の刻まれた丸い顔だ。

「天下を預かっているわしが人に頼まれなければ動かない、となれば太閤さまへの申し訳が立つまい。治部少輔は於義丸《おぎまる》に命じて佐和山まで送らせよう」

於義丸は家康の子の一人、結城秀康《ゆうきひでやす》のことである。

「年を取ると、夜がめっぽう弱くなってな。もはや夜討も朝駆けもかなわぬよ」

そう言って家康は奥へと下がっていった。

「ご苦労でしたな」

正信が屋敷の門まで見送ってくれた。

「これからも、殿は天下をお預かりした者として振舞いますので、そのようにお心得なさるよう諸将にもお伝え下さい」

と勝永に言い含めた。

「もちろん、秀頼さまが成人なさるまで、ですがね」

正信の口調にはどこか棘《とげ》があったが、勝永は気付かぬふりをして一礼し、向島の徳川屋敷を後にした。

豊後橋を渡って伏見の城下に戻ると、城を煌々《こうこう》と照らしていた篝火はすでに消されていた。七将は治部少丸の囲みを解き、それぞれの屋敷へと戻っている。

「遅かったな」

吉成は不機嫌であった。

「足止めされました」

「だろうな。俺の覚悟が足りなかった。我らの名で止めるべきだったな。これで内府はますます天下さまとしての評判を高めるだろう」

「あと、おあんが身ごもっていることをご存知でした」

「何でも知っているぞ、という恫喝だろう」

吉成は、ふう、と重く息を吐いた。

「源次郎どのにも会いました」

「真田の倅《せがれ》が京に来ているのか。きな臭い気配は東国にも広がっているのだろうな」

「そのようです」

「島津の屋敷も人の出入りが激しい」

豊前毛利の屋敷から路地を挟んだ先に、島津家の広大な屋敷がある。あまり往来することもないが、慌ただしい雰囲気は見て取れた。

大坂で三成を助けた佐竹義宣は常陸の大名だ。東北の諸侯も畿内がぎくしゃくしていることを実感として知ってしまった。そうなれば、後はどちらにつくかだ。会津の上杉と常陸の佐竹は三成と親しいが、越後《えちご》の堀《ほり》や奥州の伊達や最上《もがみ》は彼らと関係がよくない。

「主計頭どのか治部少輔どのか、ということですか」

「違うな。内府かそうでないかで皆は選ぶだろう」

吉成はきっぱりと言い切った。

「内府は秀頼公が成人するまで天下をお預かりすると仰っていましたよ」

「そう言わなければ豊臣恩顧の者たちがついてこない。総見院《そうけんいん》さまが亡くなられた後の殿のことを考えてみよ。織田家に仕えた僚将たちを敵に回したばかりに、随分と苦労なされた」

「だからあちこちと婚姻関係を結んでいる……」

「そのことだ。我らにもそのような話が来ている」

そういえば、半ば冗談めかして娘を娶らないかと先ほども誘われたばかりだ。

「受けるのですか」

「どちらでも構わぬが、今の内府と婚姻関係を結ぶのは気が乗らんな。秀頼さまのためと二言めには口にするが、きな臭いことこの上ない」

と吉成はくちびるを曲げる。

だが、家康は七将と三成の騒動を仲裁した後、半ば公然と天下の仕置きを始めた。かつては奉行衆に責められて一時引き下がったが、前田利家が世を去り、三成が佐和山に蟄居《ちっきょ》した今となっては止められる者はいなかった。

「治部少輔もこのまま黙ってはいまい」

「戦になるのでしょうか」

となれば、豊前毛利はどちらにつくのか。吉成は思案がつかないようだった。

「内府の動きはきな臭いが、治部少輔も敵を味方に変える工夫が足りぬ」

吉成はしばらく勝永の顔を見つめた後、

「俺も小賢《こざか》しくなってしまったな」

と残念そうに言った。家の将来を考えて思案しているだけなのに、と勝永は気にならなかった。

「俺は太郎兵衛がまだ幼い頃から戦を見せてきたが、それは戦の中で勝ちを見極める力を付けさせるためであって、戦の前に損得勘定をさせるためではなかった。己がそれを忘れるとはな」

吉成は何かに思い当たったようであった。

「いま天下の諸侯のほとんどは、太郎兵衛と同じく思案を続けている。勝てば加増を受けるかも知れんが、負ければ改易か、悪ければ首を取られる。だがな、我らは何者なのか、という話だ」

「わかっております」

吉成は豊臣秀吉が木下藤吉郎《きのしたとうきちろう》であった昔から傍らにあったのだ。秀吉とその志があってこその、小倉十万石なのである。

「我らも覚悟を決めねばなりません」

「覚悟、というと？」

「正しき志を明らかにするのです」

「だが、志だけでは内府に勝てぬぞ」

「ですが、太閤さまの遺志を受けて、天地に誓った約束を破るようなことをすれば、人心は離れます。もし内府が天下を望んでいるのであれば、よこしまな志を抱いていると思われたくないでしょう」

吉成はじっと息子の顔を見ていた。

「利と義は士気の源となります。ですが、戦が極まった時、士に力を与えるのは、志です。俺たちは九州で、朝鮮で、それを目の当たりにしてきました」

ぱんと膝を叩いた吉成の顔からは、曇りが消えていた。

下巻に続く

本書は二〇一三年一月〜三月に刊行された
『大坂将星伝』（上・中・下巻／星海社・刊）を
文庫化に際し二分冊、修正・加筆したものです。

|著者| 仁木英之　1973年大阪府生まれ。信州大学人文学部卒業。2006年『夕陽《せきよう》の梨　五代英雄伝』（学習研究社）で第12回学研歴史群像大賞最優秀賞、『僕僕先生』（新潮文庫）で第18回日本ファンタジーノベル大賞を受賞。他の著書に「僕僕先生」シリーズ「千里伝」シリーズ「五代史」シリーズ「くるすの残光」シリーズ『まほろばの王たち』（講談社）『ちょうかい　未犯調査室』（小学館）などがある。

真田《さなだ》を云《いい》て、毛利《もうり》を云《い》わず(上)　大坂将星伝《おおさかしょうせいでん》

仁木《にき》英之《ひでゆき》



講談社文庫

定価はカバーに
表示してあります

2016年６月15日第１刷発行

発行者——鈴木　哲

発行所——株式会社　講談社

東京都文京区音羽2-12-21　〒112-8001

電話　出版　(03)　5395-3510
　　　販売　(03)　5395-5817
　　　業務　(03)　5395-3615

Printed in Japan

デザイン—菊地信義

本文データ制作—講談社デジタル製作部

印刷———豊国印刷株式会社

製本———株式会社国宝社

落丁本・乱丁本は購入書店名を明記のうえ、小社業務あてにお送りください。送料は小社負担にてお取替えします。なお、この本の内容についてのお問い合わせは講談社文庫あてにお願いいたします。



ISBN978-4-06-293409-1

# 講談社文庫刊行の辞

二十一世紀の到来を目睫に望みながら、われわれはいま、人類史上かつて例を見ない巨大な転換期をむかえようとしている。

世界も、日本も、激動の予兆に対する期待とおののきを内に蔵して、未知の時代に歩み入ろうとしている。このときにあたり、創業の人野間清治の「ナショナル・エデュケイター」への志を現代に甦らせようと意図して、われわれはここに古今の文芸作品はいうまでもなく、ひろく人文・社会・自然の諸科学から東西の名著を網羅する、新しい綜合文庫の発刊を決意した。

激動の転換期はまた断絶の時代である。われわれは戦後二十五年間の出版文化のありかたへの深い反省をこめて、この断絶の時代にあえて人間的な持続を求めようとする。いたずらに浮薄な商業主義のあだ花を追い求めることなく、長期にわたって良書に生命をあたえようとつとめるところにしか、今後の出版文化の真の繁栄はあり得ないと信じるからである。

同時にわれわれはこの綜合文庫の刊行を通じて、人文・社会・自然の諸科学が、結局人間の学にほかならないことを立証しようと願っている。かつて知識とは、「汝自身を知る」ことにつきていた。現代社会の瑣末な情報の氾濫のなかから、力強い知識の源泉を掘り起し、技術文明のただなかに、生きた人間の姿を復活させること。それこそわれわれの切なる希求である。

われわれは権威に盲従せず、俗流に媚びることなく、渾然一体となって日本の「草の根」をかたちづくる若く新しい世代の人々に、心をこめてこの新しい綜合文庫をおくり届けたい。それは知識の泉であるとともに感受性のふるさとであり、もっとも有機的に組織され、社会に開かれた万人のための大学をめざしている。大方の支援と協力を衷心より切望してやまない。

一九七一年七月

野間省一

# 講談社文庫 最新刊

土橋章宏
**超高速！参勤交代 リターンズ**
江戸からの帰路も窮地に陥る貧乏藩の運命は？『超高速！参勤交代 老中の逆襲』改題。

松岡圭祐
**水鏡推理Ⅲ**
〈パレイドリア・フェイス〉
突如、山中に現れた人面塚。話題沸騰の美貌ヒラ公務員・下克上ミステリ。〈書下ろし〉

上田秀人
**貸《かし》借《かり》**
〈百万石の留守居役（七）〉
参勤交代の迫る加賀藩。会津藩に貸しをつくった数馬に新たな役目が！〈文庫書下ろし〉

斉藤洋
**ルドルフとイッパイアッテナ**
小さな黒ねこルドルフの冒険と成長を描く不朽の名作児童文学、待望の映画化＆文庫化！

斉藤洋
**ルドルフ ともだち ひとりだち**
成長したルドルフは一匹でふるさとに帰れるのか……？ 井上真央・鈴木亮平対談も収録。

西村京太郎
**北リアス線の天使**
老画家の最後の大作をめぐって縺《もつ》れる女たちの欲望を、十津川警部は解きほぐせるのか？

本谷有希子
**自分を好きになる方法**
心から一緒にいたいと思える相手を探す女の一生を「6日間」で描いた三島由紀夫賞受賞作。

鳴海章
**謀略航路**
〝アラブの春〟は中東に何をもたらしたのか。シリアを舞台とする航空軍事サスペンス。

仁木英之
**真田を云《い》て、毛利を云わず(上)(下)**
〈大坂将星伝〉
大坂の陣、真田幸村を超える武勇で名を馳せた毛利勝永の生涯を描く。『大坂将星伝』改題。

はあちゅう
**半径5メートルの野望** 完全版
理想の自分と生活を手に入れるには？ 夢を叶え続ける著者の極辛人生指南、文庫完全版！

原田泰治　わたしの信州
原田泰治　原田武雄　泰治が歩く〈原田泰治の物語〉
原田康子　海霧(上)(中)(下)
林真理子　テネシーワルツ
林真理子　幕はおりたのだろうか
林真理子　女のことわざ辞典
林真理子　さくら、さくら〈おとなが恋して〉
林真理子　みんなの秘密
林真理子　ミスキャスト
林真理子　ミルキー
林真理子　新装版 星に願いを
林真理子　野心と美貌〈中年心得帳〉
林真理子　山藤章二　チャンネルの5番
原田宗典　スメル男
原田宗典　私は好奇心の強いゴッドファーザー
原田宗典　たまげた録
原田宗典・文　かとうゆめこ・絵　考えない世界
馬場啓一　白洲次郎の生き方
馬場啓一　白洲正子の生き方

林　望　帰らぬ日遠い昔
林　望　リンボウ先生の書物探偵帖
帚木蓬生　アフリカの蹄《ひづめ》
帚木蓬生　アフリカの瞳
帚木蓬生　空夜
帚木蓬生　空山
帚木蓬生　日御子(上)(下)
坂東眞砂子　道祖土《さいど》家の猿嫁
坂東眞砂子　梟首《きょうしゅ》の島(上)(下)
坂東眞砂子　欲情
花村萬月　皆月
花村萬月　惜春
花村萬月　空は青いか〈萬月夜話其の一〉
花村萬月　犬でわるいか〈萬月夜話其の二〉
花村萬月　草《くさ》臥《ぶ》し日記〈萬月夜話其の三〉
花村萬月　少年曲馬団(上)(下)
花村萬月　ウエストサイドソウル〈西方之魂〉
林　丈二　犬はどこ？
林　丈二　路上探偵事務所

原口純子と中華生活ウォッチャーズ　踊る中国人
はにわきみこ　たまらない女
畑村洋太郎　失敗学のすすめ
畑村洋太郎　失敗学実践講義〈文庫増補版〉
畑村洋太郎　みる わかる 伝える
遙　洋子　結婚しません。
遙　洋子　いいとこどりの女
花井愛子　ときめきイチゴ時代〈ティーンズハートの1987～1997〉
はやみねかおる　そして五人がいなくなる〈名探偵夢水清志郎事件ノート〉
はやみねかおる　亡霊《ゴースト》は夜歩く〈名探偵夢水清志郎事件ノート〉
はやみねかおる　消える総生島〈名探偵夢水清志郎事件ノート〉
はやみねかおる　魔女の隠れ里〈名探偵夢水清志郎事件ノート〉
はやみねかおる　踊る夜光怪人〈名探偵夢水清志郎事件ノート〉
はやみねかおる　機巧館《からくりやかた》のかぞえ唄〈名探偵夢水清志郎事件ノート〉
はやみねかおる　ギヤマン壺の謎〈名探偵夢水清志郎事件ノート外伝〉
はやみねかおる　徳利長屋の怪〈名探偵夢水清志郎事件ノート外伝〉
はやみねかおる　都会《まち》のトム＆ソーヤ(1)
はやみねかおる　都会《まち》のトム＆ソーヤ(2)〈乱！RUN！ラン！〉
はやみねかおる　都会《まち》のトム＆ソーヤ(3)〈いつになったら作戦《ミッション》終了？〉

はやみねかおる　都会《まち》のトム&ソーヤ(4)〈四重奏《カルテット》〉
はやみねかおる　都会《まち》のトム&ソーヤ(5)〈IN《イン》塀戸《VADE》〉(上)(下)
はやみねかおる　都会《まち》のトム&ソーヤ(6)〈ぼくの家へおいで〉
はやみねかおる　都会《まち》のトム&ソーヤ(7)《怪人は夢に舞う〈理論編〉》
はやみねかおる　都会《まち》のトム&ソーヤ(8)《怪人は夢に舞う〈実践編〉》
勇嶺《はやみね》　薫《かおる》　赤い夢の迷宮
橋口いくよ　アロハ萌え
橋口いくよ　猛烈に！アロハ萌え
橋口いくよ　おひとりさまで！アロハ萌え〈MAHALO HAWAII〉
服部真澄　清談　佛々堂先生
服部真澄　極楽行き〈清談　佛々堂先生〉
服部真澄　天の方舟《はこぶね》(上)(下)
半藤一利　昭和天皇ご自身による「天皇論」
秦　建日子　チェケラッチョ!!
秦　建日子　SOKKI！〈人生には役に立たない特技〉
秦　建日子　インシデント〈悪女たちのメス〉
端田　晶　もっと美味しくビールが飲みたい！〈酒と酒場の耳学問〉
端田　晶　とりあえず、ビール！〈続・酒と酒場の耳学問〉
早瀬詠一郎　早《さ》烏《がらす》〈裏十手からくり草紙〉
早瀬詠一郎　つげの箸〈裏十手からくり草紙〉
早瀬詠一郎　平手造《み》酒《き》
早瀬　乱　三年坂　火の夢
早瀬　乱　レイニー・パークの音
初野　晴　1/2の騎士
初野　晴　トワイライト博物館《ミュージアム》
初野　晴　向こう側の遊園
原　武史　滝山コミューン一九七四
原　武史　沿線風景
濱　嘉之　警視庁情報官〈シークレット・オフィサー〉
濱　嘉之　警視庁情報官　ハニートラップ
濱　嘉之　警視庁情報官　トリックスター
濱　嘉之　警視庁情報官　ブラックドナー
濱　嘉之　警視庁情報官　サイバージハード
濱　嘉之　鬼《き》手《しゅ》〈世田谷駐在刑事・小林健〉
濱　嘉之　電子の標的〈警視庁特別捜査官・藤江康央〉
濱　嘉之　列島融解
濱　嘉之　オメガ　警察庁諜報課
濱　嘉之　オメガ　対中工作
濱　嘉之　ヒトイチ　警視庁人事一課監察係
濱　嘉之　ヒトイチ　画像解析〈警視庁人事一課監察係〉
濱　嘉之　ヒトイチ　内部告発〈警視庁人事一課監察係〉
橋本　紡　彩乃ちゃんのお告げ
馳　星周　やつらを高く吊せ
早見　俊　双子同心捕物競い
早見　俊　右近の鯔背《いなせ》銀杏《いちょう》〈双子同心捕物競い㈡〉
早見　俊　同心の鑑《かがみ》〈双子同心捕物競い㈢〉
早見　俊　上方与力江戸暦
畠中　恵　アイスクリン強し
畠中　恵　若様組まいる
はるな愛　素晴らしき、この人生
葉室　麟　風渡る
葉室　麟　風の軍師〈黒田官兵衛〉
葉室　麟　星火瞬く
葉室　麟　陽《かげ》炎《ろう》の門
長谷川　卓　獄《がく》神《じん》〈上・白銀《しろがね》渡り〉〈下・湖底の黄金〉
長谷川　卓　獄神伝《がくじんでん》　無坂《むさか》(上)(下)
長谷川　卓　獄神伝《がくじんでん》　孤猿《こえん》(上)(下)

# 講談社文庫　目録

東野圭吾　同級生
東野圭吾　名探偵の呪縛
東野圭吾　むかし僕が死んだ家
東野圭吾　虹を操る少年
東野圭吾　パラレルワールド・ラブストーリー
東野圭吾　天空の蜂
東野圭吾　どちらかが彼女を殺した
東野圭吾　名探偵の掟
東野圭吾　悪意
東野圭吾　私が彼を殺した
東野圭吾　嘘をもうひとつだけ
東野圭吾　時生
東野圭吾　赤い指
東野圭吾　流星の絆
東野圭吾　新装版 浪花少年探偵団
東野圭吾　新装版 しのぶセンセにサヨナラ
東野圭吾　新参者
東野圭吾　麒麟の翼
東野圭吾　パラドックス13

東野圭吾作家生活25周年祭り実行委員会　東野圭吾公式ガイド（読者1万人が選んだ東野作品人気ランキング発表）
広田靚子　イギリス花の庭
姫野カオルコ　ああ、懐かしの少女漫画
姫野カオルコ　ああ、禁煙vs.喫煙
日比野 宏　アジア亜細亜 無限回廊
日比野 宏　アジア亜細亜 夢のあとさき
日比野 宏　夢街道アジア
平山壽三郎　明治おんな橋
平山壽三郎　明治ちぎれ雲
火坂雅志　美食探偵
火坂雅志　骨董屋征次郎手控
火坂雅志　骨董屋征次郎京暦
平野啓一郎　高瀬川
平野啓一郎　ドーン
平野啓一郎　空白を満たしなさい(上)(下)
平山 譲　ありがとう
平山 譲　片翼チャンピオン
平田俊子　ピアノ・サンド
ひこ・田中　新装版 お引越し

平岩正樹　がんで死ぬのはもったいない
百田尚樹　永遠の0《ゼロ》
百田尚樹　輝く夜
百田尚樹　風の中のマリア
百田尚樹　影法師
百田尚樹　ボックス！(上)(下)
百田尚樹　海賊とよばれた男(上)(下)
ヒキタクニオ　東京ボイス
ヒキタクニオ　カワイイ地獄
平田オリザ　十六歳のオリザの冒険をしるす本
平田オリザ　幕が上がる
ビッグイシュー 枝元なほみ　世界一あたたかい人生相談
久生十蘭　久生十蘭「従軍日記」
東 直子　さようなら窓
東 直子　らいほうさんの場所
東 直子　トマト・ケチャップ・ス
平敷安常　キャパになれなかったカメラマン(上)(下)〈ベトナム戦争の語り部たち〉
樋口明雄　ミッドナイト・ラン！
樋口明雄　ドッグ・ラン！

2016年6月15日現在